Grijze zielen

Philippe Claudel

Grijze zielen

Vertaling Manik Sarkar

2004

DE BEZIGE BIJ

AMSTERDAM

Copyright © Editions Stock 2003
Copyright Nederlandse vertaling © 2004 Manik Sarkar
Eerste druk juni 2004
Tweede druk juli 2004
Oorspronkelijke titel *Les âmes grises*
Oorspronkelijke uitgever Editions Stock
Omslagontwerp Studio Jan de Boer
Omslagillustratie Hugo Erfurth
Foto auteur David Balicki
Vormgeving binnenwerk CeevanWee, Amsterdam
Druk Hooiberg, Epe
ISBN 90 234 1486 1
NUR 302

www.debezigebij.nl

Ik ben er. Het is mijn lot om er te zijn.

Jean-Claude Pirotte, *Un voyage en automne*

De griffier van de tijd te zijn
Een assessor die men rond ziet waren
Wanneer mens en licht zich vermengen

Jean-Claude Tardif, *L'Homme de peu*

Ter herinnering aan André Vers

I

Ik weet niet precies waar ik zal beginnen. Het is moeilijk. Al die tijd die is verstreken valt niet meer in woorden te vatten, en de gezichten, glimlachen en wonden evenmin. Maar toch moet ik het proberen te vertellen. Vertellen wat ik al twintig jaar op het hart heb. Berouw en grote vragen. Ik moet het mysterie als een buik openrijten en er mijn beide handen in steken, ook als dat nergens iets aan verandert.

Als iemand me zou vragen door welk wonder ik alle feiten ken die ik ga vertellen, dan zou ik antwoorden dat ik ze ken, punt uit. Ik ken ze omdat ze me zo vertrouwd zijn als het vallen van de avond en het gloren van de ochtend. Omdat mijn leven een poging was om ze te verzamelen en samen te voegen, ze te laten spreken en naar ze te luisteren. Vroeger was dat min of meer mijn beroep.

Ik zal vele geesten laten langskomen. Eén daarvan zal in het bijzonder op de voorgrond staan. Die behoorde toe aan een zekere Pierre-Ange Destinat. Meer dan dertig jaar lang was hij procureur in V., en hij kweet zich van zijn taak als een mechanisch uurwerk dat nergens door van slag raakt en nooit kapot is. Een kunststuk zogezegd, en je hoefde niet eens naar een museum om er de waarde

9

van te zien. In 1917, ten tijde van 'De Zaak' zoals we het hier noemen, waarbij we de hoofdletters onderstrepen met zuchten en mimiek, was hij de zestig al gepasseerd en was hij het jaar daarvoor met pensioen gegaan. Hij was een lange, magere man die op een ijzige vogel leek, majestueus en afstandelijk. Hij sprak weinig. Hij maakte veel indruk. Hij had lichte ogen die niet leken te bewegen, dunne lippen, geen snor, een hoog voorhoofd en grijze haren.

V. ligt een kilometer of twintig van ons vandaan. In 1917 was twintig kilometer een wereld op zich; zeker in de winter, zeker met die oorlog waar maar geen einde aan kwam en die zo'n lawaai van vrachtwagens en handkarren op de wegen veroorzaakte, en stinkende rook en duizenden donderslagen want het front was niet ver weg, ook al was het vanaf de plek waar wij ons bevonden een onzichtbaar monster, een verborgen land.

Destinat had verschillende namen, al naar gelang de plaats en het soort mensen. In de gevangenis van V. noemden de meeste kostgangers hem *Bloedzuiger*. In een van de cellen heb ik zelfs op een dikke, eikenhouten deur een houtsnede gezien die hem voorstelde. Hij leek trouwens behoorlijk goed. De kunstenaar had dan ook alle tijd gehad om zijn model te bewonderen gedurende het twee weken durende proces.

Als wíj Pierre-Ange Destinat op straat tegenkwamen, noemden we hem 'mijnheer de procureur'. De mannen namen hun pet af en de vrouwen van eenvoudige komaf maakten een kniebuiging. De andere vrouwen, de aanzienlijken, die uit zijn wereld kwamen, neigden lichtjes met het hoofd als vogeltjes die uit een goot drinken. Dit alles merkte hij nauwelijks op. Hij reageerde niet, of zo weinig dat je vier hevig geboende lorgnons zou moeten dragen om zijn lippen te zien bewegen. Volgens mij was dat geen minachting zoals de meeste mensen dachten, maar doodgewoon onthechting.

Ondanks dat was er een jong iemand die hem haast begreep, een jonge vrouw over wie ik het nog zal hebben en die hem – alleen privé – de bijnaam *Tristesse* heeft gegeven. Misschien is zij wel de schuld van alles wat er gebeurd is, maar dat heeft ze nooit geweten.

Aan het begin van de eeuw was een procureur nog heel wat. En in tijden van oorlog, als een enkel mitrailleursalvo een hechte compagnie van tot alles bereide krachtpatsers wegmaait, is het vragen om de dood van een enkele man in ketens bijna iets ambachtelijks. Ik geloof niet dat hij er uit wreedheid toe kwam om het hoofd van een arme drommel te vragen die een postbode had doodgeslagen óf zijn schoonmoeder had opengesneden, waarna hij het nog kreeg ook. Hij zag de zwakzinnige tegenover hem staan, tussen twee agenten, met zijn handboeien om, maar merkte hem nauwelijks op. Hij keek zogezegd door hem heen, alsof de ander al niet meer bestond. Destinat joeg dan ook geen misdadigers van vlees en bloed na, maar verdedigde een opvatting, niets dan een opvatting: de opvatting die hij had van goed en kwaad.

De veroordeelde brulde toen zijn straf werd uitgesproken, huilde, krijste, hief soms zijn handen ten hemel alsof hij zich opeens zijn catechismus herinnerde. Destinat zag hem al niet meer. Hij borg zijn aantekeningen in zijn map, vier of vijf velletjes papier waarop hij in een klein, verfijnd handschrift in paarse inkt zijn requisitoir had opgeschreven, een handjevol zorgvuldig gekozen woorden die de aanwezigen gewoonlijk deden sidderen en de jury aan het denken zetten, als die tenminste niet sliep. Een paar woorden die volstonden om in een vloek en een zucht een schavot op te richten, sneller en zekerder dan twee meestertimmerlieden in een week.

Hij had niets tegen de veroordeelde, hij kende hem al niet meer. Het bewijs daarvoor heb ik na afloop van een proces met eigen ogen in de hal gezien: Destinat komt naar buiten met het prachtige hermelijnbont van zijn toga nog om zijn schouders en een air alsof hij Cato is; hij komt de toekomstige klant van de guillotine tegen, die hem klagend aanspreekt. Zijn ogen waren nog behuild van de uitspraak, en het lijdt geen twijfel dat hij nu spijt had van de schoten die hij in de buik van zijn baas had gelost. 'Meneer de procureur,' kreunt hij, 'meneer de procureur...' en Destinat kijkt hem in de ogen, alsof hij de gendarmes en de handboeien niet ziet, legt een hand op zijn schouder en antwoordt: 'Ja, vriend, wij hebben elkaar al eens ontmoet, nietwaar? Waarmee zou ik je kunnen helpen?' Zonder enige spot, volkomen oprecht. De ander werd er volledig door gebroken. Alsof het een tweede straf was.

Na elk proces ging Destinat lunchen in de Rébillon, tegenover de kathedraal. De baas daar is een dikke man met een hoofd als een stronk witlof – geel met wit – en een mond vol slechte tanden. Hij heet Bourrache. Hij is niet snugger, maar hij heeft een neus voor geld. Zo is hij. Daar kan hij niets aan doen. Hij draagt altijd een groot schort van blauwe stof waardoor hij eruitziet als een ingesnoerd tonnetje. In die tijd had hij een vrouw die nooit uit bed kwam vanwege wat we hier een kwijnende ziekte noemen, iets wat hier nogal vaak voorkomt bij vrouwen die de novembermist en hun eigen ontreddering niet uit elkaar kunnen houden. Inmiddels is ze gestorven, niet zozeer door die ziekte waar ze uiteindelijk wel aan gehecht was geraakt, als wel door wat er gebeurd is, door 'De Zaak'.

In die tijd waren de drie dochters van Bourrache zo blank als lelietjes, maar wel met een krachtig, bloedrood accentje dat hun teint zodanig accentueerde dat ze in brand leken te staan. De jongste was nog geen tien jaar oud. Zij had pech. Of misschien juist wel heel veel geluk. Wie zal het zeggen?

De andere twee moesten het met hun voornamen doen – Aline en Rose – maar de kleinste werd door iedereen *Belle* genoemd, en sommige mensen die poëtisch wilden zijn, maakten daar zelfs *Belle de jour* van, Dagschone. Als ze met z'n drieën karaffen, flessen en bestek door de eetzaal droegen, te midden van tientallen mannen die hard praatten en te veel dronken, dan dacht ik altijd dat er bloemetjes verdwaald waren in een kroeg van verderf. Vooral de kleinste zag er zo fris uit dat ik altijd vond dat ze niet in onze wereld thuishoorde.

Wanneer Destinat het restaurant binnen kwam zei Bourrache, die een man van gewoontes was, altijd dezelfde zin tegen hem, zonder er ook maar een letter aan te veranderen: 'Alweer één een kopje kleiner, meneer de procureur!' De ander gaf geen antwoord. Dan bracht Bourrache hem naar zijn plaats. Destinat had zijn eigen tafel die het gehele jaar door voor hem gereserveerd was; een van de beste. Ik zeg niet dé beste, want die was er ook: die stond bij de enorme aardewerken kachel en overzag vanachter de met kwasten versierde gordijnen het hele plein voor het paleis van justitie; die tafel was voor rechter Mierck, een vaste klant. Hij kwam vier keer per week. Aan zijn buik kon je dat wel zien – tonnenrond tot aan de bovenkant van zijn dijen – en aan zijn huid ook: die zat vol gesprongen adertjes, alsof alle bourgognes die hij had gedronken zich daar hadden verzameld en stonden te wachten tot ze eruit werden gezet. Mierck mocht de procureur niet zo. Dat was wederzijds. Ik geloof zelfs dat hoe ik het hier opschrijf bepaald milder dan de werkelijkheid is, maar toch kon je ze elkaar plechtig zien groeten, met de hoed in de hand, als twee totaal verschillende mannen die ondanks alles dezelfde routine delen.

Het merkwaardigste was dat Destinat weinig in de Rébillon kwam en er toch zijn eigen tafel had, die dus driekwart van het jaar onbezet was, wat voor Bourrache een behoorlijke inkomstenderving betekende; maar deze gaf hem onder geen beding aan andere klanten, zelfs niet als het jaarmarkt was en alles wat er in de streek aan boeren rondliep zich kwam volproppen na op koeienkonten te hebben geslagen, sinds de dageraad een liter pruimenjenever te hebben gedronken en daarna in het bordeel van vrouw Nain hun behoefte te hebben gedaan. Die tafel bleef leeg, ook als er gasten werden weggestuurd. Op een dag had Bourrache er zelfs een veehandelaar uit gegooid die hem opeiste. Die is nooit teruggekomen.

'Beter een koningstafel zonder koning dan een gast die hier zit met mest aan zijn schoenen.' Dat zei Bourrache tegen mij, toen ik hem er op een dag over zat te sarren.

2

De eerste maandag van december. Hier in het dorp. 1917. Siberisch koud. De grond klakte onder je hakken en het geluid weerkaatste tot in je achterhoofd. Ik kan me de grote deken nog herinneren die ze over het lichaam van het meisje hadden geworpen en die al snel doorweekt raakte, en de twee smerissen die het lijkje dicht bij de hoge oever bewaakten: Berfuche, een gedrongen mannetje met wilde-zwijnenoren waar haar uit groeide, en Grosspeil, een Elzasser wiens familie veertig jaar geleden was geëmigreerd. Iets verder naar achteren stond de jongen van Bréchut zijn vest te verfrommelen, een potige knaap met een dikke buik en haren zo stug als een borstel, die niet precies wist of hij nu moest blijven of weggaan. Hij was het die haar op weg naar zijn werk in het water had zien liggen. Hij was klerk op het kantoor van de havenmeester. Dat is hij nog steeds, al is hij nu twintig jaar ouder en is zijn schedel zo glad als een ijsvlakte.

Een lichaam van een tienjarige is niet echt groot, vooral niet als het doorweekt is van winters water. Berfuche trok een hoek van de deken weg en blies toen in zijn handen om warm te worden. Het gezicht van Belle de jour werd zichtbaar. Geluidloos vlogen er een paar kraaien voorbij.

Ze leek op een sprookjesprinses met blauwige lippen en witte oogleden. Haar haren waren verstrikt geraakt in het gras, dat bruin was van de ochtendvorst. Haar handjes omklemden de leegte. Het was die dag zo koud dat onze snorren met sneeuw bedekt raakten toen we de lucht als stieren uitbliezen. We stampten met onze voeten om er het bloed in te laten terugkeren. Logge ganzen tekenden cirkels in de lucht. Het leek alsof ze de weg kwijt waren. De zon zat weggedoken in een jas van mist die meer en meer verwaaide. Zelfs de kanonnen leken bevroren. Er was niets te horen.

'Misschien is het eindelijk vrede,' waagde Grosspeil.

'Vrede, m'n grootje,' beet zijn collega hem toe en sloeg de drijfnatte wollen deken weer over het lichaam van het meisje.

We wachtten op de heren uit V. Eindelijk waren ze er, in gezelschap van de burgemeester die een behoorlijk chagrijnige kop had, zoals je die hebt als je op een onchristelijk tijdstip uit bed wordt gehaald, en dan nog wel bij zulk weer dat je er nog geen hond op uit zou sturen. Rechter Mierck was er, zijn griffier wiens naam ik nooit gekend heb maar die door iedereen *Croûteux* werd genoemd vanwege een onappetijtelijk eczeem dat de linkerhelft van zijn gezicht aanvrat, drie onderofficieren van de gendarme die dachten dat er weinig was waarvan ze nog zouden opkijken, en een militair. Wat die militair daar deed weet ik niet, maar we zagen hem hoe dan ook niet lang: hij viel al snel flauw en we moesten hem naar café Jacques dragen. Die parmantige pauw had vast nog nooit een bajonet van dichtbij gezien, hooguit in een wapendepot. Dat kon je zien aan zijn onberispelijk gestreken uniform dat eruitzag alsof het gemaakt was voor een paspop van de beroemde kleermaker Poiret. Oorlog voerde hij zonder twijfel vanuit een grote, velours fauteuil bij een gietijzeren kachel, en besprak hij 's avonds met een champagneflûte in zijn hand met meisjes in baljurken, onder vergulde lambriseringen en kristallen ornamenten, omringd door het geschetter van een bepruikt kamerorkest.

Onder zijn Cronstadt-hoed en zijn van lekker eten voldane uiterlijk was rechter Mierck keihard. De wijnsauzen gaven zijn oren en neus misschien wel kleur, maar maakten hem niet zachtaardiger. Hij tilde de deken zelf op en bekeek Belle de jour langdurig. De anderen wachtten op een woord of een verzuchting, hij kende haar tenslotte goed, hij zag haar elke dag of bijna elke dag als hij zich in de Rébillon ging volvreten. Hij bekeek het lichaampje alsof het een steen was of een stuk hout: harteloos, met een oog zo ijzig als het vlakbij stromende water.

'Het is de dochter van Bourrache,' fluisterde men hem in het oor, om daarmee te zeggen: 'Dat arme kind, ze was pas tien, beseft u wel dat ze u gisteren nog brood kwam brengen en uw tafellaken gladstreek?' Abrupt draaide hij zich op zijn hakken om naar degene die hem had durven aanspreken. 'En wat kan mij dat schelen? Een dode is een dode!'

Voor ons was rechter Mierck tot die tijd altijd rechter Mierck geweest, punt uit. Hij had zijn plaats en zo was het. Al waren we niet bepaald dol op hem, we respecteerden hem wel. Maar na wat hij op die eerste maandag in december bij het doorweekte lijkje van dat meisje zei, en vooral de manier waarop, behoorlijk scherp, vrij luchtig en met een vonk van plezier in zijn ogen omdat hij nu eindelijk een misdaad had, eindelijk een echte – want dat was het, geen twijfel mogelijk! – in deze tijd van oorlog

waarin alle moordenaars duimendraaiden in het burger-
bestaan om dubbel zo sterk tekeer te gaan in uniform, na
dus dat antwoord keerde de hele streek hem als één man
de rug toe en dacht men alleen nog met walging aan
hem.

'Juist, juist, juist, juist...' vervolgde hij neuriënd, alsof
hij zo ging kegelen of jagen. Toen kreeg hij honger. Een
bevlieging, een gril: zachtgekookte eieren moest hij hebben. 'Met het eigeel nog vloeibaar en het wit gestold!'
preciseerde hij; eieren, hier en nu, aan de oever van het
kleine kanaal, bij tien graden onder nul, naast het lichaam van Belle de jour: ook dat was schokkend!

Eén van de drie gendarmes, degene die dat watje met
z'n epauletten had weggebracht en net weer terug was,
stoof meteen weer weg, tot uw orders, om de eitjes op de
kop te tikken, 'meer nog dan eitjes: wereldbolletjes, kleine wereldbolletjes', zoals rechter Mierck ze noemde
wanneer hij hun schaal stuktikte met een piepklein ha-
mertje van bewerkt zilver dat hij daar elke keer speciaal
voor uit zijn vestzakje viste, want die bevlieging die zijn
snor goudgeel besmeurde overviel hem wel vaker.

Terwijl hij op zijn eieren wachtte, speurde hij meter
voor meter de omgeving af en floot ondertussen zachtjes,
met zijn handen gevouwen achter zijn rug, terwijl de anderen zich nog steeds warm probeerden te houden. En
hij praatte, hij was niet te stuiten. In zijn mond bestond
er geen Belle de jour meer, terwijl hij haar voorheen toch
ook zo had genoemd, dat had ik zelf gehoord. Nu had hij
het over 'het slachtoffer', alsof de dood niet alleen een
einde aan het leven, maar ook aan lieve bloemennaam-
pjes maakte.

'Bent u degene die het slachtoffer hebt ontdekt?'

De jongen van Bréchut frunnikt nog steeds aan zijn

vest, alsof hij zich erin wil verstoppen. Hij knikt van ja, en de ander vraagt hem of hij zijn tong heeft verloren. De jongen van Bréchut schudt van nee en zegt nog steeds niets. Dit alles irriteert de rechter merkbaar, en langzaam verdwijnt het goede humeur dat de moord hem heeft gegeven, temeer omdat de gendarme op zich laat wachten en de eieren maar niet arriveren. Dan is de jongen van Bréchut bereid om in details te treden, en de ander luistert en mompelt zo nu en dan 'Juist, juist, juist...'

Minuten gaan voorbij. Het is nog even koud. De ganzen zijn inmiddels verdwenen. Het water stroomt verder. Een punt van de deken hangt in de stroom die hem door elkaar schudt en binnenstebuiten keert, hem laat bewegen als een hand die de maat aangeeft, die wegzinkt en weer te voorschijn komt. Maar dat ziet de rechter niet. Hij luistert naar het verhaal van de jongen van Bréchut, mist er geen woord van, is zijn eieren vergeten. De ander heeft er nu nog een heldere voorstelling van, maar later zal hij er een roman van maken, omdat hij achter elkaar alle kroegen afloopt om zijn verhaal te vertellen en zich vol laat gooien door alle kasteleins. Uiteindelijk zal hij rond middernacht ladderzat met koortsige tremolo's de naam van het meisje uitschreeuwen en alle glazen wijn die hij links en rechts gedronken heeft over zijn broek heen pissen. Helemaal aan het einde van zijn avond zou hij zo zat als een kanon zijn en voor een groot publiek alleen nog maar gebaren maken. Mooie gebaren, serieus en dramatisch en door de wijn nóg sprekender.

De dikke billen van rechter Mierck puilden uit over zijn jachtstoeltje, een driepoot van kamelenhuid en ebbenhout, die de eerste keren dat hij hem te voorschijn haalde grote indruk op ons had gemaakt – hij was net terug uit de koloniën... drie jaar lang had hij in de buurt van Ethiopië of zoiets op kippendieven en graanplunderaars gejaagd. Op het slagveld van de ondervraging vouwde hij het krukje continu in en weer uit, zat er peinzend op als een schilder naast zijn model of zwaaide hem door de lucht als een generaal die om veldslagen verlegen zit.

Terwijl de rechter naar Bréchut luisterde, zat hij zijn eieren te eten, want die waren eindelijk gearriveerd, in een grote, witte, dampende handdoek, gebracht door de serviele gendarme die zich het vuur uit de sloffen had gerend. Nu was de snor van de rechter grijs met geel. De eierschalen lagen bij zijn voeten. Hij verbrijzelde ze met zijn hak en veegde onderwijl zijn lippen af met een grote, batisten zakdoek. Het klonk als het breken van de glazen botten van een koppel vogels. De restanten van de schalen kleefden als minuscule ruitersporen aan zijn laars terwijl vlakbij, slechts een paar passen verderop, Belle de jour nog steeds onder haar lijkwade van doorweekte wol lag. De eieren hadden de rechter er niet minder om gesmaakt. Ik ben er zeker van dat ze hem er zelfs een stuk lekkerder door smaakten.

Bréchut was klaar met zijn verhaal. De rechter had het gelijktijdig met zijn wereldbolletjes verschalkt, als een kenner. 'Juist, juist, juist...' zei hij terwijl hij opstond en zijn frontje rechttrok. Toen keek hij naar het landschap alsof hij het diep in de ogen wilde kijken. Nog steeds stram en met zijn hoed recht op het hoofd.

De ochtend stortte zijn licht en zijn uren uit. Iedereen stond op zijn plaats als tinnen soldaatjes in een miniatuurtheater. Berfuche had een rode neus en tranende ogen. Grosspeil kreeg de kleur van het water. Croûteux hield zijn notitieboekje in zijn hand, waarin hij al wat aantekeningen had gemaakt, en krabde soms aan zijn zie ke wang waar de kou wittige vlekken op maakte. De gendarme van de eieren leek van was. De burgemeester was terug naar zijn stadhuis gegaan, tevreden dat hij de warmte weer kon opzoeken. Hij had zijn rolletje gespeeld. De rest ging hem niet meer aan.

De rechter stond met zijn handen op de rug, hapte gulzig naar de blauwe lucht en maakte sprongetjes op de plaats. Het wachten was op Victor Desharet, de arts uit V. Maar de rechter had geen haast meer. Hij genoot van de plaats en het tijdstip. Hij probeerde het in het diepst van zijn geheugen in te prenten, waar zich al heel wat misdaaddecors en moordlandschappen bevonden. Het was zijn eigen museum, en ik weet zeker dat als hij erdoorheen liep, er rillingen door hem heen gingen die niet onderdeden voor die van moordenaars. De scheidslijn tussen jager en prooi is dun.

De dokter arriveert: wat een stel, de rechter en hij! Ze kennen elkaar al sinds de middelbare school. Ze tutoyeren elkaar, maar uit hun mond klinkt het zo raar dat het lijkt alsof ze 'u' zeggen. Ze eten geregeld samen, in de Rébillon en andere restaurants; dat duurt uren; dan komt er van alles voorbij, vooral charcuterie en orgaanvlees: hoofdkaas, *gras-double* met room, gepaneerde varkenspootjes, pens, hersenen, gebakken niertjes. Omdat ze elkaar al zo lang kennen en dezelfde dingen naar binnen werken, zijn ze mettertijd op elkaar gaan lijken: dezelfde huidskleur, dezelfde overmatig weelderige plooien in de hals, dezelfde buik, dezelfde ogen die de wereld haastig lijken op te nemen en de modder op straat net zo hard ontwijken als elke vorm van mededogen.

Desharet bekijkt het lichaam alsof het een studieobject is. Hij is zichtbaar bezorgd dat zijn handschoenen nat zullen worden. Toch heeft ook hij het meisje goed gekend; onder zijn vingers is ze echter geen dood kind meer, maar gewoon een lijk. Hij raakt Belle de jours lippen aan, tilt haar oogleden op, maakt haar kraag los en dan ziet iedereen de violette striemen die wel een halsketting lijken. 'Wurging,' verklaart hij. Je hoeft niet van de universiteit te komen om dat te kunnen zeggen, maar toch is dat woord op die plaats, op die bevroren ochtend, vlak bij het lichaampje, een klap in je gezicht.

'Juist, juist, juist...' begint de rechter weer, zeer tevreden dat hij een moord heeft, een echte, waar hij zijn tanden in kan zetten, een kindermoord nog wel, en als bekroning ook nog op een meisje. En dan vraagt hij, nog steeds draaiend op zijn hakken met allemaal poses en grimassen en zijn snor plakkerig van het eigeel: 'En wat is dat voor een deur?' Dan kijkt iedereen naar de deur in kwestie alsof die plotseling verschenen is als een Heilige Maagd; het is een klein deurtje dat halfopen staat naar bevroren en vertrapt onkruid, een deur in een grote, hoge omheining met daarachter een park, een echt park met echte bomen en achter al die bomen met hun verstrengelde kale takken de omtrekken van een hoog huis, een landhuis, een groot, ingewikkeld bouwwerk.

Bréchut geeft antwoord en wringt zijn handen van de kou: 'Nou, dat is het park van het kasteel...'

'Een kasteel...' herhaalt de rechter alsof hij in de maling wordt genomen.

'Nou ja, het kasteel van de procureur.'

'Kijk eens aan, dus daar...' zei de rechter meer tegen zichzelf dan tegen ons; wij die toen al niet meer voor hem betekenden dan muizenkeutels. Je zou toch denken dat het hem plezier zou doen de naam van zijn rivaal te horen vallen, en zeker als daar een strikje omheen zat dat riekte naar een gewelddadige dood; de naam van een man die even machtig was als hij en die hij haatte, hoewel niemand eigenlijk precies wist waarom, misschien gewoon omdat rechter Mierck alleen maar kón haten, omdat dat zijn diepste aard was.

'Juist, juist, juist...' vervolgde hij, plotseling weer opgeruimd, en drukte zijn dikke lijf op het exotische billenbankje dat hij recht tegenover het deurtje naar het park van het kasteel had gezet. En zo bleef hij zitten, langzaam vastvriezend als een goudvink op een waslijn, terwijl de gendarmes met hun voeten stampten en in hun handschoenen bliezen, de jongen van Bréchut zijn neus niet meer voelde en Croûteux naar het paars-grijs neigde.

3

Het kasteel is niet niks, dat moet gezegd. Zelfs de meest veeleisende karakters zijn onder de indruk van de bakstenen muren en leien daken die samen een juweel voor de chique wijk vormen – jazeker, die hebben we hier, en ook een kliniek die tijdens deze jarenlange, mondiale slachting maar niet leeg wilde raken, en twee scholen, een voor de meisjes en een voor de jongens, en een enorme fabriek met ronde schoorstenen die de wolken krabben en er 's winters en 's zomers, 's nachts en overdag rookpluimpjes en roetwolken in spuwen. Sinds die fabriek hier aan het einde van de jaren tachtig is gevestigd, houdt hij de hele streek in leven. Er zijn maar heel weinig mensen die er niet werken. Iedereen of bijna iedereen heeft er de wijngaarden en velden voor verlaten. En sindsdien bedekken verwaarlozing en doornstruiken de grote helling en verslinden ze de boomgaarden, wijnstokken en voren in vruchtbare aarde.

Onze stad is niet erg groot. Niet zo groot als V., lang niet. Toch kun je er verdwalen. Wat ik bedoel is dat er genoeg donkere hoekjes en belvédères zijn om ieder in zijn eigen melancholie te kunnen laten zwelgen. Aan de fabriek hebben we de kliniek en de scholen te danken en de kleine bibliotheek waar niet zomaar elk boekje binnenkomt.

De eigenaar van de fabriek heeft geen naam en geen gezicht; het is een vennootschap, zoals ze dat noemen, en mensen die slim willen lijken voegen daaraan toe: een consortium. Waar eerst graan werd gezaaid, zijn rijen huizen opgekomen. Drukke, kleine, identiek aangelegde straatjes. Huizen die voor niets, of voor juist heel veel – rust, gehoorzaamheid, sociale vrede – worden verhuurd aan arbeiders die er niet op zaten te wachten, en die het maar vreemd vinden om in een wc te pissen en niet in een zwart gat in een dennenhouten plank. De weinige oude boerderijen die zich nog verzetten, staan tegen elkaar aan rondom de kerk, als in een reflex, met hun oude muren en lage ramen tegen elkaar aan, en werpen door hun halfopen schuurdeuren een scherpe geur van wrongel en stal naar buiten.

Ze hebben zelfs twee kanalen voor ons gegraven, een groot en een klein. Het grote voor de aken die steenkool en kalksteen brengen en het natriumcarbonaat komen ophalen. Het kleine om het grote te voeden wanneer dat eens zonder water komt te zitten. De graafwerkzaamheden hebben wel tien jaar geduurd. Toen liepen er overal heren rond met stropdassen en stapels geld in hun zakken, die het land in een handomdraai opkochten. In die tijd werden er zo veel rondjes gegeven dat je een maand lang niet nuchter hoefde te worden. Toen, op een dag, waren ze weg. Vertrokken. De stad was van hen. Iedereen ontwaakte uit zijn roes. Daarna moest er gewerkt worden. Voor hen.

Om terug te komen op het kasteel: de eerlijkheid gebiedt te zeggen dat het de meest imposante woning van de stad is. De oude Destinat, ik bedoel de vader, had het laten bouwen, kort nadat Napoleon III in 1870 bij Sedan gevangen was genomen. En hij had niet op een cent gekeken: misschien praten we in deze streken niet veel, maar soms willen we wel op andere manieren indruk maken. De procureur heeft er altijd gewoond. Sterker nog: hij is er geboren en hij is er gestorven.

Het kasteel is enorm groot; het heeft geen menselijke maat. Te meer daar het gezin nooit groot is geweest. Zodra de oude Destinat een zoon had, zette hij de machinerie stop. Officieel vond hij het welletjes. Wat hem er niet van weerhield om een paar buiken te vullen met een stelletje prachtige bastaarden, die hij tot hun twintigste een goudstuk gaf en op de eerste dag van hun eenentwintigste een goede aanbevelingsbrief en een symbolische trap onder de kont, zodat ze heel ver weg zouden uitzoeken of de aarde wel rond was. Hier noemen we dat vrijgevig. Niet iedereen zou zoiets doen.

De procureur was de laatste Destinat. Er zullen er geen meer volgen. Niet omdat hij niet trouwde, maar omdat zijn vrouw te vroeg doodging: zes maanden na de bruiloft waarop alles was samengekomen wat er in deze streek aan rijkdom en aanzien bestond. Het meisje was een Vincey. Haar voorouders hadden gevochten bij Crécy. Die van iedereen trouwens waarschijnlijk wel, maar dat weet niemand en het kan ook niemand iets schelen.

Ik heb een portret van haar uit de tijd van haar huwelijk gezien; het hangt in de hal van het kasteel. De schilder was uit Parijs overgekomen. In haar gezicht had hij haar naderende einde gevangen: de bleekheid van een stervende en de berusting in de trekken waren goed getroffen. Haar voornaam was Clélis. Dat is niet alledaags en staat erg mooi gegraveerd in het roze marmer van haar grafsteen.

Het park van het kasteel is zo groot dat een heel regiment er moeiteloos zou kunnen bivakkeren. Het wordt omringd door water: aan de achterkant loopt een zandweg die als afsteek dient tussen het plein voor het stadhuis en de vrachthaven, en daarachter het kanaaltje waarover ik sprak en waar de oude man een lelijk gesausde Japanse brug overheen had laten bouwen. De mensen noemen hem de Bloedworst, omdat de kleur je aan gekookt bloed doet denken. Op de andere oever zie je de grote ramen van een vrij laag gebouw: het laboratorium van de fabriek, waar ingenieurs voor hun baas op zoek zijn naar ingenieuze manieren om meer geld te verdienen. Rechts van het park slingert een smal en bochtig riviertje, de Guerlante, een naam die de langzame loop vol wervelingen en witte lelies eer aandoet. Het water dringt overal in door. Het park van het kasteel is één grote, doorweekte doek. Het gras is er altijd vochtig. Een plek om ziek te worden.

Zo ook Clélis Destinat: in drie weken was het allemaal gebeurd, van de eerste doktersvisite tot de laatste schep zand die Ostrane, de doodgraver, zoals altijd heel langzaam uitstortte. 'En waarom de laatste zo langzaam en de andere niet?' vroeg ik hem op een dag. 'Omdat,' antwoordde hij, waarbij hij me aankeek met een blik als een donkere put, 'omdat die in de herinnering moet blijven...' Ostrane houdt nogal van woorden, hij jaagt graag op effecten. Hij heeft het verkeerde beroep gekozen, ik had hem nog wel op het toneel zien staan.

De oude Destinat was uit de klei getrokken, maar op zijn vijftigste was hij erin geslaagd het allemaal van zich af te spoelen met behulp van bankbiljetten en zakken vol goud. Hij was van wereld veranderd. Hij had zeshonderd mensen in dienst, bezat vijf boerderijen die hij verpachtte, achthonderd hectare bos – uitsluitend eiken –, zo veel weidegrond dat er geen einde aan leek te komen, tien woonkazernes in V. en een pak aandelen – geen slappe, geen Panamese! – zó groot dat tien mensen het als matras hadden kunnen gebruiken zonder elkaar in de zij te porren.

Hij ontving en hij werd ontvangen. Overal. Net zo goed bij de bisschop als bij de prefect. Hij wás nu iemand.

Ik heb het nog niet over Destinats moeder gehad. Die was heel anders: ze kwam uit de beste kringen, ook van de klei, maar dan niet uit de wereld van degenen die haar bewerken maar van hen die haar sinds mensenheugenis bezitten. Als bruidsschat had ze voor haar man meer dan de helft meegebracht van wat hij nu bezat en daarnaast wat goede manieren. Toen trok ze zich terug met boeken en handwerkjes. Ze mocht een voornaam kiezen voor haar zoon: het werd Ange. De oude man voegde er Pierre aan toe. Hij vond dat het 'Ange' aan stalen zenuwen en viriliteit ontbrak. Daarna zag zij haar zoon niet of nauwelijks meer. Tussen de Engelse *nurses* van de eerste jaren en het internaat van het jezuïetencollege ging de tijd in een oogwenk voorbij. De moeder schonk het leven aan een huilebalk met roze huid en opgezwollen ogen, en zag op een dag een nogal stijve jongeman voor zich staan op wiens kin tussen twee puistjes drie haren groeiden en die haar uit de hoogte aankeek, als een echt heertje dat stijf stond van Latijn, Grieks, importantie en haantjesdromen.

Ze stierf zoals ze had geleefd: teruggetrokken. Weinig mensen merkten er iets van. Haar zoon zat in Parijs voor zijn rechtenstudie. Toen hij terugkwam voor de begrafenis, was hij nog meer het door hoofdstad en beleefde conversatie gepolijste jongeheertje, met een wandelstokje van licht hout, een onberispelijk boordje en een dun snorretje op zijn lip, gepommadeerd *à la Jaubert*, de laatste mode! De oude man bestelde een prachtige grafkist bij de schrijnwerker, die voor de eerste keer in zijn leven palissander- en mahoniehout gebruikte en er gouden handgrepen op vastschroefde. Echt goud. Toen liet hij een graftombe bouwen waarop een bronzen beeld de handen ten hemel heft en een ander in stilte op zijn knieën zit te huilen: het betekent niet zoveel maar het effect is prachtig.

De rouw had nauwelijks invloed op de gewoontes van de oude man. Hij liet zich alleen drie pakken van zwarte stof en zijden rouwbanden aanmeten.

De dag na de ceremonie vertrok de zoon weer naar Parijs. Hij bleef er nog jarenlang wonen.

Toen dook hij op een dag weer op, nu als een al te serieuze procureur. Hij leek niet meer op het jonge kakventje dat met een verveeld pruilmondje drie rozen op de grafkist van zijn moeder had laten vallen en er vervolgens net zo makkelijk van tussen was gegaan omdat hij bang was zijn trein te missen. Iets had hem van binnen kapotgemaakt of verbogen. Maar wat het was, zijn we nooit te weten gekomen.

Later zou zijn weduwnaarschap hem breken. En verwijderen. Van de wereld. Van ons. Ongetwijfeld van zichzelf. Ik denk dat hij van zijn jonge kasbloempje gehouden heeft.

De oude Destinat stierf acht jaar na zijn vrouw op een holle weg aan een hartaanval, toen hij op weg was naar een van zijn boerderijen om de pachter een uitbrander te geven en hem misschien zelfs uit zijn huis te zetten. We vonden hem met zijn mond open en zijn neus in de behoorlijk dikke modder van begin april, die we te danken hebben aan de regens die zich hier in die tijd uit de hemel storten en de aarde in een kleffe brij veranderen. Uiteindelijk was hij teruggekeerd naar waar hij vandaan kwam. De cirkel was rond. Aan zijn geld had hij weinig gehad. Hij was gestorven als een boerenknecht.

En toen was de zoon echt alleen. Alleen in het grote huis.

Hoewel hij de wereld nog steeds uit de hoogte bekeek, was hij met weinig tevreden. Toen zijn pedante jonge jaren met de bijbehorende mooie kleertjes en gekrulde wimpers voorbij waren, resteerde er niets anders dan een man die ouder werd. Zijn werk nam hem volledig in beslag. Ten tijde van de oude had het kasteel zes tuinmannen in dienst gehad, een bewaker, een kokkin, drie lakeien, vier kamermeisjes en een chauffeur. Die hele goed gedrilde horde zat op elkaar gepakt in krappe bijgebouwen en in kamers onder de hanenbalken waar 's winters het water in de lampetkannen bevroor.

De procureur ontsloeg ze allemaal. Gierig was hij niet. Hij gaf ze allemaal een mooie aanbevelingsbrief en een aardig sommetje. Alleen de kokkin, Barbe, hield hij aan, die onder druk van de omstandigheden ook kamermeisje werd, en ook haar man, die *Le Grave* werd genoemd omdat niemand hem ooit had zien glimlachen, zelfs zijn vrouw niet, die zelf altijd een vrolijk gezicht vol lachrimpels had. Le Grave ontfermde zich zo goed als hij kon over het onderhoud van het domein en deed allemaal kleine karweitjes. Het echtpaar ging weinig uit. Je hoorde nauwelijks iets van ze. Van de procureur trouwens ook niet. Het leek of het huis was ingeslapen. Het dak van een torentje lekte. Een grote blauweregen die men zijn gang liet gaan verstikte enige luiken met zijn takken. Een paar hoekstenen vroren kapot. Het huis werd ouder, net als een mens.

Destinat ontving nooit iemand. Hij had alles de rug toegekeerd. Elke zondag ging hij naar de mis. Hij had zijn eigen kerkbank die je kon herkennen aan de initialen van de familie die met een beitel in het massieve eikenhout waren gehakt. Hij sloeg geen dienst over. Tijdens de mis streelde de pastoor hem met zijn blikken alsof hij een medestander of een kardinaal was. Als de menigte met petten of geborduurde hoofddoeken het godshuis uiteindelijk verliet, liep hij met hem mee tot aan het kerkplein. Terwijl Destinat zijn geitenleren handschoenen weer aantrok – zijn handen waren zo smal als vrouwenhanden en zijn vingers zo dun als sigarettenhouders – stonden ze onder de slaande klokken te praten over niets, maar op de toon van mensen die alles weten, de een omdat hij de menselijke ziel kende, de ander omdat hij er alles van gezien had. Het ballet lag vast. Daarna ging hij terug naar huis, zodat iedereen zich zijn eenzaamheid voorstelde en erover kon roddelen.

Op een dag kwam een van de directeuren van de fabriek beleefd vragen om een onderhoud op het kasteel. Protocol, uitwisseling van visitekaartjes, buigingen en afgenomen hoeden. Hij krijgt zijn onderhoud. Deze directeur was een dikke, goedlachse Belg met rossige, krullende bakkebaarden, laag op de poten en gekleed als een gentleman uit een roman, met billentikker, ruitjesbroek, galons en lakleren *boots*. Goed, Barbe komt binnen met een groot blad en wat je verder nog nodig hebt voor thee. Ze serveert. Ze verdwijnt. De directeur praat. Destinat zegt weinig, drinkt weinig, rookt niet, lacht niet, luistert beleefd. De ander draait om de hete brij heen, praat een

dikke tien minuten over biljart, dan over de patrijzen-
jacht, bridge, havanna's, en ten slotte de Franse keuken.
Hij is er nu al drie kwartier. Hij wil net over het weer beginnen als Destinat opeens op zijn horloge kijkt, een
beetje van opzij, maar toch langzaam zodat de ander
ruim de gelegenheid krijgt om het te merken.

De directeur begrijpt de hint, kucht, zet zijn kopje
neer, kucht nog eens, pakt het weer op en waagt het erop:
hij is hier om een gunst te vragen, maar hij weet niet of
hij het aandurft, hij aarzelt, hij vreest eerlijk gezegd on-
gelegen te komen, misschien zelfs ongemanierd te lijken... maar uiteindelijk springt hij toch in het diepe: het
kasteel is groot, erg groot, en er zijn bijgebouwen, in het
bijzonder dat huisje in het park, onbewoond maar lieflijk
en vrijstaand. Het probleem van de directeur is dat de fabriek goed loopt, té goed, zodat er steeds meer werkne-
mers nodig zijn, vooral ingenieurs en productieleiders,
maar dat er geen plaats meer is om die productieleiders
te huisvesten, omdat je ze toch niet in arbeidersbuurten
kunt onderbrengen, is het niet, niet in arbeidershuisjes,
nee, die kun je niet zij aan zij leggen met het soort mensen dat soms met z'n vieren in een bed slaapt, altijd wijn
drinkt, om de tien woorden vloekt, zich voortplant als
beesten, nee, dat nooit! Toen kreeg de directeur dus een
idee, niet meer dan een ideetje... als meneer de procureur
ermee zou instemmen, maar uiteraard verplicht niets
hem daartoe, iedereen is baas over zijn eigen huis, maar
als hij ondanks alles zou toestemmen het huisje in het
park te verhuren, dan zouden de fabriek en de directeur
hem zeer erkentelijk zijn, ze zouden vanzelfsprekend
goed betalen en er zou niet zomaar iemand in worden
ondergebracht, uitsluitend iemand met stijl, beleefd, dis-
creet, rustig, minstens een onder-productieleider als het

al geen productieleider werd, en zonder kinderen, de directeur geeft zijn woord van eer en zweet met grote druppels onder zijn valse boordje en in zijn *boots*. Hij zwijgt, wacht, durft zelfs niet meer naar Destinat te kijken die is opgestaan en uitkijkt over het park en de zichzelf verhullende mist.

Er valt een lange stilte. De directeur heeft al spijt van zijn komst, maar plotseling draait Destinat zich om en zegt hem dat het in orde is. Zomaar. Met klankloze stem. De ander weet niet wat hij hoort. Hij buigt, brabbelt, stamelt, bedankt met gebaren en woorden, loopt achteruit en gaat er dan vandoor voordat zijn gastheer van gedachten kan veranderen.

Waarom stemde de procureur toe? Misschien gewoon zodat de directeur die dag snel weg zou gaan en hem met rust zou laten, of misschien omdat hij het prettig vond dat iemand één keer in zijn leven iets anders van hem vroeg dan wel of niet de dood te eisen.

4

Dat zal in de jaren '97-'98 geweest zijn. Lang geleden. De fabriek betaalde voor de reparaties aan het huisje in het park. Het was aangevreten door het vocht, als een oud scheepsruim. Tot dan toe had het als opslagplaats gediend voor alles wat men niet meer nodig had: een allegaartje van uit het lood staande kasten, rattenvallen, roestige, dunne zeisen zo krom als maansikkels, stenen, dakpannen, een soort tilbury, afgedankt speelgoed, strengen touw, tuingereedschap, voddige kleren en hele bloedbaden aan herten- en zwijnenkoppen, allemaal erg dood en opgezet – de oude was een verwoed jager geweest – die zijn zoon, die koppen liet rollen maar het verafschuwde om ze te zien, hier had laten opslaan. De spinnen hadden er heel wat webben overheen geweven, wat het geheel een antiek patina gaf zoals bij sarcofagen uit Egyptische mysteries. Om het geheel na afloop van het grote werk te fatsoeneren, kwam er een decorateur helemaal uit Brussel.

De eerste huurder arriveerde zodra de werkzaamheden waren voltooid. Zes maanden later werd hij vervangen door de tweede, die ook weer vertrok en toen kwam er een derde, en een vierde, enzovoort. We telden ze al niet meer. Er kwamen er een heleboel, die allemaal minder dan een jaar bleven en allemaal op elkaar leken. De mensen noemden hen allemaal hetzelfde. Ze zeiden: 'Kijk, daar komt de Huurder aan!' Het waren grote, vrij jonge mannen die geen lawaai maakten, nooit uitgingen, geen vrouwen meenamen, en hun orders hadden. Verder gingen ze om zeven uur naar de fabriek, kwamen om acht uur thuis, na te hebben gegeten in een groot gebouw dat ze hier het Casino noemen – je vraagt je trouwens af waarom, er werd daar nooit gespeeld! – en dat fungeerde als kantine voor de heren ingenieurs. Af en toe waagde een van hen het om op zondag een paar stappen in het park te zetten. Destinat zei er niets van, liet ze begaan. Hij keek toe vanuit een van de ramen, wachtte tot ze weer binnen waren en ging dan zelf wandelen en op een bankje zitten.

De jaren gingen voorbij. Het leven van Destinat leek een onveranderlijke rite die zich afspeelde tussen het paleis van justitie van V., het kerkhof waar hij elke week het graf van zijn vrouw bezocht en het kasteel waarin hij woonde, opgesloten, haast onzichtbaar, teruggetrokken uit de wereld die langzamerhand een legende van ascetisme om hem heen weefde.

Hij werd al een dagje ouder, maar veranderde niet. In ieder geval uiterlijk niet. Altijd die ernst waar je het koud van kreeg, en die stilte die zo ondoordringbaar leek als een eeuw vol gebeurtenissen. Als je zijn stem wilde horen, die trouwens erg zacht was, moest je maar naar een van de processen gaan. Die waren er veel. Er is hier meer misdaad dan elders. Misschien omdat de winters zo lang zijn dat je je gaat vervelen en de zomers zo warm dat ze je bloed laten koken.

De juryleden begrepen niet altijd wat de procureur

bedoelde: hij had te veel gestudeerd en zij niet genoeg. Het was een gevarieerd gezelschap, maar hoge heren zaten er bijna nooit tussen; gewoonlijk waren het mensen van niks. Muffe ambachtslieden zaten zij aan zij met hoogrode boeren, ijverige ambtenaartjes, pastoors in versleten soutanes uit plattelandsparochies die al vóór zonsopgang waren opgestaan, voermannen en afgepeigerde arbeiders. Allemaal zaten ze op dezelfde bank, de goede. Velen van hen zouden net zo goed op het bankje aan de andere kant kunnen belanden, tussen de twee besnorde agenten die zo stram waren als de figuurtjes op de tarotkaarten van Épinal. En ik weet zeker dat ze dat diep van binnen zelf ook wisten, dat ze zich ervan bewust waren maar het niet wilden toegeven, en dat ze daarom vaak zo hatelijk en onwrikbaar waren jegens degene over wie ze moesten oordelen en die ze eigenlijk dus zelf hadden kunnen zijn, die hun ongelukkige of dappere broeder was.

Als de stem van Destinat door de rechtszaal klonk, verstomde het gemompel. Het leek of de zaal zich fatsoeneerde, zoals wanneer je voor een spiegel staat en aan je overhemd trekt om je boordje omhoog te krijgen. Een zaal die naar zichzelf keek en zijn adem inhield. In die stilte wierp de procureur zijn eerste woorden. En de stilte scheurde. Nooit meer dan vijf kantjes, ongeacht de zaak, ongeacht de verdachte. Zijn procureurstrucje was doodeenvoudig. Geen kouwe drukte. Een koele, minutieuze schets van het misdrijf en het slachtoffer, meer niet. Maar dat is al heel veel, vooral wanneer je geen enkel detail verzwijgt. Gewoonlijk gebruikte hij het doktersrapport als leidraad. Hij week er niet van af. Hij hoefde het alleen maar voor te lezen en zijn stem te laten hangen bij de meest pijnlijke woorden. Hij vergat geen enkele wond, geen enkele snede, niet het minste rafeltje van een afgesneden keel of een opengereten buik. Het publiek en de juryleden zagen plotseling uiterst duistere taferelen voor zich, die van heel ver kwamen en het kwaad in al zijn gedaantes uitbeeldden.

Ze zeggen vaak dat de mens bang is voor wat hij niet kent. Ik geloof eerder dat je bang wordt als je op een dag iets leert wat je de dag daarvoor nog niet wist. Dat was het geheim van Destinat: doodgemoedereerd smeet hij tevreden mensen iets in het gezicht wat ze verre van zich hadden willen houden. De rest was een peulenschil. Overwinning verzekerd. Hij kon het hoofd eisen. De juryleden reikten het hem op een zilveren presenteerblaadje aan.

Dan kon hij gaan lunchen in de Rébillon.

'Alweer één een kopje kleiner, meneer de procureur!' Bourrache ging hem voor naar zijn tafel, hielp hem in zijn stoel zoals men dat doet bij een heer. Destinat vouwde zijn servet open en tikte met de platte kant van zijn mes tegen zijn glas. Rechter Mierck groette hem zwijgend en Destinat beantwoordde zijn groet op dezelfde manier. Ze zaten minder dan tien meter van elkaar. Elk aan zijn eigen tafel. Nooit wisselden ze een woord. Mierck zat verschrikkelijk te bunkeren, met zijn servet om zijn hals geknoopt als een stalknecht, met vettige vingers van de saus en een blik die al vertroebeld was van de brouilly. De procureur was daarentegen goed opgevoed: hij sneed zijn vis alsof hij hem streelde. Het regende nog steeds. Rechter Mierck propte zijn dessert naar binnen. Belle de jour zat bij de grote haard te dommelen, gewiegd door haar vermoeidheid en de dansende vlammen. De procureur trok zich terug in zijn zoete dromen.

Ergens werd alvast een kling geslepen en een schavot gebouwd.

Ik heb gehoord dat Destinat het met zijn talent en zijn fortuin behoorlijk ver had kunnen schoppen. In plaats daarvan bleef hij zijn hele leven bij ons. Dat wil zeggen nergens, dat wil zeggen in een streek waar het geroezemoes van het leven ons jarenlang alleen maar bereikte als verre muziek, totdat we het op een ochtend recht op ons hoofd kregen en we er vier jaar lang daverende koppijn aan overhielden.

Het portret van Clélis hing nog altijd in de hal van het kasteel. Haar glimlach keek toe terwijl de wereld veranderde en in de afgrond viel. Ze droeg de kleding uit een zorgeloze tijd die niet meer bestond. In de loop der jaren was haar bleekheid vervaagd en waren de oude vernislagen haar wangen vaag roze gaan kleuren. Elke dag liep Destinat weer iets versletener en doffer langs haar voeten, met nog iets tragere bewegingen en langzamer tred. De twee dreven steeds verder uit elkaar. Een plotselinge dood neemt je de mooie dingen af, maar houdt ze wel in goede staat. Dat is haar ware grootsheid. Daar valt niet tegen te strijden.

Destinat was zo dol op de tijd, dat hij toekeek hoe deze verstreek en soms alleen maar voor een raam op een chaise longue van rotan zat, of anders op een bankje vanaf een kunstmatig heuveltje dat in de lente bedekt raakte met anemonen en maagdenpalm en zicht bood op het lome water van de Guerlante, en het drukkere water van het kleine kanaal. Dan leek hij wel een standbeeld.

Ik probeer het al zo veel jaar te begrijpen, maar ik vind mezelf niet slimmer dan een ander. Ik tast in het duister, verdwaal, draai rond in cirkels. Aanvankelijk, vóór 'De Zaak', was Destinat voor mij een naam, een functie, een huis, een fortuin, een gezicht dat ik elke week minstens twee of drie keer tegenkwam en waarvoor ik mijn hoed afnam. Maar van wat erachter zat had ik geen flauw idee! Sindsdien heb ik me zo lang met zijn geest beziggehouden dat hij zo ongeveer een goede kennis van me is geworden, een onfortuinlijk familielid, bijna een deel van mezelf dat ik zo goed en zo kwaad als het gaat aan de praat probeer te krijgen en tot leven wil wekken, zodat ik het een vraag kan stellen. Eentje maar. Af en toe zeg ik tegen mezelf dat ik mijn tijd verdoe, dat die man zo ondoorzichtig was als dikke mist, en dat duizend avonden nog niet genoeg zouden zijn. Maar tijd heb ik tegenwoordig in overvloed. Het is alsof ik buiten de wereld sta. Alles wat ertoe doet lijkt zo ver weg van mij te staan. Ik leef in het kielzog van een Geschiedenis die de mijne niet meer is. Langzamerhand zink ik.

5

1914. Aan de vooravond van het grote bloedbad was er in het dorp plotseling een tekort aan ingenieurs. De fabriek draaide nog steeds op volle toeren, maar om welke reden dan ook bleven de Belgen in hun kleine koninkrijk, in de zwakke beschutting van hun operettemonarchie. Aan de procureur liet men met veel plichtplegingen en beleefdheidsfrases weten dat er geen nieuwe huurder meer zou komen.

De zomer begon trouwens even heet in de prieeltjes als onder de schedeldaken van heel wat patriotten, die opgewonden raakten als fijne uurwerkjes. Overal werden er vuisten geheven en pijnlijke herinneringen opgehaald. Hier en elders genezen oude wonden maar moeizaam, vooral als ze flink etteren, en op avonden waarop de geschiedenis vol wrok wordt herkauwd, raken ze gemakkelijk geïnfecteerd. Een heel land was bereid om zich uit eigenliefde en domheid in de muil van een ander land te werpen. Vaders spoorden hun zoons aan. Zoons hun vaders. De vrouwen, moeders, echtgenotes en zusters waren de enigen die dit alles aankeken met een vermoeden van ellende in het hart en een helderheid die verder reikte dan zo'n middag vol vrolijk gebral, achterovergeslagen drank en de patriottische gedichten van Déroulède die tegen het dichte groene bladerdak van de kastanjeboom sloegen en je oren lieten tuiten.

Ons stadje kon de oorlog horen, maar deed er niet echt aan mee. Zonder iemand te beledigen kun je zelfs zeggen dat we ervan leefden: de mannen hielden de fabriek draaiende. Dat was noodzakelijk. Er kwam een bevel van boven. Een goed bevel dit keer, wat uiterst zeldzaam is: op gezag van een of andere hoge piet ergens ver weg werden alle arbeiders opgeroepen voor de burgerdienst; zo ontkwamen achthonderd sterke mannen aan het knallende rood en het hemelblauw. Achthonderd mannen die in de ogen van sommigen nooit mannen zouden worden, die elke ochtend uit een warm bed en slaperige armen stapten in plaats van uit een modderige loopgraaf, en die kiepwagentjes voortsleepten in plaats van kadavers. Wat een geluksvogels! Ver weg van het gefluit van de granaten, de angst, de vrienden die twintig meter verderop kermend in het prikkeldraad hangen en er sterven, de ratten die aan de doden knagen! In plaats daarvan gewoon het leven, het echte leven. Het leven dat je elke ochtend weer kon vastgrijpen, niet als een droom aan de andere kant van de rook, maar als een warme zekerheid met de geur van slaap en vrouwenparfum. 'Mazzelaars! Lijntrekkers!' dachten de herstellende soldaten met de kapotgeslagen smoelen, die nog maar één oog en geen benen meer hadden, die rochelden, verbrijzeld of met bajonetten bewerkt waren, wanneer ze in onze straten de weldoorvoede, roze arbeiders met hun broodtrommeltjes tegenkwamen. Als die langsliepen, draaiden die soldaten met een arm in een mitella of een houten been zich naar hen om en spuwden op de grond. Daar moesten we begrip voor hebben. Je kunt al om minder dan dat iemand haten.

Niet iedereen was arbeider in de fabriek. De weinige boeren met de juiste leeftijd verruilden hun hooivorken voor lebelgeweren. Sommigen van hen vertrokken als trotse cadetten en wisten nog niet dat hun namen binnenkort gebeiteld zouden worden in een monument dat alleen nog opgericht moest worden.

En toen vertrok er iemand van bijzondere betekenis: de onderwijzer, Fracasse genaamd. Die was niet van hier. Er werd een afscheid georganiseerd. De kinderen hadden een ontroerend, naïef liedje geschreven dat hem een traan ontlokte. De gemeenteraad schonk hem een tabakszak en stadse handschoenen. Ik vraag me af of hij ooit iets heeft gehad aan dat paar zalmkleurige handschoenen van delicate stof, dat hij uit een haaienvellen doos en zijdepapier te voorschijn haalde en waar hij ongelovig naar keek. Ik weet niet wat er van Fracasse geworden is: dood, kreupel, of misschien na vier jaar nog steeds gezond en wel. In ieder geval is hij nooit teruggekomen en dat kan ik wel begrijpen: niet alleen heeft de oorlog bergen doden veroorzaakt, maar ook heeft ze de wereld en onze herinnering in tweeën gehakt, alsof alles wat zich ervoor afspeelde in een paradijs gebeurde, onder in een oude zak waar we onze hand nooit meer in durfden te steken.

Er werd een vervanger gestuurd die niet meer mobiliseerbaar was. Ik herinner me vooral zijn krankzinnige ogen, twee ijzeren kogels in oesterwit. '*Je suis contre!* Ik ben tegen!' zei hij meteen al tegen de burgemeester die hem het klaslokaal liet zien. Sindsdien werd hij *Le Contre* genoemd. Prima dat hij tegen was. Maar waartegen? Dat hebben we nooit geweten. In ieder geval zou het maar drie maanden duren: die man was ongetwijfeld lang daarvoor al gaan malen. Soms onderbrak hij de les, staarde naar de kinderen en deed met zijn tong en lippen een mitrailleur na, of hij vertolkte een granaat die de aarde raakt door zich op de grond te werpen en minutenlang onbeweeglijk te blijven liggen. Hij stond helemaal alleen in deze kwestie. De waanzin is een land waar niet iedereen zomaar naar binnen mag. Dat moet je verdienen. Híj was er in ieder geval groots onthaald; hij had al zijn kabels en ankers laten vieren met de zwier van een kapitein die zichzelf, fier rechtop op de voorsteven, tot zinken brengt.

Elke avond maakte hij een huppeltje langs het kanaal. Hij praatte tegen zichzelf, meestal met woorden die niemand begreep, en af en toe stopte hij om zich met de tak van een notenboom tegen een onzichtbare tegenstander te verweren; daarna huppelde hij verder en mompelde onderwijl: 'Takata takata toing toing!'

Op de dag van een zware artilleriebeschieting sloeg hij door. Elke vijf seconden trilden onze ruiten als de waterspiegel bij een zware noordenwind. De lucht was vervuld van de geur van buskruit en rottend vlees. Het stonk tot in de huizen. We stopten de kieren van de ramen dicht met vochtige doeken. Later vertelden de kinderen dat Le Contre zijn hoofd bijna een uur lang zo stevig in zijn handen had geklemd dat het leek alsof hij het uit elkaar wilde laten springen, waarna hij op zijn bureau was gaan staan en zijn kleren één voor één uittrok en onderwijl luidkeels de Marseillaise zong. Daarna rende hij in adamskostuum naar de vlag, gooide hem op de grond, piste eroverheen en wilde hem in brand steken. Op dat moment was de jongen van Jeanmaire – de grootste van de klas en al bijna vijftien – kalm opgestaan en had hem ervan weerhouden met een harde klap met de gietijzeren pook hoog op het voorhoofd.

43

'De vlag, die is heilig!' zei de jongen later, niet weinig trots, toen iedereen om hem heen stond en hij zijn handelen verklaarde. Toen al had hij lef. Drie jaar later stierf hij bij de slag om de Chemin des Dames. Nog altijd voor de vlag.

Toen de burgemeester arriveerde, lag de onderwijzer uitgestrekt op de nationale driekleur, spiernaakt, zijn haren licht verschroeid door het vuur dat niet echt had doorgezet. Later werd hij tussen twee verplegers weggevoerd, gekleed in een dwangbuis die hem er als een schermer liet uitzien, met op zijn schedel een paarse buil als een bizarre onderscheiding. Hij praatte niet meer. Hij leek op een jong kind dat net een standje heeft gekregen. Ik denk dat hij nog steeds heel ergens anders was.

Nu zat de school dus zonder onderwijzer, en al vonden de kinderen de situatie niet onprettig, hij was niet naar de zin van de autoriteiten, die koste wat het kost schedels wilden volstampen om in serie jonge soldaten te produceren die bereid waren om erop los te slaan. Temeer omdat in die tijd de eerste illusies vervlogen waren – 'Binnen twee weken dumpen we die moffen in Berlijn!' – en we niet wisten hoe lang de oorlog nog ging duren, en het verstandig leek om reserves op te bouwen. Voor het geval dat.

De burgemeester was wanhopig en klopte bij al zijn contacten aan. Het mocht niet baten: hij vond geen oplossing en ook geen vervanger voor Fracasse.

En toen kwam die oplossing helemaal vanzelf, op 13 december 1914 om precies te zijn, met de postkoets uit V., die zoals altijd stilhield voor de ijzerwinkel van Quentin-Thierry waar in de etalage altijd kisten met klinknagels in alle maten en mollenvallen op een rij stonden. We zagen vier veehandelaren uitstappen, rood als kardinaalsmijters, die elkaar in de zij porden en luid lachten omdat ze hun zaken met te veel drank hadden overgoten; toen twee vrouwen, weduwes die naar de stad waren gereisd om er hun werkjes in kruissteek te verkopen; de oude Berthiet, een notaris die van zijn paperassen gepensioneerd was en zich een keer per week naar een achterzaaltje van het Grand Café de l'Excelsior begaf om bridge te spelen met een paar fossielen van zijn niveau. Daarna drie meisjes die inkopen hadden gedaan voor de bruiloft van een van hen. En toen we dachten dat er niemand meer was, zagen we als allerlaatste een jonge vrouw uitstappen. Een echt zonnestraaltje.

Ze keek naar rechts, toen naar links, langzaam, alsof ze de dingen opmat. De knallende kanonnen en ontploffende granaten hoorden we niet meer. De dag geurde nog een beetje naar de warmte van de herfst en het sap van de boomvarens. Bij haar voeten stonden twee tasjes van kastanjebruin leer waarvan de koperen sluitingen allerlei geheimen leken te bewaken. Ze was simpel gekleed, zonder effectbejag of overdadige opsmuk. Ze bukte een beetje, pakte de twee tasjes op en verdween stilletjes uit ons blikveld; de avond omhulde haar tere silhouet met een blauwroze, nevelige damp.

In haar voornaam, die we later hoorden, lag een bloem te slapen: Lysia, en die voornaam paste haar als een baljurk. Ze was nog geen tweeëntwintig, was afkomstig uit het noorden en was hier bij toeval beland. Haar achternaam was Verhareine.

Een korte wandeling buiten ons blikveld bracht haar naar de garen-en-bandwinkel van Augustine Marchoprat. Die wees haar op verzoek het stadhuis en het huis van de burgemeester: daar had het meisje 'met een honingzoete stem' om gevraagd, zoals de uitgedroogde vijgen later zouden zeggen. En vrouw Marchoprat, die een tong zo groot als een koe had, sloot haar deur, trok het rolluik naar beneden en rende weg om het aan haar oude vriendin Mélanie Bonnipeau te gaan vertellen, een kwezel met een mutsje die het overgrote deel van haar tijd bij haar lage raam doorbracht, vanwaar ze de straat in de gaten hield, tussen haar kamerplanten die hun waterige kringels tegen de ruiten duwden en haar dikke, gecastreerde kater met een kop als een ernstige monnik. En toen begonnen die twee oudjes hypotheses te bouwen en zich te verliezen in constructies uit de keukenmeidenromans waar ze zich op winteravonden aan overgaven, en ze vertelden elkaar alle afleveringen en maakten ze nóg gezwollener en stompzinniger dan ze al waren, totdat na een half uur Louisette langskwam, de dienstmeid van de burgemeester, een meisje zo dom als een gansje.

'En, wie is het?' vroeg mevrouw Marchoprat haar.
    'Wie is wat?'
    'Stomkop! Dat meisje met die twee tassen!'
    'Een meisje uit het noorden.'
    'Uit het noorden, uit welk noorden?' drong de garen-en-bandverkoopster aan.
    'Weet ik veel, uit het noorden, daar zijn er niet zoveel van.'
    'En wat wil ze?'
    'De baan.'
    'Welke baan?'
    'Die van Fracasse.'
    'Is ze onderwijzeres?'
    'Dat zegt ze.'
    'En de burgemeester, wat zei die?'
    'O, die is één en al glimlach!'

'Verbaast me niks.'

'Hij zei tegen haar: "U bent mijn redding!"'

'"U bent mijn redding!"'

'Ja, precies zoals ik het je nu zeg.'

'Nog zo een met een stiekem plannetje.'

'Wat voor plannetje?'

'Arme schat! Een plannetje in zijn broek als je wilt, je kent je baas toch, dat is toch een man!'

'Maar er zitten toch nooit plannetjes in broeken...'

'God, wat is ze dom! En die bastaard van jou, hoe kom je daar dan aan, van de tocht soms?'

Boos draaide Louisette zich om en vertrok. De twee oudjes waren tevreden. Ze hadden iets om de avond mee door te komen, ze konden over het noorden praten, over mannen en hun slechte eigenschappen, en over dat jonge exemplaartje dat op alles leek behalve op een onderwijzeres, en dat daar bovendien te mooi voor was, veel te mooi om een onderwijzeres te zijn, zo mooi dat ze helemaal niets hoefde te zijn.

De volgende dag wisten we alles, of bijna alles.

Lysia Verhareine had op kosten van de gemeente in de grootste kamer van het enige hotel van de stad geslapen. En 's ochtends was de burgemeester, gekleed als een jonge bruidegom, haar komen halen om haar aan iedereen voor te stellen en rond te leiden door de school. Je had hem moeten zien, hoe hij strijkages maakte en rondedansjes deed totdat het kruis van zijn broek van zwarte jaspégaren haast uitscheurde, en hoe hij er met zijn honderd kilo zo gracieus uitzag als een dansende circusolifant; en dat alles voor de ogen van de jongedame, die steeds als ze iemand van ons met een lichte druk van haar ranke pols de hand schudde naar een heel ver punt voor-

bij het landschap staarde, alsof ze erin wilde opgaan, wilde verdwijnen.

Ze betrad de school en bekeek het klaslokaal alsof het
een slagveld was. Alles stonk er naar boerenkinderen. Er
lag nog een restje as van de verbrande vlag op de vloer.
Een stuk of wat omgevallen stoelen gaven de indruk dat
hier een feest was gehouden. Sommigen van ons stonden
de scène van buiten te bekijken, zonder ons te verstoppen, met de neus tegen de ruiten van het lokaal gedrukt.
Op het bord stond het begin van een gedicht geschreven:

Zonder twijfel hebben zij de koude voelen bijten
In hun naakte harten onder de open sterren
En de halve dood...

Zo eindigden de woorden en het handschrift dat van Le
Contre moet zijn geweest, het handschrift dat ons herinnerde aan zijn ogen en zijn gymnastiekoefeningen, en
dat we bekeken terwijl hij ergens – maar waar? – op een
matras vol luizen lag of anders stond te rillen onder het
effect van een koude douche of een violetkleurige elektrische schok.

De burgemeester had staan praten voordat hij de deur
had geopend en op de vlag had gewezen; toen stak hij
zijn worstenvingers in de horlogezakjes van zijn zijden
vest en deed belangrijk in zijn stilte, terwijl hij ons af en
toe een koolzwarte blik toewierp die ongetwijfeld betekende: 'Wat zijn jullie hier nou allemaal aan het doen,
wat moeten jullie nou? Maak dat je wegkomt en steek je
neus toch niet in onze zaken!' Maar niemand ging weg,
iedereen bleef het tafereel indrinken als een glas bijzondere wijn.

De jongedame zette kleine stapjes naar rechts en naar

links in het klaslokaal, die haar naar lessenaartjes brachten waarop nog schriften en pennen lagen. Ze boog zich
over een ervan heen, las de beschreven pagina, en je zag
haar glimlachen terwijl je tegelijkertijd haar haren tussen
het kraagje van haar blouse en haar blote huid als gouden
tule tegen haar hals zag schuimen. Toen stond ze stil
voor de as van de vlag, zette twee omgevallen stoelen
overeind, schikte alsof het niets was wat droogbloemen
in een vaas, veegde zonder pardon de onaffe verzen van
het schoolbord en glimlachte naar de burgemeester, die
aan de grond genageld werd door die glimlach van een
twintigjarige, terwijl mensen elkaar op minder dan vijftien mijl afstand met blanke wapens de keel afsneden en
het ondertussen in hun broek deden, en dagelijks met z'n
duizenden stierven, ver van elke vrouwenglimlach, op de
verwoeste aarde waar zelfs de gedachte aan een vrouw
een hersenschim geworden was, een dronkemansdroom,
een té mooie belediging.

De burgemeester trommelde op zijn buik om zich een
houding te geven. Lysia Verhareine verliet het klaslokaal,
met passen die danspassen hadden kunnen zijn.

6

De onderwijzers hadden altijd boven de school gewoond: in drie keurige kamertjes op het zuiden, die uit-
keken over de heuvel met zijn wijnranken en kersenbo-
men. Fracasse had er een leuk huisje van gemaakt dat ik
weleens had gezien als we zo heel af en toe een avondje
lichtelijk gereserveerd over van alles en nog wat hadden
zitten praten; de plek rook naar bijenwas, ingebonden
boeken, meditatie en celibaat. Sinds Le Contre hem was
opgevolgd, was er niemand meer geweest, zelfs niet toen
de verplegers hem al hadden meegenomen.

De burgemeester stak de sleutel in het slot, duwde de
deur met moeite open, zich lichtelijk verbazend over de
weerstand; hij ging naar binnen en verloor in één klap
zijn mooie toeristengidsenglimlach – dat denk ik tenminste, ik reconstrueer het verhaal, vul de leemtes op,
maar ik geloof niet dat het ver bezijden de waarheid is,
want toen hij een paar minuten later weer naar buiten
kwam, konden we het allemaal afleiden uit zijn ontzet-
ting, zijn verblufte, met grote zweetparels bedekte voorhoofd en zijn vale gelaatskleur; hij snoof de frisse lucht
met diepe teugen op en zocht direct steun tegen een
muur, waarna hij uit zijn zak een grote, geruite, niet zo

schone zakdoek trok – heel passend voor de boer die hij eigenlijk nog was – en zijn voorhoofd afwiste.

Enige tijd later kwam ook Lysia Verhareine weer terug in het licht; ze kneep haar ogen samen, deed ze toen weer open, keek ons aan en glimlachte. Toen ging ze een paar passen verderop staan, knielde neer en raapte twee verlate kastanjes op, die nog maar net op de grond waren gevallen en prachtig bruin en glanzend uit hun bolsters waren gebarsten. Ze liet ze door haar hand rollen, snoof eraan met gesloten ogen en liep toen zachtjes weg. Wij renden de trap op, duwden elkaar opzij, haastten ons naar boven, verdrongen ons: het was een ramp.

Van de vroegere charme van het huisje was niets meer over. Echt letterlijk niets. Le Contre had de plek methodisch verwoest, zo nauwkeurig dat elk boek uit de bibliotheek in vierkantjes van één bij één centimeter waren gesneden – Lepelut, een pennenlikker met een hartstocht voor precisie, mat het ter plekke voor ons op –, en de meubels stuk voor stuk met een jachtmes waren bewerkt totdat er alleen enorme bergen blanke houtsnippers over waren. Op diverse plaatsen trokken hoopjes etensresten allerlei soorten insecten aan. Her en der op de vloer imiteerde bevuild linnengoed uitgestrekte, verscheurde - lichamen zonder vlees. En op de muren, op alle muren, ontvouwden de coupletten van de Marseillaise hun krijgshaftig gezeur in nauwkeurig gevormde letters op het met madeliefjes en stokrozen versierde behang; die gek had de verzen steeds opnieuw opgeschreven, als de litanie van een waanzinnige, en ze gaven ons het gevoel dat we opgesloten zaten tussen de reusachtige bladzijden van een weerzinwekkend boek; de letters had hij stuk voor stuk gevormd door zijn vingertoppen te dopen in zijn eigen stront, die hij elke dag dat hij hier had gewoond in elke hoek van elke kamer had gescheten, na afloop van zijn gymnastiek of als de kanonnen angstaanjagend donderden; tijdens het onverdraaglijke fluiten van de vogels of bij het obscene parfum van kamperfoelie, seringen en rozen; onder de blauwe hemel, tegen de zoete wind.

Uiteindelijk was Le Contre die oorlog van hem ook zelf gaan voeren. Met mes, scheermes en uitwerpselen had hij zijn slagveld, zijn loopgraaf en zijn hel getekend. Ook hij had zijn lijden uitgeschreeuwd voordat hij erdoor was verzwolgen.

Het stonk er weliswaar afgrijselijk, maar toch deed de burgemeester wel erg kleingeestig, harteloos en laf. Een nul. De jonge onderwijzeres daarentegen was een dame: zij was zonder veroordeling of huivering uit het appartement gekomen. Ze had naar de hemel gekeken die rook en ronde wolken met zich meevoerde, deed een paar stappen, raapte twee kastanjes op en had ze gestreeld alsof het de koortsige slapen van de waanzinnige waren, zijn kleurloze voorhoofd dat bleek was geworden van alle doden en alle smeekbeden die we tijdens ons menszijn verzamelen, van al onze etterende wonden die al eeuwenlang openliggen en waarnaast de geur van stront een niemendalletje is, niets meer dan de zoetige, zwakke, zure geur van een lichaam dat nog leeft, lééft, waar we volstrekt niet door afgestoten zouden moeten worden, waar we ons niet voor zouden moeten schamen of door zouden moeten laten breken.

Maar het bleef een feit dat ze niet in het appartement zou kunnen wonen. De burgemeester was volledig van slag; hij bewoog zich in een roes, was al aan zijn zesde absint toe die hij net als de vorige in één teug achteroversloeg, zonder te wachten tot de suiker was gesmolten, om bij te komen van het feit dat hij de duistere kant van de mens zo dicht was genaderd; dit alles gebeurde in café Thériex, dat het dichtstbij lag, toen wij ons nog bogen over de kaligrammen van de waanzinnige en over zijn universum van confetti en bevuiling, waarbij we hard fluitend naar de grond staarden, onze schouders ophaalden en uit het raampje bekeken hoe het oosten inktzwart werd.

En toen ging de burgemeester, al slapend, snurkend en stomdronken, van zijn stoel en zijn tafel op zijn bek. Algemeen gelach. Een rondje. Het gesprek komt weer op gang. We praten. We praten. En iemand, ik ben vergeten wie, begint over Destinat. Een ander die ik ook vergeten ben, zegt: 'Dáár zouden we dat onderwijzeresje moeten onderbrengen, bij de procureur, in het huisje in het park waar de Huurder zat!'

Iedereen vond het een uitstekend idee, vooral de burgemeester, die zei dat hij daar een moment geleden ook al aan had gedacht. We stootten elkaar aan met een gebaar van verstandhouding. Het was al laat. De kerkklok sloeg twaalf keer tegen de nacht. De wind blies een luik kapot. Buiten sloeg de regen tegen de grond als een gezwollen rivier.

7

De volgende dag was de burgemeester heel wat minder fier. Somber liep hij rond in dik velours, een wollen overjas, een muts van otterbont en spijkerschoenen. Het bruidegommenpakje hing samen met zijn zelfverzekerde maniertjes aan de hangertjes. Hij hoefde niet meer te doen alsof hij op het podium stond en een rol speelde: Lysia Verhareine had zijn ware aard doorzien. Het was niet meer het moment om zich als een fat te presenteren. En bovendien: als je bij de procureur op bezoek ging in balkostuum, had je meteen al een achterstand. De ander zou hem als een aangeklede aap hebben beschouwd.

De jonge onderwijzeres had nog steeds die afwezige glimlach. De jurk die ze droeg was net zo eenvoudig als die van de eerste dag, maar dan in herfst- en bosachtige tinten, afgezoomd met Brugse kant, wat het geheel een religieuze ernst gaf. De burgemeester ploegde door de modder op straat. En zij zette haar ranke voetjes neer op de door het water geteisterde bodem en ontweek de poelen en de stroompjes. Het leek alsof ze aan het spelen was en huppelend over de doorweekte bodem het spoor van een lief beestje volgde, en onder haar gladde jongevrouwengezicht zag je nog het vrolijke kind dat ze geweest moest zijn, dat wegliep van het hinkelen om door de tuinen te sluipen en er trosjes kersen en rode bessen te plukken.

Terwijl de burgemeester in zijn eentje naar binnen ging om het verzoek aan Destinat voor te leggen, bleef zij voor het bordes van het kasteel staan wachten. De procureur ontving hem staande in de hal, onder het tien meter hoge plafond op de kille zwarte en witte tegels die op de vloer het speelbord uittekenden van een spel dat in lang vervlogen tijden was begonnen, waarin mensen de pionnen zijn, waarin rijkaards, machthebbers en krijgers voorkomen en dat van een afstandje wordt gadegeslagen door continu struikelende knechten en hongerlijders. De burgemeester vertelde alles. Achter elkaar. Zonder opsmuk of mooie woorden. Hij praatte met zijn blik naar de grond, naar de tegels op de vloer en de beenkappen van Destinat die gemaakt waren van het allerbeste kalfsleer. Hij vertelde alles: de Marseillaise van stront, het apocalyptische schouwspel en de gedachte die bij veel mensen – en vooral bij hem – was opgekomen om het meisje te huisvesten in het huisje in het park. Hij zweeg, wachtte, uitgeteld als een beest dat met volle kracht tegen de muur van een dierentuin of de stam van een dikke eikenboom was geknald. De procureur gaf geen antwoord. Door het gebrandschilderde glas van de voordeur bekeek hij de tengere gestalte die rustig heen en weer liep; toen maakte hij de burgemeester duidelijk dat hij de jonge vrouw wenste te zien, en de deur opende zich voor Lysia Verhareine.

Ik zou kunnen fantaseren, dat is per slot niet moeilijk. Maar waarom zou ik? Als je de werkelijkheid recht in de ogen kijkt, zegt zij zoveel meer. Lysia kwam binnen en stak Destinat een hand toe die zo smal was dat hij hem eerst niet zag, ook omdat al zijn aandacht gericht was op de schoenen van de jonge vrouw: kleine zomerschoenen van krip en zwart leer met op de punt en de hak een beetje modder. En die modder, eerder grijzig dan bruin, had een vettig spoor op de vloer getekend dat de zwarte vlakken lichter kleurde, en de witte vlakken donker.

De procureur stond erom bekend dat zijn schoenen, ongeacht het weer, nog feller glommen dan de helmen van de republikeinse garde. Al viel er een meter sneeuw, al regende het pijpenstelen, al lag de straat vol modder, het leer dat zijn voeten schoeide was altijd smetteloos. Ik heb een keer gezien hoe hij ze afstofte, in de gangen van het paleis van justitie, toen hij dacht dat niemand hem zag en onderwijl iets verderop, achter een notenhouten lambrisering die door jarenlang gebruik bruin geworden was, twaalf juryleden het gewicht van een mensenhoofd wogen. Toen zat er iets van minachting en afschuw in zijn bewegingen. En er werd me een heleboel duidelijk. Destinat had een afkeer van vlekken, zelfs de meest natuurlijke en aardse. Gewoonlijk werd hij onpasselijk als hij het vuile schoeisel zag van de verdachten die zich tegen de bankjes in de rechtszaal aandrukten, of van de mannen en vrouwen die hij op straat tegenkwam. Aan de hand van je schoenen bepaalde hij of je het verdiende in de ogen te worden gekeken of niet. Het maakte alles uit of je rondliep met perfect gepoetst schoeisel, glimmend als een kale schedel na een zonovergoten zomer, of met een korst uitgedroogde aarde, stof van de wegen, of de neerslag van een plotselinge regenbui op het harde, poreuze leer.

Maar toen hij voor die kleine, met modder bespatte schoentjes stond die het marmeren schaakbord en daarmee het universum opnieuw hadden ingericht, toen was alles anders: het leek alsof de baan van de aarde was geblokkeerd.

Na een tijd nam Destinat het uitgestoken handje in de zijne en hield het lang vast. Heel lang.

'Een eeuwigheid,' vertelde de burgemeester ons later, 'Een eeuwigheid, en nog een lange ook!' voegde hij eraan toe en vervolgde: 'De procureur liet haar hand niet meer los, hij hield hem in de zijne, en jullie hadden zijn ogen moeten zien, dat waren zijn ogen niet meer, en zijn lippen, die bewogen wel, ze trilden althans een beetje alsof hij iets wilde zeggen, maar er kwam niets uit, niets. Hij keek maar naar het meisje, verslond haar alsof hij nog nooit een vrouw had gezien, in ieder geval niet een vrouw zoals zij... Ik wist me geen houding te geven, stel je het eens voor, ze waren met z'n tweeën ergens anders heen gegaan, ze hadden zich ergens teruggetrokken en verloren zich in elkaars ogen, want ook het meisje bewoog niet, ze bleef maar lief naar hem glimlachen, ze keek niet weg, geneerde zich niet, was niet timide, en de sukkel van het verhaal, dat was ik dus... Ik zocht iets om me aan vast te klampen, iets wat mijn aanwezigheid kon rechtvaardigen en waardoor ik geen indringer zou lijken, en toen heb ik mijn toevlucht gezocht in het grote portret van zijn vrouw, in de plooien van haar jurk die over haar voeten valt. Wat moest ik anders? Uiteindelijk trok het meisje haar hand terug, maar haar blik niet, en de procureur keek naar de zijne, naar zijn hand, alsof de huid ervan af was gestroopt. Hij was even stil, toen keek hij me aan en zei gewoon "ja", meer niet, alleen "ja". Verder weet ik het niet meer.'

Hij wist het ongetwijfeld prima, maar het deed er niet meer toe. Lysia Verhareine en hij verlieten het kasteel. Destinat bleef er. Lange tijd. Op dezelfde plaats. En uiteindelijk liep hij met zware voetstappen terug naar zijn woonvertrekken: dat heb ik van Le Grave gehoord, die had hem nog nooit zo krom zien lopen, zo traag en wezenloos, en Destinat gaf zijn oude knecht niet eens antwoord toen die vroeg of het wel goed met hem ging. En misschien ging hij diezelfde avond wel weer terug naar de hal om zich er in de halfschaduw die nauwelijks werd beroerd door het blauwige schijnsel van de straatlantaarns van te overtuigen dat hij het echt had gezien, om naar de fijne moddersporen op het zwart-witte dambord te kijken en daarna naar de ogen van zijn echtgenote van zo lang geleden, die ook glimlachte, maar met een glimlach van weleer die door niets meer werd verlicht en daarom oneindig ver van hem af leek te staan.

Daarop volgden vreemde dagen.

Het was nog steeds oorlog, en misschien nog wel meer dan ooit: de wegen waren de sporen van een eindeloos mierennest dat zich kleurde met grijs en met uitgeputte stoppelbaarden. Het lawaai van de kanonnen hield inmiddels nooit meer op, of het nou dag was of nacht, en ons bestaan werd erdoor in gelijke periodes gehakt als door een macabere klok die met zijn grote wijzer gewonde lichamen en dode levens door elkaar roerde. Het ergste was dat we ze uiteindelijk bijna niet meer hoorden. Elke dag zagen we jonge mannen te voet langskomen, altijd in dezelfde richting, op weg naar de dood, maar ervan overtuigd dat ze die te snel af zouden kunnen zijn. Ze glimlachten om wat ze nog niet kenden. In hun ogen straalde het licht van hun vroegere levens. Alleen de hemel was nog puur en vrolijk; die wist niets van het bederf en het kwaad dat op de aarde, onder de sterrenboog, tentoon werd gespreid.

De jonge onderwijzeres was dus in het huisje in het kasteelpark gaan wonen. Ze paste er beter dan wie ook. Ze maakte er een juwelenkistje voor haar eigen verschijning van, waar de wind onuitgenodigd binnenwaaide en de lichtblauwe gordijnen en de boeketten veldbloemen streelde. Urenlang zat ze bij het raam of op het bankje in het park te glimlachen, met een rood marokijnen boekje in haar handen, en leek ze voorbij de horizon te kijken, nóg verder, naar een punt dat nauwelijks te zien was, of misschien alleen voor het hart en niet voor de ogen.

Al snel namen we haar op. Hoewel ons stadje zich gewoonlijk niet graag openstelt voor vreemden, wist zij haar hele omgeving met niemendalletjes te verleiden; en zelfs degenen die haar als een rivaal hadden kunnen beschouwen, ik bedoel de meisjes die op zoek waren naar een echtgenoot, knikten haar algauw gedag, en zij antwoordde hen met de lichtvoetigheid en levendigheid waarmee ze alles deed.

De leerlingen gaapten haar aan met open mond en zij maakte zich daar vrolijk over zonder ze te bespotten. Nooit eerder was de school zo vol of zo vrolijk geweest. De vaders hadden grote moeite hun zoons thuis te houden, die moeilijk deden over elk klusje en voor wie elke dag weg van de schoolbanken een lange, saaie zondag was.

Martial Maire, een onnozelaar die de helft van zijn hoofd had verloren door de trap van een runderhoef, legde elke ochtend een zelfgeplukt bosje bloemen voor de deur van haar klaslokaal, en als er geen bloemen waren een handvol lekkere kruiden, waarin de tijm een muntachtige, en de luzerne een zoete geur verspreidde. Soms, als hij geen kruiden én geen bloemen had gevonden, liet hij drie stenen achter die hij had gewassen in de grote fontein in de Rue Pachamort en daarna had afgedroogd met de stof van zijn versleten hemd. Dan ging hij weg voordat ze eraan kwam en zijn offerande zou vinden. Sommige mensen zouden dubbel hebben gelegen en de kruiden of stenen hebben weggegooid. Lysia Verhareine pakte ze traag op, terwijl de leerlingen die voor haar op een rij stonden onbeweeglijk naar haar roze wangen en haar bijna amberachtige blonde haar staarden, en hield ze liefkozend in haar handpalm; en zodra ze in het klaslokaal was schikte ze de bloemen of kruiden in een blauw keramieken vaasje in de vorm van een jonge zwaan, of legde ze de stenen aan de rand van haar bureau. Martial Maire bekeek het tafereel van buiten. Ze glimlachte naar hem. Hij rende weg. Als ze hem op straat tegenkwam, streelde ze zijn voorhoofd zoals je dat doet bij iemand die koorts heeft, en hij zwijmelde weg als hij haar lauwe handpalm voelde.

Er waren heel wat jongens die graag met die onnozelaar geruild zouden hebben. In zekere zin belichaamde Maire hun droom. De jonge vrouw wiegde hem als een kind en vertroetelde hem als een jonge verloofde. Niemand kwam ooit op het idee om er grappen over te maken.

8

En Destinat? Dat is een ander verhaal: die blijft in duisternis gehuld. Misschien is Barbe degene die hem het minst slecht kende. Jaren later heeft ze met me over hem gepraat, toen alles al lang voorbij was. Lang na 'De Zaak', lang na de oorlog. Iedereen was al gestorven, Destinat in '21, de anderen ook, en het had geen enkele zin om de as nog op te rakelen. Maar toch vertelde ze het. Het was op een namiddag; we zaten voor het huisje waar ze zich had teruggetrokken met andere weduwen zoals zij – Le Grave was in '23 geplet door een kar die hij niet had horen aankomen. Barbe vond troost in kletspraatjes en kersen op brandewijn, die ze met weckflessen vol uit het kasteel had meegenomen. Zij vertelt:

'Zodra het meisje in het huis was getrokken, merkten we dat hij veranderd was. Hij begon in het park te wandelen als een grote, zieke hommel die door honing wordt gelokt. Hij liep er continu in rond, of het nou regende, sneeuwde of waaide. Terwijl hij gewoonlijk nauwelijks een voet buiten de deur zette. Als hij voorheen terugkwam uit V. sloot hij zich op in zijn studeerkamer of in de bibliotheek, en dan bracht ik hem een glas water op een blaadje, nooit iets anders, en dan dineerde hij om zeven uur. Zo was het. Maar toen de onderwijzeres er was, werd alles anders. Hij kwam eerder terug van de rechtbank en dan ging hij naar het park. Daar ging hij heel lang op het bankje zitten lezen of naar de bomen kijken. Vaak vond ik hem ook met zijn neus tegen het raam gedrukt; dan keek hij naar buiten alsof hij iets zocht. En het eten, dat was echt het toppunt. Hij was al geen grote eter, maar nu raakte hij werkelijk bijna niets meer aan. Hij wenkte me dat ik alles weer mee kon nemen. Je kunt toch niet leven op water en lucht! Ik zei tegen mezelf: op een dag moeten we hem nog eens van de slaapkamervloer rapen, hij valt nog eens flauw, in zwijm, een collaps! Maar nee. Er gebeurde niets. Zijn gezicht viel in, vooral zijn wangen, en zijn lippen die al zo dun waren, werden nóg dunner. Hij was altijd vroeg naar bed gegaan, maar nu werd hij een nachtbraker. Ik hoorde voetstappen van boven komen, trage voetstappen onderbroken door lange stiltes. Wat hij daar deed weet ik niet: piekeren of dromen, denk ik. Elke zondag als het meisje uitging, zorgde hij ervoor dat hij haar pad kruiste. Dat leek toeval, maar het was allemaal gepland. Soms zag ik hem het goede moment afwachten en te voorschijn springen alsof het de gewoonste zaak van de wereld was. En aan haar was niets te merken, ik weet niet eens of ze het wel door had. Zij begroette hem hartelijk, heel helder en vrolijk, en liep dan verder. Hij groette terug maar bijna toonloos, met trage stem, en bleef aan de grond genageld staan op de plaats waar ze elkaar begroet hadden. Soms bleef hij daar heel lang staan wachten, alsof er nog iets ging gebeuren, wat weet ik niet; en uiteindelijk ging hij met tegenzin weer naar binnen.'

Barbe praatte nog lang over de procureur en Lysia Verhareine. Om ons heen viel de avond met de geluiden van beesten die opgesloten zaten in de stallen en dichtklappende luiken. Ik stelde me voor hoe de procureur over de paden van het park in de richting van het water van de Guerlante liep en keek naar de ramen van het huisje waar de jonge onderwijzeres woonde. Dat een man die dicht bij de dood staat met zijn voeten verstrikt raakt in de netten van de liefde, was niets nieuws. Dat was zo oud als de wereld! In zulke gevallen valt alle welgevoeglijkheid in het water. Alleen buitenstaanders vinden het belachelijk, mensen die nergens iets van begrijpen. Zelfs Destinat, met zijn gezicht zo koud als marmer en zijn ijzige handen, was in de valstrik van schoonheid en een kloppend hart gelopen. In wezen maakte hem dat menselijk, alleen maar menselijk.

Barbe vertelde me ook dat er op een avond een groot diner was. Destinat had haar al het zilver te voorschijn laten halen en urenlang de linnen servetten en geborduurde tafellakens laten strijken. Een diner voor vijftig mensen? Nee. Voor twee maar, de jonge onderwijzeres en hij. Alleen zij tweeën, aan de beide uiteinden van een enorme tafel. Niet Barbe kookte, maar Bourrache, die er speciaal voor uit de Rébillon was gehaald; en Belle de jour serveerde, terwijl Barbe zat te mokken en Le Grave al lang naar bed was. Het duurde tot middernacht. Barbe probeerde erachter te komen waar ze het in hemelsnaam met elkaar over hadden. Belle de jour vertelde: 'Ze kijken naar elkaar, ze kijken alleen maar naar elkaar...' Daar werd Barbe niet wijzer van. Ze dronk kleine glaasjes *fine* met Bourrache, die haar uiteindelijk 's ochtends wakker maakte. Ze was op de tafel in slaap gevallen. Bourrache ging weg; hij had alles schoongemaakt en opgeruimd. In zijn armen droeg hij zijn dochter, opgerold in een deken en gelukzalig slapend. Zo was het gegaan.

Nu was het overal om ons heen donker. De oude dienstmeid zweeg. Ze trok haar halsdoek over haar haar. Zo bleven we nog even zitten zwijgen in het donker, en ik overpeinsde wat ze had verteld. Toen doorzocht ze de zakken van haar oude mouwschort om er iets in te vinden. In de lucht regende het vallende sterren, grotesk en redeloos, die er alleen maar toe dienden om degenen die daar hun eenzaamheid mee wilden verlichten een wens te kunnen laten doen; daarna werd alles rustig. Wat glinsterde bleef glinsteren, en wat donker was, werd nog donkerder.

'Hier,' zei Barbe toen tegen me, 'Misschien kun jij er iets mee.'

Ze stak me een grote sleutel toe.

'Er is niets veranderd sinds ik er niet meer kom. De enige erfgenaam is een achterneef van de kant van zijn vrouw, zulke verre familie dat we hem nooit hebben gezien. De notaris zegt dat hij naar Amerika is vertrokken. Het zou me verbazen als hij ooit terugkomt, en voordat hij gevonden wordt... Ik zal er binnenkort niet meer zijn... Dan word jij in zekere zin de huisbewaarder.'

Barbe stond langzaam op, sloot mijn hand om de sleutel en stapte toen zonder een woord haar huis in. Ik stak de sleutel van het kasteel in mijn zak en vertrok.

Ik heb nooit meer een kans gehad om met Barbe te praten. Toch kriebelde het vaak in me, als een ongezonde uitslag die jeukt en tegelijkertijd prettig is, maar ik hield me voor dat ik nog alle tijd had; dat is de grote stommiteit van de mens, dat je altijd gelooft dat er nog tijd is, dat je het morgen nog kunt doen, of over drie dagen, volgend jaar, over twee uur. En dan gaat alles dood. Dan loop je opeens achter doodskisten aan, wat niet bevorderlijk is voor de conversatie. Bij Barbes begrafenis keek ik naar haar kist alsof ik er een antwoord in zocht, maar ik zag niets anders dan flink opgewreven hout waar de pastoor wierookdampen en Latijnse formules omheen liet dansen. Toen ik met het kleine, bibberige groepje naar het kerkhof liep, vroeg ik me zelfs af of Barbe me niet in de maling had genomen met haar verhalen over dat diner en Destinats liefdesperikelen. Maar uiteindelijk deed het niet meer ter zake. De kersen op brandewijn hadden het van haar gewonnen. Misschien zou ze er daarboven, tussen twee wolken, weer weckflessen vol van kunnen krijgen.

Ik droeg de sleutel van het kasteel altijd in mijn zak, en had hem nog niet gebruikt sinds ze me hem die avond, zes maanden eerder, had gegeven. De scheppen aarde gaven me mijn moed terug. Het graf was algauw weer gevuld. Barbe had haar Le Grave teruggevonden voor een lange eeuwigheid. De pastoor vertrok weer met zijn twee koorknaapjes op boerenjongensklompjes die in de modder klepperden. De kudde verspreidde zich als spreeuwen op een vers ingezaaid tarweveld; en ik ging naar het graf van Clémence, met een beetje zelfverwijt omdat ik het niet vaker bezocht.

Door de zon, de regen en de jaren is de foto die ik in een porseleinen medaillon had laten plaatsen vervaagd. Alleen de schaduw van haar haar is nog zichtbaar en ook, heel vaag, de omtrek van haar glimlach, alsof ze naar me kijkt vanachter een gazen kamerscherm. Ik legde mijn hand op de vergulde letters van haar naam en toen brandde ik los, en vertelde haar in gedachten alle verhalen die samen mijn leven vormen, mijn leven dat ik al zo lang zonder haar leef en dat zij goed moet kennen omdat ze mij er altijd over door hoort malen.

Diezelfde dag, na afloop van Barbes begrafenis, besloot ik om ook naar het kasteel te gaan, alsof ik nog dieper wilde doordringen in een mysterie waarvan ik een van de inmiddels zeldzame toeschouwers was. Ja, op die dag heb ik de braamstruiken die als een stugge baard om de deur groeiden losgetrokken en de sleutel in het grote slot laten glijden. Ik deed mezelf denken aan een meelijwekkende prins die de poort van het paleis van een of andere Assepoester openbrak. Behalve dan dat er achter deze poort eigenlijk niets meer lag te slapen.

9

Maar voordat ik over het kasteel vol stof en schaduwen begin, wil ik nog iets anders vertellen. Ik wil het hebben over Lysia Verhareine, want net als iedereen kwam ik haar ook tegen. Ons stadje is zo klein dat de paden elkaar uiteindelijk altijd kruisen. Elke keer nam ik mijn hoed voor haar af. Ze beantwoordde mijn groet met een lichte hoofdknik en een glimlach. Toch zag ik één keer iets anders in haar ogen, iets scherps en hards dat op een mitrailleursalvo leek.

Het was op een zondag, op het mooie uur net voor de avond valt, in de lente van 1915. De lucht rook naar appelbloesem en acaciaspruiten. Ik wist dat het onderwijzeresje op zondag altijd dezelfde wandeling naar de top van de heuvel maakte, of het nu mooi weer was of pijpenstelen regende. Dat was mij verteld.

Zelf zwierf ik daar ook vaak rond, met een lichte karabijn die ik van Edmond Gachentard gekregen had, een oud-collega die in het land van Caux achter de geraniums was gekropen en er een verschrompeld vrouwtje in een rolstoel verzorgde. Een leuk damesspeeltje, die karabijn, met een enkele loop die blonk als een muntje, en een kersenhouten kolf waar Gachentard in sierlijke letters een spreuk in had laten graveren: 'Je zult er niets van voelen.' Die spreuk was voor het wild bedoeld, maar Gachentard vreesde dat het op een avond op zijn vrouw van toepassing zou kunnen worden, als hij té ongelukkig werd van haar dode benen en asgrauwe gezicht. 'Dan geef ik hem liever aan jou,' had hij gezegd en hij had me het apparaat overhandigd, ingepakt in een krant met op de voorpagina het verkreukelde gezicht van de koningin van Zweden. 'Doe er maar mee wat je wilt...'

Grappig wat hij daar zei; die woorden hebben me nog lang door het hoofd gespookt. Wat kun je eigenlijk met een karabijn? Witlof verbouwen, muziek maken, naar een bal gaan, sokken stoppen? Een karabijn is gemaakt om mee te doden, punt uit, iets anders kun je er niet mee. En ik heb nooit welwillend tegenover de smaak van bloed gestaan. Toch nam ik het apparaat van hem aan, omdat ik dacht dat ik, als ik het Edmond liet behouden, misschien ooit, zonder het te weten, een onbelangrijke, met cider overgoten moord op mijn geweten zou krijgen. Sindsdien heb ik de gewoonte opgevat om die karabijn op mijn zondagse wandelingen mee te nemen en als wandelstok te gebruiken. Met de jaren heeft de loop zijn glans verloren en een donkere tint gekregen die hem niet eens zo slecht staat. Het devies dat Gachentard erin heeft laten graveren is door gebrekkig onderhoud bijna vergaan; de enige woorden die je nog kunt lezen, zijn 'Je' en 'niets': 'JE... NIETS' en inderdaad heeft het wapen nog nooit iets gedood.

Edmond Gachentard had grote voeten, een alpinopet en een jammerlijke voorliefde voor ingewikkelde kruidenbitters die door alle plantenextracten naar geneeskundige brouwsels smaakten. Vaak keek hij hoofdschuddend naar de hemel, en als grote, ronde wolken het o zo pure blauw met hun witheid vervuilden, werd hij nadenkend. 'De schoften...' zei hij dan, maar ik heb nooit geweten of dat nou op de wolken sloeg of op andere, verborgen en verhulde gestaltes die alleen voor zijn ogen rondzweefden. Tja, dat is wel zo'n beetje wat er in me opkomt als ik aan hem denk. Het geheugen is iets merkwaardigs: het onthoudt dingen die nog geen knip voor de neus waard zijn. De hele rest valt in het diepe gat. Gachentard moet al dood zijn. Hij zou nu honderdvijf zijn. Zijn tweede voornaam was Marie. Nog zo'n detail. Nu hou ik op.

Ophouden, dat zou ik echt moeten doen. Wat hebben al mijn schrijfsels voor nut, deze regels die zo dicht op elkaar gepakt staan als ganzen in de winter, deze woorden die ik aan elkaar naai zonder er iets in te zien? Dag na dag ga ik achter mijn tafel zitten. Ik kan niet zeggen dat ik er plezier aan beleef, ik kan ook niet zeggen dat ik er geen plezier aan beleef.

Gisteren stuitte Berthe, die drie keer per week het stof komt wegkloppen, op een van de schriftjes, nummer één geloof ik. 'Wat verspilt u veel papier!' Ik keek haar aan. Ze is stom, maar niet stommer dan een ander. Ze wachtte mijn antwoord niet af. Ze ging door met schoonmaken en zong ondertussen onnozele liedjes die haar al sinds haar twintigste door het hoofd spelen omdat ze nooit een man heeft gevonden. Ik had haar er best iets over willen vertellen, maar wat valt er te zeggen? Dat ik door de regels reis als over de wegen van een land dat me tegelijk onbekend en vertrouwd is? Ik begon er maar niet aan. En toen ze weg was ging ik weer aan het werk. Het ergste is dat het me niets kan schelen wat er met de schriftjes gebeurt. Ik ben nu aan nummer vier. De nummers twee en drie kan ik niet meer vinden. Ik zal ze wel kwijt zijn, of misschien heeft Berthe er op een dag het vuur mee aangemaakt. Wat maakt het uit. Ik heb toch geen zin om het allemaal over te lezen. Ik schrijf. Meer niet. Ongeveer alsof ik in mezelf praat. Ik maak een praatje met mezelf, een praatje over vroeger. Ik zet portretten in de opslag. Ik delf graven zonder mijn handen vuil te maken.

Die bewuste zondag had ik uren over de heuvel gewandeld. Het stadje lag schuin onder me, ineengedoken, huis tegen huis, met op de achtergrond de compacte massa fabrieksgebouwen met bakstenen schoorstenen die omhoogstaken alsof de lucht een oog was dat ze probeerden te doorboren. Een landschap vol rook en arbeid, een soort slakkenhuis vol slakken die geen flauw benul van de rest van de wereld hadden. En toch was de wereld niet ver weg: je hoefde de heuvel maar te beklimmen om hem te zien. Dat was vast de reden dat de meeste gezinnetjes 's zondags liever langs de oevers van het kanaal gingen wandelen, zo heerlijk melancholiek, met rustig water dat af en toe licht verstoord werd door de vinnen van een karper of de boeg van een aak. De heuvel was een toneelgordijn, maar niemand had zin in de voorstelling. De mens is zo laf als hij zich kan veroorloven. Als die heuvel er niet was geweest, hadden we de oorlog recht in ons gezicht gekregen als een echte, reële realiteit. Terwijl we nu konden doen alsof we van niets wisten, ondanks de geluiden die eruit opstegen als de scheten uit een ziek lichaam. De oorlog gaf zijn voorstellinkjes achter de heuvel; aan de andere kant, ver weg dus, dat wil zeggen zo goed als nergens, dat wil zeggen aan het einde van een wereld die de onze niet eens was. Niemand had echt zin om te gaan kijken. We maakten er een legende van; zo konden we ermee leven.

Op die zondag was ik verder omhoog gelopen dan anders, o, niet veel verder, misschien een meter of twintig, en eigenlijk per ongeluk, alleen maar omdat ik voetje voor voetje een lijster gevolgd was die krijsend en fladderend een gebroken vleugel voortsleepte waarop twee of drie bloeddruppeltjes parelden. Omdat ik niets anders van de wereld zag dan hem, kwam ik ten slotte op de top van de heuvel terecht die alleen in naam een top is, want de heuvel wordt bekroond door een weiland waardoor die plek iets weg heeft van een enorme, met gras en lage bosjes bedekte hand met de palm naar boven. Aan de wind, de warme wind in mijn nek voelde ik dat ik de grens was gepasseerd, de onzichtbare grens die wij-van-beneden over de aarde en door onze geest hadden getrokken. Ik sloeg mijn ogen op en toen zag ik haar.

Ze zat eenvoudig op het weelderige, met madeliefjes bespikkelde gras, en de lichte stof van haar jurk die vanaf haar middel uitwaaierde deed me denken aan bepaalde schilders-*déjeuners*. Het grasland vol bloemen leek speciaal voor haar te zijn uitgerold. Zo nu en dan tilde de wind haar lichte krullen op die een zachte schaduw in haar nek legden. Ze keek recht naar voren, naar wat wij, de anderen, nooit wilden zien. Ze keek ernaar met een mooie glimlach, waarmee vergeleken de glimlach die wij dagelijks kregen flets en afstandelijk was, terwijl God toch weet hoe mooi die was. Ze keek naar de wijde, bruine, eindeloze vlakte die lag te trillen onder de rook van verre explosies en waarvan de razernij, als die ons bereikte, al gedempt en bezonken en dus onwerkelijk was geworden.

In de verte was de frontlijn zo slecht te onderscheiden van de horizon dat het af en toe leek alsof er meerdere zonnen tegelijk opkwamen, die meteen weer terugvielen met het geluid van haperende voetzoekers. De oorlog ontrolde zijn viriele carnavalsfeest over kilometers afstand, en vanaf onze positie leek het op een schijngevecht in een decor voor circusdwergen. Alles was zo klein. Tegen die verkleining kon de dood niet op; die ging er dan ook vandoor met medeneming van een rugzak vol pijn, opengereten lichamen, kreten van waanzin, magen vol honger en angst, en tragedie.

Dit alles bekeek Lysia Verhareine met wijdopen ogen. Op haar knieën lag iets waarvan ik aanvankelijk dacht dat het een boek was, maar toen ze er na een paar seconden wat woorden in schreef, met een potloodje dat zo klein was dat het in haar hand verdween, zag ik dat het haar rood marokijnen notitieboekje was; en terwijl ze de bladzijden volschreef kwamen er over haar lippen weer andere woorden, of misschien wel dezelfde. Ik voelde me een dief, zoals ik haar van achteren zat te bekijken.

Op het moment dat ik dat bedacht, draaide ze haar hoofd langzaam naar me toe, waarbij haar mooie glimlach op het verre slagveld achterbleef. Schaapachtig bleef ik staan, kaarsrecht, zonder te weten wat ik moest zeggen of doen. Als ik spiernaakt was geweest had ik me niet dieper kunnen schamen. Ik waagde een korte hoofdknik. Ze bleef me aankijken met een gezicht dat ik nog nooit van haar had gezien: een gezicht zo spiegelglad als een meer in de winter, een dood gezicht, ik bedoel een gezicht van iemand die van binnen dood is, alsof er daarbinnen niets meer leefde of bewoog, alsof het bloed haar had verlaten om ergens anders heen te gaan.

Het duurde zo lang als een marteling. Toen gleed haar blik van mijn gezicht naar mijn linkerhand, waar Gachentards karabijn aan bungelde. Ik zag wat zij zag. Ik werd zo rood als de kont van een specht. Ik mompelde een paar woorden die ik meteen betreurde: 'Hij is niet geladen, ik gebruik hem alleen als...' En ik viel stil. Iets stommers had ik niet kunnen doen. Dan maar beter zwijgen. Ze liet haar ogen op me rusten: het voelde alsof er overal onder mijn huid in azijn gedrenkte kruidnagels werden gestoken. Daarna haalde ze haar schouders op, draaide zich weer naar haar landschap en liet me terugvallen in een ander universum. Een universum dat te lelijk voor haar was. Of te bekrompen, te verstikkend. Een universum waar goden en prinsessen niets van weten, al beroeren ze het soms met hun tenen of hun stem. Het universum van de mensen.

Na die zondag wendde ik al mijn talent aan om haar te ontlopen als ik haar in de verte zag aankomen. Ik vluchtte steegjes in, verschool me achter deuren of als ik niets anders had, onder mijn hoed. Ik wilde haar niet meer in de ogen kijken. Ik schaamde me dood. En toch, als ik er aan terugdacht, zo gek veel was er die zondag nu ook weer niet gebeurd! Wat had ik nou gezien? Een meisje alleen dat naar een oorlogslandschap keek en onderwijl iets in een rood notitieboekje schreef. En ik mocht toch zeker ook door de boomgaarden wandelen als ik dat wilde!

Ik hing de karabijn aan een spijker boven mijn deur. Daar hangt hij nu nog steeds. En pas toen iedereen dood en begraven was heb ik mijn zondagse wandelingen weer hervat, en sindsdien loop ik altijd naar die plek in het weiland waar ik de jonge onderwijzeres aan de rand van onze wereld heb zien zitten, als een pelgrim op bedevaart.

Ik ga altijd zitten op de plaats waar zij toen zat, om op adem te komen. Ik blijf er minutenlang zitten. Ik bekijk wat zij bekeek, het wijde landschap dat nu weer kalm en traag geworden is, zonder vuurwerk en lichtflitsen, en dan zie ik weer hoe ze haar glimlach aan de met oorlog bezoedelde verte schonk, zie ik alles weer voor me alsof de scène opnieuw wordt gespeeld, en dan wacht ik. Ik wacht.

10

De oorlog duurde voort. Al die opscheppers die hadden beweerd dat we de moffen er moeiteloos binnen drie weken uit zouden hebben geschopt, zongen al een toontje lager. De eerste verjaardag van de vijandelijkheden werd niet gevierd, behalve in de kroeg van Fermillin, een grote, magere man met een zuur gezicht die tien jaar bij de Noordelijke Spoorwegen had gewerkt voordat hij, 'als een gebod uit de hemel' zoals hij me eens toevertrouwde, zijn roeping ontdekte: de verkoop van spiritualiën.

Zijn kroeg heette Het Tweede Begin. Veel mensen zeiden dat dat voor een kroeg niet bepaald wervend was. Hij had nogal droogjes geantwoord dat zijn zaak zó zou heten en niet anders, en dat hij zelf wel wist waarom zijn zaak zo heette, al wisten anderen dat niet, en dat het hem bovendien geen donder uitmaakte wat de mensen dachten.

Waarna hij een rondje voor de hele zaak gaf, wat ervoor zorgde dat iedereen het met hem eens werd. De meeste klanten vonden zelfs dat Het Tweede Begin nog helemaal zo gek niet was, dat het best leuk klonk, stijlvol, weer eens iets anders dan altijd maar Excelsior, Floria, Terminus of Café de Vriendschap, en dat je er zelfs dorst van kreeg.

Op 3 augustus 1915 hing Fermillin een groot spandoek over zijn uithangbord. Hij had er met grote blauwwit-rode letters op geschreven: 'Een jaar alweer: hulde aan de helden!'

Het feest begon rond vijf uur 's middags met de stamgasten: Voret, een voormalige ziekenbroeder uit de fabriek die zijn weduwnaarschap al drie jaar lang vierde; Janesh Hiredek, een Bulgaarse immigrant die als hij nuchter was slecht Frans sprak, maar zodra hij twee liter wijn in zijn maag had Voltaire en Lamartine ging citeren; Léon Pantonin, die *Groenhuid* werd genoemd vanwege zijn gezichtskleur, die hij te danken had aan een revolutionaire behandeling op basis van koperoxide tegen pleuritis; Jules Arbonfel, een reus van twee meter met een meisjesstem en het uiterlijk van een grote aap; en Victor Durel, wiens vrouw hem geregeld uit Het Tweede Begin kwam ophalen, om dan twee of drie uur later met hem te vertrekken als ze eindelijk dezelfde toestand als hij had bereikt.

Tot drie uur 's nachts weerklonken de echo's van de grote klassiekers door de kroeg: steeds opnieuw werden 'Blij trekken wij ten strijde!', '*La Madelon*', 'De jonge recruten' en 'Mijn broeder de soldaat!' aangeheven, meeslepend en krachtig, met brokken in de keel en bloeiende tremolo's. Soms klonk het gezang opeens luider, als de deur openging en er een frontsoldaat naar buiten kwam die onder de sterren ging staan pissen en daarna de bek van het wijnmonster weer binnen trad. Tot in de ochtend klonk er gelal uit de kroeg. Ook ontsnapte er een ondefinieerbare geur van verzuurde wijn, bloed, oude hemden, braaksel en pisachtige tabak. De meeste klanten hadden er geslapen. Fermillin, die als eerste op was, schudde ze als pruimenbomen en gaf ze witte wijn te lunchen.

Ik zag Lysia Verhareine langs het café lopen en glim-lachen, terwijl Fermillin haar uitgebreid groette en me-juffrouwde. Ik zag haar, maar zij zag mij niet. Ik stond te ver weg. Ze droeg een jurk met de bloedrode kleur van wijnperziken, een strooien hoedje met een rood lint, en een brede, gevlochten mandtas die ze vrolijk en lichtjes op haar heup liet steunen. Ze liep in de richting van de weilanden. Het was de ochtend van de vierde augustus. De zon rees pijlsnel aan de hemel en had de dauw al op-gedroogd. Het beloofde zo warm te worden dat het elke lust zou smoren. Er was geen kanon te horen. Zelfs niet als je je oren spitste. Lysia liep de hoek van Mureaux' boerderij om, in de richting van de velden, die roken naar gemaaid hooi en gerijpt graan, waardoor je weer be-sefte dat de aarde een groot lichaam was, loom van alle geuren en strelingen. Fermillin stond nog op de stoep van zijn café, staarde naar de lucht en wreef over zijn baard. Kinderen trokken de wijde wereld in met dikke boterhammen in hun zak. Vrouwen hingen lakens aan de waslijnen die opbolden in de wind. Lysia Verhareine was verdwenen. Ik stelde me voor hoe ze over zomerwegge-tjes en zandpaden liep.

Daarna heb ik haar nooit meer gezien.

Ik bedoel dat ik haar daarna nooit meer levend heb ge-zien. Diezelfde avond kwam de zoon van Marivelle naar mijn huis gerend, en trof me aan met ontbloot bovenlijf en drijfnat hoofd terwijl ik me met een lampetkan stond te wassen. Ook hij was nat, maar dan in zijn ogen, hij had dikke tranen die op stroompjes was leken en zijn puber-hoofd pafferig maakten alsof hij te dicht bij een vuurzee had gestaan. 'Snel, kom mee,' zei hij tegen me, 'Barbe heeft me gestuurd! Snel, naar het kasteel!'

De weg naar het kasteel ken ik op mijn duimpje: ik laat

de jongen achter en schiet weg als een wild konijn; ik stel me voor hoe ik Destinat met opengesneden keel zal vinden, zijn buik opengereten door een ontstemde veroordeelde die na twintig jaar dwangarbeid in de tropen is teruggekomen om een beleefdheidsbezoekje af te leggen. Onderweg bedenk ik zelfs al dat het eigenlijk een eerlijke omkering van het lot is dat hij zijn einde vindt als het verbouwereerde slachtoffer van een barbaarse moord, omdat er onder alle hoofden die hij heeft geëist en gekregen vast wel een paar zaten die toebehoorden aan volstrekt onschuldige mensen die toen ze naar het schavot gevoerd werden aan hun armen en benen moesten worden vastgehouden en brulden dat ze nog reiner waren dan de Heilige Maagd.

Ik ben er. Bij de voordeur. Die openstaat. Met natte haren, loshangend overhemd, slecht dichtgeknoopte broek en bonzend hart. En daar zie ik, plotseling, op het bordes, kaarsrecht, als een echte ceremoniemeester, een opperbevelhebber, een keizerlijke gardist, de procureur, net zo levend als ik, met al zijn darmen op hun plaats en al het bloed nog in zijn aderen. Als ik hem zo kaarsrecht met open handen zie staan, strak voor zich uit kijkend met een hangende, trillende lip, dan besef ik dat niet hij het is, dat... Alles houdt op. Ik zie Lysia Verhareine weer de hoek van Mureaux' boerderij om lopen, ik zie de scène tientallen keren voor me, echter dan echt, in alle details, haar jurk die beweegt, haar tas, de blankheid van haar nek in de opgaande zon, de klap op het aambeeld uit de nabijgelegen smederij van Bouzie, de rode ogen van Fermillin, vrouw Sèchepart die haar stoep veegt, de geur van vers stro, het gejank van de gierzwaluwen die over de daken scheren, het geloei van de koeien die door de jongen van Dourin naar het omheinde land worden geleid. Dit alles tien keer, honderd keer, alsof ik er de gevangene van was, alsof ik me er tot in de eeuwigheid in op wilde sluiten.

Ik weet niet hoeveel minuten de procureur en ik tegenover elkaar op het bordes naar elkaar stonden te kijken. Ik weet helemaal niet meer zoveel van de bewegingen, de gewrichtsbuigingen, het verstrijken van de tijd en onze acties. Niet dat mijn geheugen van nu lood in de vleugels heeft, maar mijn geheugen van toen heeft zichzelf verbrijzeld en grote gaten in het weefsel geslagen. Ik moet een ledenpop geweest zijn die hem als een automaat gevolgd is. Misschien heeft hij me de weg gewezen, mijn hand gepakt, wie weet! Later kon ik mijn hart en het bloed in mijn borstkas weer voelen. Ik had mijn ogen open. De procureur stond naast me, links van me en iets naar achteren. We stonden in een met heldere stof bespannen kamer die vol boeketten stond. Ook stonden er wat meubels: een commode, een kastje in de vorm van een militaire steek en een bed.

En op dat bed lag Lysia Verhareine. Met haar ogen dicht. Met haar ogen definitief gesloten voor de wereld en voor ons. Haar handen lagen op haar borst gevouwen. Ze droeg dezelfde jurk als 's ochtends, met de kleur van wijnperziken, en schoentjes van een bijzondere kleur bruin, het bruin van door de zon gebarsten aarde die op het punt staat in zijdeachtig stof uiteen te vallen. Een nachtvlinder fladderde als een waanzinnige in cirkels om haar heen, botste tegen het halfopen venster en vloog dan net zo hard weer weg, in slingerende bochten richting haar gezicht en weer naar het raam, om dan opnieuw aan zijn dans te beginnen die leek op een gruwelijke pavane.

Onder de losgemaakte kraag van haar jurk was een

diepe, zwartrode groef in de huid van haar keel zichtbaar. De procureur wees met zijn ogen naar een gecompliceerde, blauw porseleinen lamp die aan het plafond hing, met ernaast een tegenwicht in de vorm van een glimmend koperen aardbol met de vijf continenten en de zeeën en oceanen; toen pakte hij uit zijn zak een dunne ceintuur van gevlochten leer met een motief van madeliefjes en mimosa, waarin een hand, die kortgeleden nog zacht en soepel was geweest, een lus had gemaakt, een perfecte cirkel waardoor als in een filosofische metafoor de belofte en de bevrediging, het begin en het einde, de geboorte en de dood weer bijeen werden gebracht.

Aanvankelijk zeiden we niets. We spraken niet. We keken elkaar aan, dat wel, en onze ogen zochten elkaar op en gingen dan weer naar het lichaam van de jonge onderwijzeres. De dood had haar schoonheid niet weggenomen, nu nog niet in elk geval. Ze bevond zich zogezegd nog onder ons, met een bijna levend gezicht en een bleke gelaatskleur, en haar handen waren nog lauw toen ik de mijne er voor de eerste keer op legde, en ik schaamde me omdat ik verwachtte dat ze haar ogen zou openen en me aan zou kijken en tegen mijn vrijpostigheid zou protesteren. Toen knoopte ik de kraag van haar jurk dicht zodat de stof de smalle striem bedekte en de illusie van slaap die zijn ware aard niet laat zien, perfect was.

De procureur liet me begaan. Hij durfde zich niet te verroeren, hij zette geen stap, en toen ik me losrukte van Lysia's gezicht en naar hem toe draaide, zag ik dat zijn verwilderde ogen me een vraag stelden, een vraag waarop ik geen antwoord kon geven. Verdomme zeg, wist ík soms waarom mensen doodgaan? Waarom ze dood wilden? En weet ik dat tegenwoordig beter? Bovendien was de dood toch meer zíjn terrein dan het mijne! Híj was een specialist want hij vroeg er geregeld om, tutoyeerde hem zogezegd, ontmoette hem een paar keer per jaar als hij op de binnenplaats van de gevangenis van V. bij de executie van een van zijn slachtoffers aanwezig was om daarna doodgemoedereerd bij Bourrache te gaan lunchen!

Ik wees met mijn hoofd naar de dunne ceintuur, en vroeg hem of hij haar had... 'Ja,' zei hij voordat ik het woord had hoeven uitspreken. Ik schraapte mijn keel en zei: 'En hebt u niets gevonden van...?' Hij keek naar alle kanten, langzaam, naar de kast, de stoel, de commode, de kaptafel, de boeketten die overal geurend op wacht stonden, het zware, warme donker dat door het raam naar binnen drong, het bed, het gordijn, het hoofdeinde van het bed waarop een sierlijk horloge zijn wijzers voortduwde om de tijd op gang te houden; toen keek hij me weer in de ogen. 'Niets gevonden...' begon hij weer, verward, volstrekt geen procureur meer, en ik wist niet of het een constatering was, een vraag, of de woorden van een mens onder wiens voeten de grond is weggeslagen.

Er klonken stappen op de trap, langzaam, moeizaam en triest, de stappen van meerdere personen: het waren Barbe en haar Grave, gevolgd door Hippolyte Lucy, de dokter. Hij was een goede dokter, gortdroog als een klap met een knuppel, menselijk en straatarm; dat hield verband met elkaar, omdat hij onbemiddelde mensen bijna nooit geld voor zijn visites vroeg, en onbemiddeld was hier bijna iedereen. 'Betaalt u later maar!' zei hij altijd met een glimlach zo open als goud. 'Ik lijd geen armoede,' voegde hij er mompelend aan toe. Toch is hij van armoede gestorven, in '27. 'Dood van de honger!' zei Desharet, die dikke, schofterige collega van hem die met zijn knoflookadem en vuurrode gezicht in een automobiel vol chroom, dik leer en koper uit V. was gekomen om het broze lichaam van de dokter te onderzoeken dat ten slotte uitgestrekt op de keukenvloer gevonden was, in zijn keuken waar volstrekt niets te vinden was, geen meubel, geen vliegenkast, geen broodkorst, geen klontje boter, alleen een bord dat al dagen leeg was en een glas putwater. 'Van de honger...' zei die in flanel en Engelse weefsels ingesnoerde rotzak alsof hij zich eraan ergerde, terwijl zijn buik en hangwangen over de grond sleepten. 'Van de honger...' Hij kon er niet bij. Hij zou niet verbaasder zijn geweest als je hem met zijn kop in een emmer vol mest had geduwd.

Dokter Lucy liep naar Lysia toe. Hij deed niet veel. Wat kon hij nog doen? Hij legde zijn hand op haar voorhoofd, liet hem over haar wangen glijden, naar haar keel, en zodra hij de striem zag, hield hij op. We konden alleen nog maar naar elkaar kijken, met onze monden half geopend voor de vragen die nooit naar buiten zouden komen. Barbe maakte ons duidelijk dat we niets meer te zoeken hadden in de kamer van de jongedame die dat altijd zou blijven. Met een blik wees ze ons de deur. We gehoorzaamden als kinderen, Le Grave, de dokter, de procureur en ik.

11

Natuurlijk was er de oorlog. Die maar doorging. Die al zo veel lijken had gemaakt dat ze niet meer te tellen waren. Maar het nieuws van de dood van de jonge onderwijzeres, en dan vooral van zo'n dood, gaf het stadje een dreun. De straten werden leeg. De kletstantes, de vuilspuiters en de oude roddelaarsters die gewoonlijk direct met hun babbeltjes klaarstonden, hielden zich koest in hun huizen. In de cafés zaten de mannen zwijgend te drinken. Je hoorde alleen het geluid van glazen, flessenhalzen, kelen en leeglopende literflessen. Verder niets. Als een soort eerbewijs of een verdoving. Zelfs de zomer leek halfstok te hangen. De dagen die volgden waren drukkend en grijs, de zon durfde zich niet te laten zien en sleet zijn dagen achter talrijke rouwkleurige wolken. De kinderen zwierven niet meer rond, gingen niet meer vissen, gooiden geen stenen meer door ruiten. Zelfs het vee leek lusteloos. De torenklokken sneden de tijd in plakken als een dode boomstronk. Af en toe klonk er wolvengehuil door de stad. Dat was Martial Maire, de onnozelaar, die alles had begrepen en ineengedoken tegen de schooldeur zijn pijn zat uit te schreeuwen. Misschien hadden we dat allemaal moeten doen. Misschien is dat het enige wat je in zo'n situatie kunt doen.

Ik had de procureur moeten ondervragen. Zo gaat dat bij een gewelddadige dood, bij een zelfmoord, want dat was het, je moet het beestje bij de naam noemen. Ik had hem moeten ondervragen, dat was mijn plicht. Maar ik deed het niet. Wat had hij me kunnen vertellen? Vast niet veel. En ik zou nogal ongemakkelijk tegenover hem hebben gestaan, frunnikend aan mijn pet, met mijn blik op de parketvloer, het plafond, mijn handen, zonder hem de echte vragen te durven stellen, en welke waren er trouwens nog? Híj had haar gevonden. Tijdens zijn wandeling had hij gemerkt dat het raam openstond en het lichaam gezien. Hij was ernaartoe gerend, had de slaapkamerdeur die van binnen op slot zat opengebroken, en toen... en toen... toen niets meer. Hij had haar in zijn armen genomen en op bed gelegd. Toen had hij mij laten roepen. Dat had hij me allemaal verteld toen Barbe ons had weggestuurd en we op het gazon stonden te draaien, zonder te weten waar we heen konden gaan en wat we moesten doen.

De dagen daarop bleef Destinat onzichtbaar in zijn kasteel. Hij bracht zijn tijd voor het raam door, vanwaar hij naar het huisje keek alsof de jonge onderwijzeres nog steeds naar buiten kon komen. Dat heeft Barbe me verteld op die beruchte avond dat ik alles van haar heb gehoord.

We onderzochten of Lysia Verhareine familie had. Ik vluchtig en de burgemeester uitgebreid. We vonden niets. Alleen een adres op enveloppen, een doorgestreept adres van een oude hospita met wie de burgemeester belde maar die hij maar half begreep vanwege haar noordelijke accent. Wat hij wel begreep was dat ze van niets wist. Als er brieven kwamen, zette ze het nieuwe adres erop, dat het meisje haar had doorgegeven, dat van het kasteel.

'En kwamen er veel brieven?' vroeg de burgemeester; ik stond erbij, naast hem. Hij kreeg geen antwoord. Verbinding verbroken. Het was allemaal nog kwetsbaar in die tijd. En bovendien was het oorlog. Zelfs de telefoon voerde oorlog. Op zijn manier.

Dus ondervroegen we Marcel Crouche, de postbode, die er nooit in slaagde zijn ronde af te maken vanwege allemaal andere rondjes die hij nooit afsloeg: wijn, borrels, koffie met rum, pernod en vermout. Zo tegen het einde van de ochtend ging hij tegen een muur van de wasplaats politieke kletspraatjes zitten verkondigen, waarna hij als een blok in slaap viel met zijn schoudertas tegen zich aangeklemd. En het kasteel lag nogal op het einde van zijn ronde, wanneer hij al over de brug van een stampend schip in een zware storm leek te lopen. 'Brieven? Natuurlijk waren er brieven voor het kasteel, ik keek naar het adres, niet naar de naam, als er kasteel op stond was het voor het kasteel, zo simpel is dat! En of het voor de procureur of die jongedame was, daar weet ik geen donder vanaf. Ik gaf alles aan hem en hij zocht het wel uit. Ja, de post altijd persoonlijk afgeven, nooit aan Barbe of aan Le Grave, daar hecht meneer de procureur aan, het is tenslotte zijn eigen huis, of niet soms?'

Marcel Crouche stak zijn aardbeienneus in zijn glas fine en snoof de geur op alsof zijn leven ervan afhing. We dronken alle drie in stilte, de burgemeester, de postbode en ik. Nog een rondje. Nog steeds geen woord. Af en toe keken de burgemeester en ik elkaar tussen de drankjes door aan, en dan wisten we wat de ander dacht. Maar we wisten ook dat geen van ons de procureur de vraag zou durven stellen. Daarom zeiden we niets.

Bij de onderwijsinspectie wisten ze ook niets meer. Behalve dat Lysia Verhareine zich als vrijwilligster had aangeboden voor een betrekking in deze streek. De inspecteur die ik er speciaal voor ging opzoeken in V. en die me drie kwartier op de gang liet wachten om me te laten voelen hoe belangrijk hij was, leek meer aandacht te hebben voor zijn rechterknevel die hij ondanks alle pommade niet glad kreeg, dan voor de jonge onderwijzeres. Hij verhaspelde haar naam een paar keer, deed alsof hij in dossiers zocht, raadpleegde zijn mooie gouden horloge, streek zijn haar glad, bekeek zijn schone nagels. Hij had de ogen van een kalf, net zo dom en onwetend als die beesten die je zonder een kik naar de slachtbank kunt leiden omdat ze er geen vermoeden van hebben dat een dergelijk mysterie zou kunnen bestaan. Hij sprak me steeds aan met 'mijn waarde', maar uit zijn mond klonk dat als een scheldwoord, een lelijk geluid waarvan je je hooghartig ontdoet.

Na verloop van tijd schelde hij, maar er kwam geen reactie. Toen riep hij. Nog steeds geen reactie. Hij begon te brullen en er kwam een ongezond hoofd te voorschijn dat op een uitgeputte knolraap leek. Het hoofd kuchte elke dertig seconden, een kuch die van erg ver weg kwam, met de boodschap dat er aan alle leuke dingen een eind komt, en aan het leven ook. De bezitter van dit bijna overleden hoofd heette Mazerulles. De inspecteur lanceerde die naam als een zweepslag. Ik begreep dat hij de secretaris van de inspecteur was. Hij dacht wel echt na. En herinnerde zich het meisje nog van de dag dat ze aankwam. Niet iedereen heeft het juiste gezicht voor zijn rol. Je zou denken dat Mazerulles een slappeling was, een onbetrouwbare stomkop. Dat kwam door zijn uiterlijk, door zijn weke lichaam dat maar met moeite in het vreemde omhulsel leek te passen. Ik raakte met hem aan de praat over het meisje en vertelde wat er was gebeurd. Een klap met een gummiknuppel tussen de ogen zou hem niet harder geraakt hebben. Hij zocht steun bij het deurkozijn en begon onsamenhangend te mompelen over jeugd, schoonheid, verspilling, oorlog en het einde. Naast de kleine geestverschijning die af en toe in ons gesprek opdoemde, waren Mazerulles en ik opeens de enige aanwezigen.

Die idioot van een inspecteur voelde dat heel goed aan; achter onze rug stampvoette en pufte hij van woede en zei continu: 'Juist... zeer juist... zeer juist...' alsof hij ons er zo snel mogelijk uit wilde werken. Ik verliet het kantoor in gezelschap van Mazerulles, zonder die naar stijfsel en parfum uit dure warenhuizen stinkende slapjanus te groeten. De deur sloeg achter ons dicht. We liepen naar de kamer van de secretaris. Het was er erg klein en het leek er op hem. Het was er triest en gammel. Er hing een geur van vochtig textiel en brandhout, en van menthol en zware tabak. Hij bood me een stoel aan bij de haard en ging achter zijn tafeltje zitten waarop drie ronde inktpotjes even pauzeerden. Hij kwam bij uit zijn verdoving en vertelde me over de komst van Lysia Verhareine. Het was heel simpel en ik leerde er niets nieuws door, maar ik vond het prettig om een ander over haar te horen praten, iemand die niet uit ons stadje kwam. Doordat iemand die ik volstrekt niet kende zich haar in mijn bijzijn voor de geest haalde, wist ik zeker dat ik niet gedroomd had, dat ze echt had bestaan. Ten slotte drukte ik hem de hand en wenste hem geluk, waarom weet ik niet, het floepte er zomaar uit, maar het scheen hem niet te verbazen. Hij zei simpelweg: 'Och, weet u, geluk en ik...' Ik wist niet precies wat hij bedoelde, maar als ik hem zo zag kon ik me er wel iets bij voorstellen.

Wat valt er nu nog te vertellen? Ik zou over de begrafenis van Lysia Verhareine kunnen beginnen. Het was op een woensdag. Het was net zulk mooi weer als op de dag dat ze besloot dat ze ons ging verlaten. Misschien zelfs nog warmer. Ja, daar zou ik over kunnen vertellen, over de zon, over de kinderen die slingers van druivenbladen en koren hadden gevlochten, over de bevolking die tot de laatste man in de kerk zat die zo veel mensen maar met moeite kon verstouwen, over Bourrache en zijn dochtertje, over de procureur die als een weduwnaar op de eerste rij zat, en over de dikke pastoor, pater Lurant, die hier kort tevoren was aangekomen en die we tot dan toe nog niet zo hadden vertrouwd, maar die precies de juiste woorden wist te vinden om uit te drukken wat velen van ons op het hart drukte, deze pater die deze begrafenis als iets vanzelfsprekends zag. Ja, daar zou ik het allemaal over kunnen hebben, maar daar heb ik niet zo'n zin in.

De procureur was trouwens volledig veranderd. Hij eiste nog weleens een hoofd, maar het leek niet meer uit zijn hart te komen. Erger nog, soms raakte hij de draad van zijn requisitoirs kwijt. Nee, dat klopt niet helemaal. Ik kan beter zeggen dat hij soms als hij de feiten aan het schetsen was en zijn conclusies trok langzamer begon te praten, in de verte staarde en stokte. Alsof hij niet meer in zijn hoge zetel in het paleis van justitie zat maar ergens anders was. Alsof hij even weg was. O, het duurde nooit lang, en bovendien kwam het bij niemand op om hem aan het jasje te trekken en hem weer op weg te helpen, maar er hing wel een zekere gêne; en als hij zijn requisitoir weer voortzette leek iedereen opgelucht, zelfs degene die berecht werd.

De procureur liet het huisje in het park afsluiten. Het zou nooit meer verhuurd worden. Zoals er tot het einde van de oorlog nooit meer een onderwijzer in de school zou staan. Destinat ging ook niet meer in het park uit wandelen. Hij kwam steeds minder buiten. Iets later hoorden we dat hij de grafkist en de steen had betaald. Dat vonden we een mooi gebaar.

Een paar maanden na de dood van de onderwijzeres hoorde ik van Léon Schirer, een man die als een soort manusje-van-alles bij het paleis van justitie van V. werkte, dat Destinat om zijn pensionering had gevraagd. Schirer was er de persoon niet naar om zomaar wat te zeggen, maar toch kon ik hem nauwelijks geloven. Omdat de procureur nog heel wat mooie jaren voor zich had, al was hij dan geen twintig meer, en bovendien omdat ik me afvroeg wat hij in hemelsnaam tijdens zijn pensioen zou gaan doen, behalve zich te pletter vervelen, moederziel alleen in zijn huis met ruimte voor honderd man, met twee bediendes met wie hij nog geen drie woorden per dag wisselde.

Ik had ongelijk. Destinat hield zijn laatste requisitoir op vijftien juni 1916. Hij hield het zonder erin te geloven. Het hoofd van de verdachte kreeg hij trouwens niet. Toen de zaal leeg was, volgde er een korte, sobere toespraak van de president en vervolgens een soort borrel met het handjevol rechters onder leiding van Mierck, advocaten, griffiers, en nog wat mensen. Ik was er ook bij. Na afloop gingen de meeste mensen naar de Rébillon voor een afscheidsmaaltijd. De meesten, zei ik. Ik niet. Bij de schuimwijn werd ik getolereerd, maar bij de écht

lekkere dingen, waar je alleen van kan genieten als je ermee wordt geboren, kon ik terug naar de kleedkamer.

Daarop ging Destinat de stilte binnen.

I 2

Nu moet ik weer terug naar die ochtend in 1917, toen ik het lichaampje van Belle de jour helemaal bevroren aan de rand van het kanaal bij rechter Mierck en zijn verkleumde gevolg heb achtergelaten.

Mijn gedachtesprongen lijken allemaal erg ingewikkeld en verward, maar zij vormen het evenbeeld van mijn leven dat uitsluitend bestaat uit vlijmscherpe scherven die niet gelijmd kunnen worden. Als je mensen wilt begrijpen, moet je tot aan hun wortels graven. En het is niet voldoende om de tijd een duwtje in de rug te geven om hem goed voor den dag te laten komen: je moet in zijn wonden spitten tot ze gaan etteren. Je handen vuilmaken. Ik ben nergens vies van. Het is mijn werk. Buiten is het donker en wat kan ik in het donker anders doen dan oude lijkkleden ter hand nemen en ze steeds opnieuw een beetje verstellen?

Mierck had nog steeds eigeel in zijn snor en het hautaine voorkomen van een jichtige ambassadeur. Met een lachje dat in zijn mondhoek bleef hangen bekeek hij het kasteel. Het deurtje naar het park stond open en het gras was aan weerszijden vertrapt. De rechter begon zachtjes te fluiten, en met zijn wandelstok te zwaaien alsof het een vliegenmepper was. De zon was inmiddels door de mist gebroken en liet de rijp smelten. We waren allemaal zo stijf als een plank en onze wangen voelden aan als houten zolen. Croûteux maakte geen aantekeningen meer, waarvan zou hij aantekeningen moeten maken? Alles was al gezegd. 'Juist, juist, juist...' herhaalde Mierck terwijl hij op zijn tenen wipte.

Toen draaide hij zich plotseling naar de gendarme uit de stad toe. 'Brengt u hem mijn complimenten over!' En de ander, stomverbaasd: 'Aan wie, meneer de rechter?' Mierck keek hem aan alsof hij niet goed snik was: 'Aan wie? Aan degene die de eieren gekookt heeft, natuurlijk, vriend! Ze waren heerlijk; aan wie anders, dacht u, let toch eens op!' De gendarme uit de stad salueerde. Aan de manier waarop de rechter je 'vriend' noemde, kon je horen dat je volstrekt geen vriend van hem was. Hij beheerste de kunst om woorden te gebruiken op een manier waarvoor ze gewoonlijk niet bedoeld waren.

Zo hadden we daar nog heel lang kunnen blijven staan, de rechter, de gendarme van de eieren, Croûteux, de jongen van Bréchut, Grosspeil, Berfuche en ik, ik tegen wie de rechter nog geen woord had gezegd, zo ging het altijd. De dokter was zojuist vertrokken met zijn leren schoudertas en zijn geitenleren handschoenen. Hij had Belle de jour achtergelaten, of beter gezegd haar vorm, de vorm van een meisjeslichaam onder de natte deken. Het water in het kanaal stroomde maar door. Ik moest opeens aan een Griekse spreuk denken; ik herinnerde me hem niet precies, maar hij ging over tijd en stromend water, een paar eenvoudige woorden die het hele leven weergaven en vooral goed duidelijk maakten dat je nooit tegen de stroom van het leven in kunt zwemmen. Wat je ook probeert.

Uiteindelijk arriveerden er twee ambulanciers met domme hoofden, die stonden te vernikkelen in hun dunne witte jassen. Ze waren afkomstig uit V. en hadden lang moeten zoeken voordat ze de plek gevonden hadden. De rechter wenkte ze en wees op de deken: 'Neem maar mee!' riep hij tegen ze. Alsof hij het over een ouwe knol of een cafétafel had. Ik ging weg. Zonder een woord aan wie dan ook.

Toch moest ik later weer naar de waterkant. Om mijn werk te doen, naast mijn plicht als mens die ook al niet eenvoudig was. Ik wachtte op de middag. De bijtende kou van de ochtend was verdwenen: het weer was bijna zacht te noemen. Het leek wel een andere dag. Grosspeil en Berfuche waren afgelost door twee andere gendarmes die de plek bewaakten en de nieuwgierigen op afstand hielden. Ze salueerden naar me. Voorns zwommen tussen de algen door. Zo nu en dan kwam er een naar de oppervlakte om van de lucht te proeven, om weer met slaande staart te verdwijnen en zijn plek in de kleine school weer in te nemen. Ontelbare waterdruppels glinsterden in het gras. Alles was al anders. De afdruk van het lichaam van Belle de jour op de oever was niet meer te zien. Niets meer. Twee eenden ruzieden over een bedje kroos. Uiteindelijk pikte de een met zijn snavel in de hals van de ander, die een klaaglijk geschreeuw verspreidde en er toen vandoor ging.

Ik aarzelde even en dacht aan bijna niets, behalve aan Clémence en het kleintje in haar buik. Ik weet trouwens nog dat ik me een beetje schaamde omdat ik aan hen en aan ons geluk dacht terwijl ik vlakbij de plaats stond waar net een meisje was vermoord. Ik wist dat ik haar over een paar uur weer zou zien, met haar buik zo rond als een mooie pompoen, die buik waarin ik, als ik mijn oor ertegen legde, de hartslag van mijn kind kon horen en zijn trage bewegingen kon voelen. Op die ijskoude dag was ik zonder twijfel de gelukkigste mens op aarde, omringd door allerlei mannen die vlakbij aan het moorden en het sterven waren alsof het niets was, terwijl er in de buurt een gezichtsloze moordenaar rondliep die tien jaar oude lammetjes wurgde. Echt, de gelukkigste mens op aarde. Ik nam het mezelf niet eens kwalijk.

Het bizarre aan het onderzoek was dat het aan iedereen en niemand in handen werd gegeven. Mierck zette het potje op het vuur. De burgemeester stak zijn neus erin. De gendarmes snoven de geur van verre op, maar er was vooral een kolonel die alles naar zich toe trok. Een dag na de misdaad kwam hij aanwaaien, en onder het mom van oorlogssituatie en frontzone beweerde hij dat hij bevoegd was om ons te bevelen. Hij had de Russisch aandoende naam Matziev, de elegante houding van een Napolitaanse danser, een boterzachte stem, glanzend, naar achteren gekamd haar, een dun snorretje, soepele benen, een torso als van een Griekse worstelaar. Kortom, een Apollo met strepen.

We hadden meteen door waar we mee te maken hadden: met een liefhebber van bloed, maar dan een die aan de goede kant stond, waar je het kunt drinken en laten stromen zonder dat iemand er bezwaar tegen maakt. Omdat het hotel bij gebrek aan gasten zijn deuren had gesloten, trok hij in bij Bassepin die kamers verhuurde en steenkool, olie, vet en granaten verkocht aan alle regimenten die langskwamen.

De oorlogsjaren waren de beste jaren van Bassepins leven! Voor de hoogste prijs verkopen wat hij ver weg voor een habbekrats inkocht. Zijn zakken vullen, dag en nacht werken, alle passerende kwartiermakers het noodzakelijke en het overbodige in de maag splitsen, soms van vertrekkende regimenten terugkopen wat ze van hem hadden gekocht en het dan weer aan hun vervangers verpatsen, en ga zo maar door. Een geval apart. De vleesgeworden handel.

Na de oorlog bleef het aangenaam voor hem. Al snel doorzag hij de razernij waarmee gemeentes hun gevallenen wilden herdenken. Bassepin breidde zijn handel uit en begon gietijzeren soldaten en Gallische hanen per gewicht te verkopen. Alle burgemeesters uit het oosten vochten om zijn gestolde krijgers met vlaggen in de hand en opgeheven geweren, die hij had laten ontwerpen door een tuberculeuze, 'op diverse tentoonstellingen bekroonde' schilder. Hij had er een voor elke prijs en elke beurs, drieëntwintig modellen in een catalogus, met als opties marmeren sokkels, goudsel voor de letters, obelisken, kleine, zinken kinderen die de overwinnaars kransen aanreikten en allegorieën van Frankrijk met het uiterlijk van een jonge godin en een troostend ontblote borst. Bassepin verkocht herdenking en herinnering. De gemeentes vereffenden hun schulden met de stervenden op een zichtbare, blijvende manier: met monumenten omringd door grind en lindebomen, waar elk jaar op 11 november, bij de viering van de wapenstilstand, een uiterst zelfverzekerde fanfare het gehoempa van vrolijke triomfdeuntjes en het verdriet van sombere melodieën liet schallen, en waar zwerfhonden 's nachts hun poot hieven en de duiven hun drekkige onderscheidingen toevoegden aan die van de mensen.

Bassepin had een dikke, peervormige buik, een muts van mollenvel die hij nooit afzette, of het nu winter was of zomer, een pijp drop in zijn mond, en erg zwarte tan-

95

den. Hij was op zijn vijftigste nog vrijgezel en stond niet bekend om enig avontuurtje. Het geld dat hij bezat potte hij op, hij dronk er zelfs niet van, gokte er niet mee, en ging er nooit van walsen in de bordelen van V. Geen enkele zonde. Geen luxe. Geen plezier. Alleen die obsessie van kopen en verkopen, van het zomaar, zonder reden, oppotten van goud. Zoals mensen die hun schuren tot aan de nok toe volstouwen met hooi, terwijl ze geen vee hebben. Maar per slot was het Bassepins goed recht. In '31 stierf hij zo schatrijk als Croesus aan een bloedvergiftiging. Ongelooflijk hoe een wondje van niets je leven kan verpesten en zelfs bekorten. Bij hem begon het met een klein schrammetje aan zijn voet, nauwelijks een snee. Vijf dagen later was hij helemaal stijf en blauw en zat hij van top tot teen onder de streperige blauwe plekken. Hij had iets van een geverfde wilde uit Afrika, maar dan zonder kroeshaar of assegaai. Er was geen erfgenaam. Geen traan van wie dan ook. Niet dat we een hekel aan hem hadden, absoluut niet, maar een mens die zich alleen voor goud interesseerde en nooit naar iemand omkeek, verdiende geen medelijden. Hij had alles gehad wat hij zich wenste. Niet iedereen kan dat zeggen. Misschien was dat de zin van Bassepins leven geweest: op aarde te komen om geldstukken te vergaren. In wezen is dat niet gekker dan iets anders. Hij had er wel bij gevaren. Na zijn dood ging al zijn geld naar de staat: de staat is een pronte weduwe, altijd vrolijk en nooit in de rouw.

Toen Matziev zijn intrek bij hem nam, kreeg hij de beste kamer van Bassepin, die elke keer dat hij hem tegenkwam, zijn mollenvellen mutsje afnam. Dan zag je tussen de drie of vier haren die op zijn schedel strijd leverden een grote wijnvlek, die zijn raapkleurige huid versierde met een imitatie van de omtrek van het Amerikaanse continent.

Het eerste belangrijke wat Matziev deed toen hij in ons stadje aankwam, was dat hij zijn adjudant een fonograaf liet halen. Daarna zagen we hem urenlang voor zijn slaapkamerraam doorbrengen, dat wijdopen stond ondanks de niet aflatende kou, waar hij sigaren zo dun als schoenveters rookte en elke vijf minuten zijn krakende apparaat opwond. Hij luisterde naar steeds hetzelfde liedje, een afgezaagd deuntje dat een paar jaar tevoren in zwang was geweest, toen we nog dachten dat de wereld altijd zou blijven bestaan en dat je als je gelukkig wilde worden, alleen jezelf er maar van hoefde te overtuigen dat je het zou worden:

Caroline, draag je lakschoentjes vandaag...
Caroline, dat is wat ik je vraag...

Vijftig, honderd keer per dag trok Caroline haar schattige schoentjes aan terwijl de kolonel in een elegante houding zijn kleine, bruinige stinkstokjes zat te roken, met gebogen pols en een ring aan elke vinger, en zijn zwarte ogen over de omringende daken liet gaan. Nu nog speelt dat liedje door mijn hoofd, en het gaat me door merg en been. In de tijd dat we het hoorden dachten we continu aan Belle de jour en probeerden we ons het beestachtige gezicht van de dader voor te stellen; het lied van de kolonel had iets van een handboor die langzaam met zijn punt in onze hersenen werd gestoken na een akelig precies gat in onze schedel te hebben geboord. Zijn lied was eigenlijk een neefje van de eieren van de rechter, die kleine wereldbolletjes die hij vlak naast het lijk had verorberd. Het is dan ook niet verbazend dat Mierck en Matziev, hoewel

ze elkaar nooit eerder ontmoet hadden en van elkaar ver-
schilden als dag en nacht, uitstekend met elkaar konden
opschieten. Het is in wezen een kwestie van smerigheid.

13

Maar zo eenvoudig is het niet. Alleen heiligen en engelen vergissen zich nooit. Matziev kun je, op grond van wat hij heeft gedaan en waarover ik zo ga vertellen, meteen indelen bij de schoften – de grootste groep op aarde, die zich het beste voortplant en gedijt als kakkerlakken.

Toch had hij, drieëntwintig jaar vóór 'De Zaak', zijn carrière tot stilstand gebracht en was hij jarenlang luitenant gebleven terwijl de rest er steeds meer strepen bij kreeg, enkel en alleen omdat hij Dreyfus had gesteund, maar wacht even, niet voor de show of vanuit zijn leunstoel, zoals duizenden anderen deden! Nee, in die tijd had Matziev ballen als een stier: hij had het kapiteintje publiekelijk gesteund en verklaard in zijn onschuld te geloven, waarmee hij de legerstaf tegen de haren instreek en in één klap iedereen tegen zich in het harnas joeg die hem aan een mooie carrière had kunnen helpen of hem naar de sterren had kunnen sturen, die sterren die helemaal van goud zijn en die je vastnaait op de epauletten van je uniform.

Dit alles is Geschiedenis met een grote G, zoals ze dat noemen, die zo vaak in de vergetelheid geraakt totdat hij bij toeval weer komt bovendrijven als iemand op een zolder of in een oude afvalhoop gaat rommelen.

Dat gebeurde bij de dood van mijn vader in '26. Ik moest terug naar het gammele huisje waar ik geboren en opgegroeid was. Ik had haast. Mijn vader was de zoveelste dode, en daarvan had ik mijn portie wel gehad, echt waar. Dat huis was het huis van mijn doden: lang geleden, toen ik nog een snotneus was, mijn moeder – God hebbe haar ziel – en nu dus mijn vader. Het was niet meer hetzelfde huis als in mijn jeugd. Er was een graflucht in gaan hangen.

Zelfs het dorp leek in niets meer op dat wat ik gekend had. Na de oorlog was iedereen vertrokken, met achterlating van gebouwen die na vier jaar bombardementen geen ramen meer hadden, en straten met zo veel gaten als een Zwitserse kaas. De enigen die waren gebleven waren mijn vader – omdat weggaan voor hem zou betekenen dat de moffen alsnog gewonnen hadden, ook al hadden ze verloren – en Fantin Marcoire, een oude man die een tik van de koffiemolen had gekregen en met forellen praatte en samenwoonde met een stokoude koe die hij *Madame* noemde.

Zijn koe en hij sliepen naast elkaar in de stal. Ze waren op elkaar gaan lijken, qua geur en verder ook, al was de koe ongetwijfeld verstandiger en minder prikkelbaar dan hij. Fantin had een bloedhekel aan mijn vader. Mijn vader ook aan hem. Twee gekken in een spookstad die elkaar tussen de puinhopen stonden uit te schelden, die af en toe stenen naar elkaar gooiden als kwajongens met gerimpelde voorhoofden en kromme benen. Iedere ochtend voordat het licht werd, deed Fantin Marcoire zijn broek omlaag en ging voor mijn vaders deur zitten schijten. En iedere avond wachtte mijn vader tot Fantin Marcoire tegen zijn koe in slaap was gevallen en deed dan hetzelfde voor zijn deur.

Dat ging jarenlang zo door. Als een ritueel. Een soort begroeting. Onderbuik-etiquette. Ze kenden elkaar van school. Sindsdien haatten ze elkaar, zonder precies te weten waarom. Ze hadden achter dezelfde meisjes aan gezeten, dezelfde spelletjes gedaan, ongetwijfeld om dezelfde dingen getreurd. En de tijd had ze uitgehold, zoals hij de lichamen en harten van alle mensen uitholt.

'Dus hij is dood?'
　'Morsdood, Marcoire...'
　'Wat een schoft, dat hij me dat aandoet!'
　'Hij had er de leeftijd voor.'
　'Wil dat zeggen dat ik er ook de leeftijd voor heb?'
　'Inderdaad.'
　'Die smeerlap, dat hij me dat aandoet! Wat moet er nu van mij worden?'
　'Ga ervandoor, Marcoire, ergens anders naartoe.'
　'Zo ken ik er nog wel een, snotaap! Ergens anders naartoe... Je bent al net zo stom als je vader! Die schoft! Volgens mij was hij alleen maar op aarde om mij het leven zuur te maken... Wat moet er nou van mij worden... Denk je dat hij heeft geleden?'
　'Ik denk het niet.'
　'Zelfs niet een beetje?'
　'Misschien wel, ik weet het niet, wie zal het zeggen?'
　'Ik ga ontzettend lijden, dat weet ik zeker, ik voel het al opkomen, de schoft...'

Fantin liep weg door wat eens de hoofdstraat van het dorp was geweest. Met grote omwegen ontweek hij de oude granaatkraters. Hij had iets van een danseres, een woedende danseres aan het einde van haar carrière die mijn dode vader elke drie meter voor schoft en loeder uitschold. Toen sloeg hij af en verdween achter de winkel van Camille – 'Geschenken, feestartikelen en snuisterijen' –, waarvan het gebroken houten rolluik eruitzag als de gebarsten toetsen van een reusachtige piano.

Het huis van mijn vader was een zwijnenstal. Ik probeerde er verloren liedjes terug te vinden, herinneringen, beelden van vroeger. Maar er bewoog niets meer. Vuil en stof hadden er een dekkleed van verstijving overheen gelegd. Het had iets van een grote grafkist van een onwaarschijnlijke dode, die alles met zich mee had willen nemen maar er uiteindelijk de moed niet voor had gehad. Ik herinnerde me wat de onderwijzer ons over Egypte had verteld, over de farao's en hun graftombes die tot de nok toe gevuld waren met hun aardse bezittingen. Daar had het huis van mijn vader iets van weg, behalve dan dat hij nooit een farao was geweest en er in plaats van goud en edelstenen overal vuile afwas en lege wijnflessen stonden, in elke kamer, op grote, wankele, doorschijnende stapels.

Ik had mijn vader nooit gemogen en ik wist niet eens waarom niet. Ik had hem ook nooit gehaat. We hadden gewoon nooit met elkaar gepraat. De dood van mijn moeder stond altijd als een doornstruik tussen ons in, als een baan van dichte stilte die geen van ons beiden durfde te doorbreken om zijn hand naar de ander uit te steken.

In wat ooit mijn kamer was geweest had hij een vesting gebouwd, een klein fort van troep en naast elkaar liggende stapels kranten die tot aan het plafond reikten. Van het raam resteerde alleen een smal kijkgat waardoor hij het vervallen huis van Fantin Marcoire kon zien. Bij dat kijkgat lagen twee katapulten op de grond, van een gevorkte stok met een elastiek van binnenband, zoals je ze als kind maakt om op kraaien en de kont van de veldwachter te schieten. Ernaast lagen een voorraad roestige ruitergewichtjes, verbogen schroeven, een restje worst, een half leeggedronken literfles stevige wijn en een vuil glas.

Vanaf hier had mijn vader zijn oorlog voortgezet en zijn eeuwige vijand met kleine ijzerwaren gebombardeerd als die zijn deur uit kwam. Ik stelde me voor hoe hij zijn tijd hier had gesleten, piekerend en drinkend, met zijn blik gericht op de streep daglicht en met zijn oren speurend naar geluiden op straat, terwijl hij glazen wijn achteroversloeg zoals je op je horloge kijkt om de tijd te doden. En dan plotseling een katapult oppakken, er munitie in leggen, op de ander richten, wachten tot hij schreeuwt, luisteren, kijken hoe hij over zijn dij wrijft of over zijn wang of achterwerk, misschien bloedt hij wel, dan met je vuist zwaaien en schelden, je voor van alles laten uitmaken, op je dijen slaan, lachen totdat je je longen uitspuugt, lachen totdat het lachen versterft in groteske snikken, ophouden met lachen, mompelen, weer op adem komen, serieus worden, weer verveeld en ledig worden. Je met trillende hand weer wijn inschenken en die opdrinken, in één teug, overpeinzen dat je onbeduidend bent, ja, onbeduidend, dat het niet lang meer zal duren, dat de dagen zo lang zijn, dat je moet doorzetten, dat er andere dagen zullen komen, steeds nieuwe, steeds nieuwe, rechtstreeks uit de fles drinken en overpeinzen dat je niets betekent.

Toen ik de kamer uit liep, raakte mijn schouder een stapel kranten die ineenzakte met het geluid van dorre bladeren. Verloren dagen vergleden voor mijn voeten, dode jaren, verafgelegen drama's. En te midden van dat alles sprong de naam Matziev op me af, in dikke letters, in de kop van een artikeltje bovenaan.

Het incident had in 1894 plaatsgevonden, op een dag in december. Of liever gezegd op een avond; er stond geschreven dat luitenant Isidore Matziev, ik citeer: 'voor een gezelschap dat zich in de achterzaal van een café had verzameld, zijn geloof in de onschuld van kapitein Dreyfus had uitgesproken. Matziev, die zijn uniform droeg en werd toegejuicht door het publiek van syndicalisten en revolutionairen, had tevens verklaard dat hij zich schaamde dat hij deel uitmaakte van een leger dat rechtschapenen gevangenzette en echte verraders in vrijheid liet rondlopen.' De krant schreef dat de menigte zijn woorden geestdriftig had ontvangen, en dat die geestdrift onderbroken werd door de komst van de gendarmerie die enkele arrestaties verrichte, waaronder de zijne, en talrijke slagen met de wapenstok uitdeelde. Er stond verder dat Matziev werd beschouwd als een 'onruststoker die de zwijgplicht had gebroken en met zijn uitlatingen de eer van het Franse leger had geschonden' en dat hij 'twee dagen later voor het militaire gerecht moest verschijnen, alwaar hij werd veroordeeld tot zes maanden zwaar regime'.

De broddelaar die het artikel had geschreven eindigde met de opmerking dat hij zich ergerde aan de houding van die jonge militair, wiens naam trouwens 'behoorlijk riekte naar iets joods of Russisch, en misschien zelfs naar beide'. Het stuk was ondertekend met Amédée Prurion. Een imbeciele naam voor een echte schoft. Wat zou er van die Prurion geworden zijn: zou hij zijn kleine, banale haat nog lang hebben uitgekotst over het gelige papier, waarmee uiteindelijk in heel wat gezinnen ongetwijfeld een reet was afgeveegd? Prurion. Een naam die klinkt als een ziekte, als een oude herpes die nooit is genezen. Ik weet zeker dat die Prurion een kop als een kakkerlak had, kromme beentjes en de adem van een stinkende bok; de hele santenkraam van al die mensen die hun gal spuwen, en zich daarna verbitterd gaan bezatten in lege cafés, waar ze loeren naar de kont van de uitgeputte dienstmeid die een bezem voortduwt en zaagsel rondstrooit. Als die Prurion inmiddels dood is, is er weer een mestvaalt minder op de aarde. Als hij nog leeft, zal hij er wel niet bepaald goed uitzien. Haat is een wrede marinade die vlees een geur van verrotting geeft. Uiteindelijk was Matziev heel wat meer waard dan hij, ook al was hij toen ik hem leerde kennen een smeerlap geworden. In ieder geval heeft hij één keer in zijn leven zijn menszijn niet beschaamd. En hoeveel mensen kunnen dat van zichzelf zeggen?

Ik heb het artikel bewaard als bewijs. Waarvan weet ik niet. Toen verliet ik het huis. Ik ben er nooit terug geweest. Het leven verdraagt geen terugkeer. Ik dacht weer aan Matziev, aan zijn dunne, gepommadeerde snorretje, zijn kromme sigaartjes, zijn fonograaf die altijd dat deuntje speelde. Ook hij was met zijn hele boeltje in de tijd verdwaald geraakt, nadat 'De Zaak' was afgehandeld – voor hun althans. Ongetwijfeld was hij ook daarna zijn *Caroline* van hot naar her blijven slepen, op zoek naar niets. Als je zijn blik kruiste, dan dacht je dat hij er was. Waar, dat wist je niet. Maar hij was er. Dat het op de plek waar hij was voor hem geen zin meer had om zich ergens druk over te maken. Dat het voorbij was. Dat hij alleen nog maar kon wachten op de laatste ontmoeting.

Die nacht bleef het urenlang sneeuwen. Ik hoorde het toen ik in bed in slaap probeerde te komen. Of in ieder geval hoorde ik de stilte en kon ik me achter de slecht gesloten luiken de allesbedekkende witheid voorstellen, die met het uur aan kracht won.

Al die dingen, die stilte en het witte tapijt, verwijderen me nog verder van de wereld. Alsof dat nog nodig is! Clémence hield van die sneeuw. Ze zei zelfs tegen me: 'Als het gaat sneeuwen, dan zal dat de mooist denkbare deken voor ons kleintje zijn...' Ze wist niet hoe goed ze het uitdrukte. Ook voor haar zou het een mooie deken zijn.

Om zeven uur duwde ik de deur open. Het landschap leek uit een banketbakkerij te komen: overal room en suikerspin. Ik knipperde met mijn ogen alsof ik een wonder zag. De lage lucht trok rustig over de heuveltop, en de fabriek, die gewoonlijk blind van woede brulde als een monster, bracht een lieflijk gespin voort. Een nieuwe wereld. De eerste ochtend van een nieuwe wereld. Alsof je de eerste mens was. Voordat er iets bezoedeld werd, voordat er voetstappen en misdaden waren. Ik kan het niet goed onder woorden brengen. Woorden zijn moeilijk. Toen ik nog leefde, sprak ik weinig. Ik schrijf 'toen ik nog leefde' alsof ik al dood ben. Eigenlijk is dat ook zo. Dat is de waarheid, echt waar. Ik voel me al zo lang dood. Ik doe alsof ik nog een beetje leef. Ik heb nog wat uitstel, dat is alles.

Mijn stappen zijn reumatische verraders die nog heel goed weten wat ze willen: mij in een cirkeltje laten lopen. Als een ezel die vastzit aan zijn molensteen en wat verspild graan verbrijzelt. Me terugbrengen naar de kern. Mijn stappen brachten me naar de oever van het kleine kanaal, dat een groene draad in het witte landschap vormde, versierd met smeltende sterren. Ik zonk weg in de sneeuw en dacht aan Napoleon bij de Berezina. Dát was misschien wat ik nodig had: een epos dat me kon overtuigen dat het leven in wezen zinvol is, dat ik de goede kant op dwaal, dat ik regelrecht de geschiedenisboeken van de komende paar eeuwen in loop, dat ik er goed aan heb gedaan mijn vertrek zo vaak uit te stellen door op het laatste moment de loop van Gachentards karabijn weer uit mijn keel te halen, waar ik hem in stak op die ochtenden dat ik me zo leeg als een droogstaande water-put voelde. De smaak van een geweer... die is zo vreemd! Je tong kleeft eraan vast. Kriebel in je keel. De geur van wijn, van pure steen.

Er hadden hier twee steenmarters gevochten. Hun beklauwde poten hadden kalligrafieën, arabesken en waanzinige woorden op de sneeuwmantel getekend. Ook hadden ze vegen met hun buik gemaakt, lichte paadjes die uit elkaar liepen, elkaar kruisten, in elkaar oplosten, opnieuw gescheiden raakten en dan abrupt eindigden, alsof de twee beestjes aan het eind van het spel van het ene moment op het andere naar de hemel waren gevlo-gen.

'Zo oud en toch zo stom...'

Ik dacht dat de kou me parten speelde.

'Wil je soms dood?' vervolgde die stem die uit de verte leek te komen, vol raspende medeklinkers en het geluid van medailles. Ik hoefde me niet om te draaien om te we-ten wie er zo tegen me sprak. Joséphine Maulpas. Van mijn leeftijd. Mijn lichting. Uit hetzelfde dorp als ik. Hier op haar dertiende aangekomen als dienstbode voor dag en nacht, wat ze tot haar twintigste bleef, waarbij ze van de ene naar de andere welgestelde familie ging en onderwijl langzaam maar zeker de fles leerde kennen, zo goed dat ze er volkomen voor viel en nergens meer aan de bak kon komen. Overal uit gegooid, weggestuurd, verjaagd, buitengesloten, verloren. Daarna had ze jaren-lang geen ander werk gehad dan de stinkende handel in huiden van konijnen, mollen, wezels, fretten, vossen, noem maar op, alles nog bloederig, vers met een jacht-mes gevild. Al meer dan dertig jaar liep ze over straat met haar kropachtige handkar en brulde: 'K'nijnehuide! Beestehuide! K'nijnehuide!' En langzamerhand kreeg ze een vleesachtige lijklucht en begon ze op haar dode bees-ten met hun paarsige huid en doffe ogen te lijken – ter-wijl ze vroeger zo leuk was geweest.

Joséphine, die door kwajongens *La Peau*, Het Vel, werd genoemd, verpatste haar kostbaarheden voor een paar centen aan Elphège Crochemort, die ze looide in een oude molen aan de oever van de Guerlante, zo'n zes kilometer stroomopwaarts van hier. Een oude, half ver-vallen molen die lekte als een grote, lekkende schuit, maar toch seizoen na seizoen overeind bleef staan.

Crochemort kwam zelden in de stad, maar als hij er was, kon je hem op de voet volgen. Je kon moeiteloos zeggen welke weg hij had genomen – zo verschrikkelijk stonk hij, of het nu zomer was of winter, avond of och-tend, alsof hij zelf hele dagen had liggen marineren in zijn alkalibaden. Hij was een erg knappe, rijzige man, met glanzend zwart haar dat hij achteroverkamde, en le-vendige, azuurblauwe ogen. Een erg knappe vrijgezel. Ik beschouwde hem altijd als een tot levenslang veroordeel-de, zoals je die naar men zegt bij de oude Grieken had, die rotsblokken omhoog moesten duwen of van wie de lever werd weggepikt. Had Crochemort misschien een misstap begaan, een duistere fout die hem achtervolgde? Was dit misschien hoe hij boete deed, door zich met een-zaamheid en lijklucht te omringen terwijl alle vrouwen aan zijn voeten zouden zijn gevallen als hij zich met la-vendel en jasmijn had ingesmeerd?

Joséphine bracht hem elke week haar buit. De stank rook ze al niet meer. Wat mannen betreft: ze had er al lang geleden voor gekozen ze de rug toe te keren en ze te ontlopen – ze was al haar hele leven met alleen zichzelf getrouwd. Elphège Crochemort ontving haar als een koningin – dat heb ik van haar –, bood haar een glas gekookte wijn aan, sprak charmant over de huiden, de regen en koetjes en kalfjes, en glimlachte naar haar met die glimlach waar ik het al over had. Dan betaalde hij haar, hielp haar de handkar uit te laden en begeleidde haar uiteindelijk naar de weg, zoals een heer het zou hebben gedaan.

Twintig jaar lang woonde Joséphine helemaal aan het einde van de Rue des Chablis, bijna in de velden. Niet in een huis, nee, tussen wat planken die zwart waren geworden van de regen en bijeen werden gehouden door een alledaags wonder. Een hut zo donker als steenkool, die de kinderen angst aanjoeg en waarvan iedereen dacht dat het er tot de nok toe vol lag met stinkende huiden, dode beesten, gevierendeelde vogels en muizen die met uitgestrekte pootjes op plankjes waren gespijkerd. Niemand ging er ooit naar binnen.

Zelf ben ik er wel geweest, twee keer. Ongelooflijk. Alsof je door de hellepoort stapte en in het rijk van het licht belandde. Net een poppenhuisje, brandschoon, alles in roze tinten en met overal gekrulde lintjes.

'Had je soms liever gehad dat ik in de rotzooi woonde?' had Joséphine me de eerste keer gezegd, toen ik perplex om me heen keek met mijn mond zo wijd open als een brasem op het droge. Op een tafel met een mooi kleed stond een bosje irissen en aan de muren hingen ingelijste heiligen- en engelenplaatjes, van het soort dat priesters hun communicanten en koorknapen geven.

'Geloof jij daarin?' vroeg ik aan Joséphine en wees met mijn kin naar haar heiligengalerij. Ze trok haar schouders op, niet alsof ze ergens mee spotte, maar omdat ze iets ging zeggen wat zó evident was dat het de moeite van het bespreken niet waard was.

'Als ik mooie koperen pannen zou hebben, zou ik ze ook ophangen en dat zou hetzelfde effect hebben, namelijk het gevoel dat de wereld niet zo lelijk is, dat er af en toe kleine gouden versierinkjes aan zitten en dat het leven in wezen niets anders is dan een zoektocht naar die goudkruimels.'

Ik voelde haar hand op mijn schouder. Toen haar andere hand, en uiteindelijk de warmte van een wollen doek.

'Waarom kom je hier weer terug, Lummel?' Zo had Joséphine me altijd genoemd, al sinds we zeven jaar waren, maar ik heb nooit geweten waarom. Ik stond op het punt om breedsprakig te antwoorden, daar in mijn hemdsmouwen bij het water met mijn voeten in de sneeuw. Maar mijn lippen trilden van de kou, en plotseling voelde ik me zo verkleumd dat ik dacht dat ik nooit meer weg zou kunnen komen.

'Jij komt hier toch ook weer terug?'

'Ik kom hier langs, dat is iets anders. Ík heb nergens spijt van. Ik heb gedaan wat ik moest doen. Ik ben in mijn rol gebleven, en dat weet je.'

'Ik geloofde je toch ook!'

'Je was wel de enige...'

Joséphine wreef over mijn schouders. Ze schudde me door elkaar en het bloed begon weer door mijn aderen te stromen met de pijn van een zweepslag. Toen pakte ze me bij de arm en gingen we weg, een vreemd stel op een winterochtend in de sneeuw. We liepen zonder iets te zeggen. Af en toe bekeek ik haar oude gezicht om er de trekken in terug te vinden van toen ze een meisje was.

Maar ik had net zo goed aan een kaal skelet naar vlees kunnen zoeken. Ik liet haar begaan alsof ik een kind was. Ik had zo graag mijn ogen willen sluiten en ter plekke in slaap willen vallen en onderwijl de ene voet voor de andere blijven zetten en diep van binnen hopen dat ik mijn oogleden nooit meer open zou hoeven doen, en zo blijven doorgaan in een toestand die misschien de dood was of anders een langzame wandeling zonder einde of doel.

Bij mij thuis zette ze me zonder pardon in de grote stoel en trok me toen drie jassen aan: ik was weer een zuigeling. Ze verdween in de keuken. Ik stak mijn voeten naar de kachel uit. Beetje bij beetje vloeide alles terug in mijn lichaam, mijn geestdrift, mijn pijn, het gekraak, de kloofjes. Ze reikte me een gloeiende kom aan die naar pruimen en citroen rook. Ik dronk zonder iets te zeggen. Zij dronk ook. Ze dronk haar kom leeg en klakte met haar tong:

'Waarom ben je nooit hertrouwd?'

'En jij, waarom ben jij altijd alleen gebleven?'

'Ik wist alles al over mannen toen ik nog geen vijftien was. Je weet niet hoe het is om een dienstmeisje te zijn! Dat nooit meer, zei ik tegen mezelf, en ik heb woord gehouden. Maar voor jou is het anders...'

'Ik praat nog elke dag met haar, weet je. Ik had geen plaats voor een ander.'

'Geef toe dat je het ook niet hebt gedaan omdat je op de procureur wilde lijken!'

'Dat heeft er niets mee te maken.'

'Dat zeg jij... al die jaren dat je zit te piekeren lijkt het alsof je met hem getrouwd bent. Ik vind dat je in de loop der jaren zelfs op hem bent gaan lijken, zoals dat gaat met alle oude echtparen...'

'Ach Fientje, wat ben je soms toch dom...'

We zwegen een ogenblik, toen ging ze verder: 'Ik heb hem op die avond gezien, ik zweer het, met mijn eigen ogen, al wilde die ellendeling me niet geloven, hoe heet die ook alweer, dat varken in die pandjesjas?'

'Mierck.'

'Leuke naam. Hij is dood, hoop ik?'

'Sinds '31, zijn hoofd verbrijzeld door een hoef van zijn paard.'

'Goed zo. Soms is het fijn als iemand weggaat. Maar dat hij jou zelfs niet geloofde! Jij was toch de politieman?'

'Hij was de rechter...'

Eens te meer liet ik me door de tijd terugwerpen en kwam ik weer op hetzelfde punt terecht. Ik kende de weg zo goed. Het was alsof ik terugreisde naar een erg vertrouwd gebied.

14

Drie dagen nadat het lichaam van Belle de jour was gevonden, kwam Joséphine me opzoeken. Er zat geen
schot in het onderzoek. De gendarmes ondervroegen iedereen. Matziev beluisterde zijn liedje. Mierck was weer
naar V. vertrokken en ik probeerde alles te begrijpen.

Clémence deed de deur voor haar open, met die grote
buik die ze lachend met beide handen vasthield. Ze kende Joséphine wel en liet haar binnen ondanks haar angst-
wekkende verschijning en haar reputatie van toverkol.

'Je vrouw was zo zachtaardig...' Joséphine reikte me
nog een volle kom aan.

'Ik weet niet precies meer hoe ze eruitzag,' voegde ze
eraan toe, 'maar ik weet nog dat ze zacht was, dat alles
aan haar zacht was, haar ogen en haar stem.'

'Ik weet het ook niet meer,' zei ik tegen haar. 'Ik ben
haar gezicht ook kwijt... Ik zoek er vaak naar, soms lijkt
het alsof het naar me toe komt, maar dan vervaagt het
weer, blijft er niets van over, en dan sla ik mezelf en
scheld ik mezelf verrot...'

'Waarom dan, domoor?'

'Als je je het gezicht van je geliefde niet meer kunt
herinneren... Ik ben een schoft.'

Joséphine haalde haar schouders op:

'Ik heb nog nooit een schoft of een heilige gezien. De dingen zijn nooit helemaal zwart of helemaal wit, alles is grijs. Mensen en hun zielen ook... Je ziel is grijs, behoorlijk grijs, zoals die van ons allemaal...'

'Dat zijn maar woorden...'

'Wat hebben woorden je misdaan?'

Ik zei dat ze moest gaan zitten en ze deed me in één ruk haar verhaal, in zeer exacte bewoordingen. Clémence had zich teruggetrokken in de slaapkamer. Ik wist wat ze er zat te doen – breinaalden, kluwens blauwe en roze wol en kantjes, al wekenlang. Terwijl Joséphine sprak, stelde ik me af en toe voor hoe ze in die vlakbijgelegen kamer zat, hoe snel haar vingers met de pennen waren, hoe hard er in haar buik werd geschopt en geslagen.

En beetje bij beetje kwam het doorweekte lichaam van Belle de jour de kamer binnen. Ze ging naast me zitten; het leek alsof ze kwam luisteren naar wat Joséphine te vertellen had, om ja of nee te zeggen. Na een tijdje dacht ik nergens meer aan. Ik luisterde naar Joséphine. Ik keek naar Belle de jour, naar het gezicht van de jonge dode met de gesloten ogen en de lippen die door haar koude einde blauw geworden waren. Het leek alsof ze glimlachte, vond ik, ze knikte af en toe en haar mond leek te zeggen 'Ja, zo was het, zo is het gegaan, precies zoals La Peau vertelt, zo is het gegaan'.

De avond voordat het lichaam werd ontdekt dus. Rond een uur of zes, zegt ze. Tussen licht en donker. Het uur van dolken en gestolen kussen. Joséphine trekt haar handkar voort; ze is op weg naar huis en put haar warmte uit een heupflacon die ze uit de zak van haar kiel haalt. Ondanks de kou zijn de straten vreemd genoeg gevuld

114

met de kreupele menigte van feest- en gedenkdagen; iedereen is naar buiten gekomen: de geamputeerden, de beenlozen, de kapotte gezichten, de ooglozen, de schedellichtingen, de halve gekken, allemaal slepen ze zich voort van kroeg naar café en legen ze hun glazen om hun harten te vullen.

Aanvankelijk, na de eerste gevechten, vonden we het heel vreemd om jongens van onze leeftijd te zien aankomen met door granaatexplosies verbouwde gezichten en door mitrailleurvuur aan stukken gereten lichamen. Terwijl wij rustig in de warmte zaten en onze kleine leventjes leidden.

Natuurlijk konden we de oorlog horen. We hadden hem op de mobilisatieplakkaten aangekondigd zien worden. We lazen erover in de kranten. Maar in wezen deden we alsof hij niet bestond, hadden we het met hem op een akkoordje gegooid zoals je dat met nachtmerries en pijnlijke herinneringen doet. Het hoorde gewoon niet echt bij onze wereld. Het was iets uit de film.

Dus toen het eerste konvooi gewonden arriveerde – échte gewonden bedoel ik, van wie het vlees een roodachtige brij was en die op brancards vol luizen zacht lagen te reutelen en de naam van hun vrouw of moeder prevelden –, toen dat eerste konvooi hier dus aankwam, werden we opeens met de neus op de feiten gedrukt. Van het ene moment op het andere viel er een grote stilte, en toen de ziekenbroeders die schimmen van mannen uitlaadden en ze het ziekenhuis in schoven, kwamen we allemaal kijken. We stonden in twee rijen, dicht op elkaar als een erehaag, een angsthaag van vrouwen die op hun lippen beten en onophoudelijk huilden, en wij mannen die ons diep van binnen lafaards voelden en ons schaamden, en ook, jammer maar waar, tevreden waren – hevig, ziekelijk blij – dat zíj daar gewond op de brancards lagen en niet wij.

Dat alles gebeurde op 14 september. De eerste gewonden werden ontzettend verwend. Een onophoudelijke bezoekersstroom, flessen, taarten, koekjes, likeur, mooie batisten hemden, fluwelen broeken, charcuterie en goede wijn.

Daarna deed de tijd zijn werk. De tijd en de aantallen, want er kwamen er elke dag meer, hele ladingen. We wenden eraan. We walgden zelfs een beetje van ze. Zij verweten ons dat we in de beschutting bleven en wij namen het hun kwalijk dat ze ons hun verband onder de neus kwamen wrijven, hun ontbrekende benen, hun slecht dichtgemaakte schedels, hun scheve monden, hun gespleten neuzen, al die dingen die we liever niet hadden gezien.

Zo waren er dus als het ware twee steden, die van ons en die van hen. Twee steden op dezelfde plaats die elkaar de rug toekeerden en hun eigen boulevards, cafés en tijdstippen hadden. Twee werelden. Er werd over en weer zelfs gescholden, gebekvecht, gevochten. Alleen de weduwe Blachart verzoende de twee kampen door zonder onderscheid des persoons haar benen te spreiden voor iedereen, burgers en soldaten, op elk tijdstip van de dag of nacht. De rij wachtenden die zich soms wel tot tien meter van haar huis uitstrekte was neutraal terrein waar men het kon bijleggen, elkaar kon aankijken en zich kon verbroederen tijdens het wachten op de grote vergetelheid die in de buik van de weduwe verborgen lag. En zij bracht bijna de hele dag uitgestrekt op het grote bed door, met haar benen wijd en boven haar het portret van haar overleden echtgenoot uitgedost als bruidegom, die glimlachte en een zwarte strik om zijn lijst droeg, terwijl elke tien minuten een gehaaste kerel de plaats innam die hij had laten openvallen toen hij drie jaar geleden in de fabriek een ton steenkool over zijn harses had gekregen.

Oude geiten spuwden de weduwe Blachart na als ze haar op straat tegenkwamen. Er vlogen ook scheldwoorden rond: 'Hoer, slet, del, afgelikte boterham, snol,' enzovoort. Het maakte Agathe – zo heette ze – helemaal niets uit. Overigens waren er na de oorlog mensen die medailles kregen terwijl ze lang niet zoveel hadden gedaan als zij. Want eerlijk is eerlijk: wie is er in staat om haar lichaam en haar warmte weg te geven, al is het dan voor geld?

In '23 deed Agathe Blachart haar luiken en haar deur dicht, nam een vrij lichte koffer mee, zei niemand gedag en vertrok met de postkoets naar V. Daar nam ze de exprestrein naar Chalons. In Chalons stapte ze over op die naar Parijs. Drie dagen later was ze in Le Havre, waar ze zich inscheepte op de Boréal. Twee maanden later stapte ze in Australië aan land.

Volgens de boeken zijn er in Australië woestijnen, kangoeroes, wilde honden, uitgestrekte, onbegrensde vlaktes, mensen die nog in het holentijdperk leven en steden die zo nieuw zijn dat ze net uit de gietvorm gegoten lijken te zijn. Ik weet niet of je dat moet geloven. Soms liegen de boeken. Wat ik daarentegen wel weet is dat er in Australië sinds 1923 een weduwe Blachart is. Misschien is ze daar hertrouwd. Misschien heeft ze er zelfs kinderen en een handeltje. Misschien wordt ze daar door iedereen eerbiedig en met een grote glimlach begroet. Missschien is ze er, door al die oceanen tussen ons en haar in te schuiven, in geslaagd ons volledig te vergeten, opnieuw een onbeschreven blad te worden zonder verleden, zonder smart, zonder wat dan ook. Misschien.

Zoveel is zeker dat alle gewonden op die beruchte avond niet bij haar waren. De straten waren vol, stroomden over, en het grootste deel was ladderzat, ze scholden de voorbijgangers uit, ze brulden en kotsten en stonden in groepjes bij elkaar. Dus nam Joséphine met haar handkar de dwarsweggetjes om ze te ontwijken, en in plaats van de Rue du Pressoir te nemen, dan door de Rue des Mesiaux langs de kerk te lopen, achter het stadhuis langs naar boven te gaan en tot aan haar krot de richting van het kerkhof aan te houden, ging ze nu liever langs het kleine kanaal, hoewel het daar niet breed is en ze wist dat het moeilijk zou zijn vanwege haar handkar, die ook nog vol zat, en hoewel het dik een kilometer langer was.

Het is koud. Het vriest dat het kraakt. Joséphine heeft een loopneus en haar fles is leeg. De hemel krijgt een grijsblauwe kleur waar de eerste ster een zilveren spijker in slaat. De handkar drukt de sneeuwlaag samen, de huiden zijn zo stijf als planken. Joséphine tilt een hand op om langs haar neus te wrijven, waar een ijspegel aan groeit. En dan, vanaf daar, ziet ze plotseling in de verte, geen twijfel mogelijk, op ongeveer zestig meter van haar vandaan, Belle de jour staan, dat zweert ze, op de hoge oever van het kleine kanaal, in gesprek met een grote man die zich een beetje naar haar toe buigt alsof hij haar beter wil kunnen zien of horen. En die man, die stramme, in het zwart geklede man, die staat te praten op een winterdag die uitgeput raakt en op het punt staat om er beleefd vandoor te gaan, is de procureur. Pierre-Ange Destinat zelf. Hand erop, ik zweer het, de duivel moge me halen. Hij. Met het meisje, toen het bijna donker was. Alleen. Met z'n tweeën. Hij en zij.

Dit schouwspel in de schemering deed Joséphine ter plekke bevriezen. Ze kon geen stap meer zetten. Waarom niet? Daarom niet. Als je altijd alles wat je doet zou moeten kunnen uitleggen – je gebaren, gedachten, bewegingen – dan kwam je er nooit uit. Dus op die zondag, de zeventiende december, toen het donker werd speelde Joséphine de stilstaande jachthond – wat is daar zo vreemd aan? – en wel omdat ze zojuist recht voor zich in de kou de procureur van V. had gezien die met een bloempje stond te praten en zijn hand op haar schouder legde, ja, zijn hand op haar schouder, ook dat zweert ze. 'Op zestig meter, in het donker, een hand op een schouder, terwijl je ladderzat bent? Je neemt ons in de maling!' zou er later treiterend tegen haar gezegd worden – daar kom ik nog op terug. Joséphine houdt vol. Hij was het. Zij was het. En er is meer nodig dan vijf slokjes sterke drank om haar een visioen te bezorgen!

En wat dan nog? Wat schuilt er voor kwaads in een gesprek tussen Destinat en dat bloempje? Hij kende haar. Zij kende hem; wat bewijst het dat je ze hebt gezien op de plek waar zij de volgende dag gewurgd zou worden gevonden? Niets. Niets of alles, dat hangt ervan af.

Ik hoorde geen enkel geluid meer uit de slaapkamer. Misschien was Clémence in slaap gevallen. En was het kleintje ook in slaap gevallen, in haar buik. Joséphine was uitgepraat en keek me aan. Ik zag het tafereel dat ze beschreven had voor me. Belle de jour had de kamer in stilte verlaten, met haar doorweekte kleren tegen haar smalle, ijzige lichaam geplakt. Ze had naar me geglimlacht en was toen verdwenen.

'En toen?' vraag ik aan Joséphine.
    'En toen wat?'
    'Ben je naar ze toe gegaan?'
    'Ben je gek... de procureur zie ik liever van een afstandje.'

'En toen wat?'

'Toen ben ik teruggegaan.'

'Je hebt ze achtergelaten?'

'Wat had ik dan volgens jou moeten doen? Had ik een lampion voor ze moeten vasthouden of een kacheltje brengen?'

'En dat meisje, dat was zij, daar ben je zeker van?'

'Hoor 'es, een meisje met een goudgeel hoofdkapje zie je niet elke dag, en bovendien was ik haar net daarvoor nog tegengekomen toen ze bij haar tante naar binnen ging. Geloof me maar, zij was het.'

'Wat zou ze daar aan de oever van het kanaal gedaan kunnen hebben?'

'Hetzelfde als ik, natuurlijk! Die vechtjassen ontlopen! Tweehonderd meter verder zou ze op het plein uitkomen waar ze de postkoets van zes uur zou kunnen nemen... Heb je niets te drinken voor me? Ik krijg een droge keel van al dat praten.'

Ik haalde twee glazen te voorschijn, een fles, kaas, worst en een ui. We dronken en aten in stilte zonder nog iets tegen elkaar te zeggen. Ik keek naar Joséphine alsof ik dwars door haar heen het tafereel wilde zien dat ze voor me had geschilderd. Ze knabbelde als een muis en dronk met grote teugen van de wijn, terwijl ze met haar tong een soepel, lieflijk muziekje maakte. Buiten viel de sneeuw met bakken uit de lucht. Hij viel tegen de ruiten en leek letters op de ramen te schrijven, die als ze nog maar net getekend waren weer smolten en in snelle lijntjes wegstroomden, als tranen op een wang die er niet was. Het werd modderig weer. De vorst pakte zijn klatergouden boeltje bijeen en had er geen zin meer in. De volgende dag zou er modderig en druilerig uitzien. Als een tweederangs actrice na afloop van een orgie.

Het was laat. In een hoek van de keuken legde ik dekens en een matras neer. Ik had Joséphine ervan weten te overtuigen met mij naar V. te gaan om alles aan Mierck te vertellen. Bij het ochtendgloren zouden we vertrekken. Ze viel als een blok in slaap, en in haar slaap sprak ze enkele woorden die ik niet begreep. Af en toe knalden de kanonnen, maar zonder overtuiging, alleen maar om ons eraan te herinneren dat ze er waren, als de torenklok van het kwaad.

Ik durfde niet terug naar de slaapkamer te gaan. Ik was bang om lawaai te maken en Clémence te wekken. Ik nestelde me in een stoel die ik nog steeds heb, die me weleens doet denken aan een grote, zachte hand waarin ik me kan verschuilen. In mijn hoofd herhaalde ik wat Joséphine me had verteld. Ik deed mijn ogen dicht.

Bij de dageraad vertrokken we. Clémence was opgestaan en had warme wijn in een ingepakte wijnfles en een gloeiend hete kan koffie voor ons klaargemaakt. Bij de deur maakte ze een klein gebaar naar ons en glimlachte ze even naar mij, alleen naar mij. Ik deed een paar stappen naar haar toe. Ik had zo'n zin om haar te kussen, maar ik durfde het niet waar Joséphine bij was. Daarom gaf ik haar een teken terug. Verder niets.

Sindsdien gaat er geen dag voorbij dat ik geen spijt heb van die kus die ik haar niet gegeven heb.

'Goede reis,' zei ze tegen me. Dat waren haar laatste woorden. En het zijn mijn juweeltjes. Ik heb ze nog steeds intact in mijn oor en ik speel ze elke dag af. Goede reis... Haar gezicht heb ik niet meer, maar haar stem nog wel, dat zweer ik.

15

We hadden er vier uur voor nodig om V. te bereiken. Het paard bleef steken in de modder. De karrensporen waren echte waterputten. Hier en daar leek de smeltende sneeuw hele tonnen vol water om te kieperen zodat de weg verdween onder de stroom die verderop de greppels in vloeide. En dan waren er nog de konvooien op weg naar het front, te voet, met sleeën, met vrachtwagens, waarvoor je bij het passeren zo ver mogelijk aan de kant moest gaan. De jongens keken ons met weemoedige ogen aan. Niemand bewoog, niemand sprak. Ze leken op bleke, in het blauw geklede dieren die zich gewillig naar de grote slachtbank lieten leiden.

Croûteux, de griffier van rechter Mierck, liet ons plaatsnemen in een met rode zijde bespannen wachtkamer en liet ons toen alleen. Ik kende die kamer goed. Ik had al vaak de gelegenheid gehad om er te peinzen over het menselijk bestaan, verveling, het gewicht van een uur, een minuut, een seconde; en met mijn ogen dicht zou ik zonder te aarzelen of me te vergissen de positie van elk meubel hebben kunnen uittekenen, de plaats van elk object, het aantal blaadjes aan elke gedroogde anemoon die stond te zuchten in de zandstenen vaas op de schoorsteenmantel. Joséphine zat met haar handen op haar dijen te dommelen. Af en toe viel haar hoofd naar voren waarna het met een ruk omhoogkwam, zo abrupt alsof er een elektrische schok door haar heen ging.

Na een uur kwam Croûteux eindelijk terug om ons te halen. Hij krabde aan zijn wang. Fijne schilfertjes dode huid vielen op zijn zwarte kleding die bij de knieën en de ellebogen behoorlijk glom. Zonder een woord bracht hij ons naar het kantoor van de rechter.

Eerst zagen we niets, al hoorden we twee mensen lachen. De ene lach, zo dik als een fluim, herkende ik. De andere was helemaal nieuw voor mij, maar die zou ik snel genoeg leren kennen. Een stinkende walm dreef door de hele kamer en legde een rookgordijn tussen de dikke rechter aan zijn bureau en de man die vlak bij hem stond aan de ene kant, en ons, die niet wisten wat we moesten doen. Toen raakten onze ogen stukje bij beetje gewend aan de rookwolk, en het gezicht van de rechter dook op uit de mist, evenals dat van zijn metgezel. Het was Matziev. Die bleef maar lachen, en de rechter lachte met hem mee alsof we niet bestonden, alsof we hier niet op drie passen van hen af stonden. De militair trok aan zijn sigaar. De rechter hield zijn buik vast. Daarna lieten ze beiden hun lach langzaam wegsterven, zonder zich te haasten. Er viel een stilte die ook nog even duurde, en toen pas richtte Mierck zijn vette groene ogen, zijn vissenogen op ons; de militair deed hetzelfde, maar om zijn mond met de sigaar bleef een glimlach spelen die ons in een mum van tijd reduceerde tot naaste verwanten van de aardworm.

'Nou? Wat moeten jullie?' vroeg de rechter op verstoorde toon en hij keek Joséphine aan alsof er een of ander beest voor hem stond.

Mierck mocht me niet en ik mocht hem ook niet. Door ons werk waren we gedwongen om veel met elkaar om te gaan, maar nooit wisselden we een overbodig woord. Onze gesprekken waren kort, werden altijd uitgesproken op een kille toon, en als we spraken keken we elkaar nauwelijks aan. Ik stelde iedereen aan elkaar voor, maar nog voordat ik had samengevat wat Joséphine me had verteld, onderbrak Mierck me en richtte zich tot haar: 'Beroep?'

Joséphines mond viel wijdopen en ze dacht twee of drie seconden na, maar dat was al te lang; de rechter werd ongeduldig: 'Is ze doof of achterlijk, of wat? Beroep?'

Joséphine schraapte haar keel, wierp een blik op mij, en zei uiteindelijk: 'Vergaarster...'

De rechter keek de militair aan, ze glimlachten naar elkaar, toen vroeg Mierck: 'En wat vergaart ze dan?'

Het was de manier waarop de rechter zijn gesprekspartner steevast tot niets wist te reduceren. Hij zei niet 'jij' of 'u', maar 'hij' of 'zij', alsof je er niet bij was, alsof je niet bestond, alsof niets erop wees dat je aanwezig was. Met een persoonlijk voornaamwoord werd je van de lijst geschrapt. Ik zei al dat hij goed met taal kon omgaan.

Ik zag Joséphines gezicht knalrood worden, en in haar ogen kwam een misdadige schittering. Als ze een schietijzer of een mes in handen had gehad, zou Mierck er heel binnenkort niet meer zijn geweest, dat wist ik zeker. In gedachten en met woorden pleegt elk mens heel wat moorden op een dag, ook als hij het zelf niet echt doorheeft. Als je erover nadenkt, zijn er in verhouding tot al die abstracte misdaden heel weinig echte moordenaars. Alleen in oorlogstijd raken onze zieke verlangens en de absolute werkelijkheid in evenwicht.

Joséphine haalde diep adem en stak van wal. Ze vertelde zonder omhaal waar ze haar weinige geld mee verdiende, wat niets was om je over te schamen. Mierck begon haar weer te pesten.

'Aha. Kortom, zij leeft van lijken!' En hij barstte uit in een vals gelach, heel overdreven, alsof er een steekje bij hem los zat, en Matziev, die nog steeds aan zijn sigaar trok alsof het lot van de wereld ervan afhing, deed met hem mee.

Ik legde mijn hand op die van Joséphine en begon te spreken. Ik vertelde eenvoudig en gedetailleerd wat ze me de vorige avond had gezegd. Mierck was weer ernstig geworden en luisterde zonder me te onderbreken, en toen ik klaar was, draaide hij zich naar de militair toe. Ze wisselden een onbestemde blik, toen pakte de rechter met zijn rechterhand een briefopener en liet hem een lang moment over het vloeiblad van zijn bureau dansen. Een snelle dans, die tussen een polka en een quadrille in zat, levendig en vlug als een hengst in galop, en die even plotseling weer ophield als hij begonnen was. Toen begon Joséphines lijdensweg.

De rechter en de kolonel kozen voor de gezamenlijke aanval, zonder dat ze het hadden afgesproken. Als je uit hetzelfde vlees gehouwen bent, heb je geen lange gesprekken nodig om het eens te worden. Joséphine weerde de salvo's af zo goed als ze kon, hield vast aan haar versie, keek me af en toe aan met ogen die leken te zeggen: 'Waarom heb ik ooit naar je geluisterd, wat doen we hier en wanneer laten die schoften me met rust?' Ik kon niets voor haar doen. Ik stond erbij terwijl ze haar onderuithaalden; en toen Joséphine in haar onschuld toegaf dat ze zich een paar keer met een slok uit haar heupflacon verwarmd had, kreeg ze ervan langs met een regen van vinnige opmerkingen. Toen ze met haar klaar waren boog ze haar hoofd, zuchtte diep en keek naar haar handen, die van de kou en het harde werken waren opgezwollen. In tien minuten was ze twintig jaar ouder geworden.

Toen volgde er een moment van besluiteloosheid. Alsof er net een spelletje kaart was afgelopen. Matziev stak een nieuwe sigaar op en zette een paar stappen. Mierck leunde achterover in zijn stoel, stak zijn duimen in de zakjes van het vest dat zijn ballonachtige buik omspande. Ik wist niet wat ik moest doen. Ik wilde net mijn mond opendoen, toen Mierck plotseling opsprong: 'U heb ik niet meer nodig! U kunt gaan.... Wat haar betreft,' en hij keek Joséphine weer aan, 'zij zal net zo lang in ons gezelschap blijven als noodzakelijk is om te verifiëren wat ze heeft verteld.'

Bang draaide Joséphine zich naar mij toe. Mierck stond op om me naar de deur te begeleiden. Ik legde mijn hand op Joséphines schouder. Soms kun je gebaren proberen als woorden al niets meer kunnen uitrichten, maar de rechter voerde me al mee naar de wachtkamer waar Croûteux zat te dommelen. Hij gebaarde hem dat hij zich uit de voeten moest maken, sloot de deuren en kwam toen dichter bij me staan dan ooit, bijna mond tegen mond, oog in oog, en hij praatte met zachte stem; ik zag alle dode aderen in zijn gezicht, de plooien, oneffenheidjes, piepkleine wratjes, en ik kreeg zijn stinkende adem van levend vet vermengd met uien, de walm van goede wijn, de geur van allemaal soorten vlees en bittere koffie recht in mijn gezicht.

'Er is niets gebeurd, hoort u... Die gekkin heeft gedroomd... Een dwaze inval, kletspraatjes, dronkenmansgelal, een visioen! Niets, zeg ik u. En uiteraard verbied ik u om meneer de procureur lastig te vallen, ik verbied het u! Trouwens, ik heb u al duidelijk gemaakt dat het onderzoek aan kolonel Matziev is toevertrouwd. U krijgt uw orders van hem. U kunt gaan.'

'En Joséphine Maulpas?' zei ik toch nog.

'Drie dagen in de cel zullen haar wel van gedachten doen veranderen.'

Hij draaide op zijn hakken en liep zijn kantoor weer in. En ik bleef als een onnozelaar aan de grond genageld staan.

'Tuurlijk, drie dagen,' ging Joséphine verder, 'Een week heeft dat zwijn me daar gehouden, op droog brood en bonensoep, geserveerd door een non die zo vriendelijk was als het handvat van een houweel... Verdomme nog aan toe. Je weet toch wel zeker dat hij dood is?'

'Heel zeker.'

'Goed zo! Als er een hel is, moet die ook maar ergens voor gebruikt worden. Ik hoop dat hij de tijd heeft gehad om zijn dood te zien aankomen en urenlang te lijden... En die ander, dat sigarenzwijn, is die ook dood?'

'Geen idee. Misschien. Misschien niet.'

Zo lieten Joséphine en ik nog lange tijd onze warrige levens de revue passeren. Al dat praten over lang vervlogen tijden gaf ons het gevoel dat het allemaal nog niet voorbij was, dat we nog een plaats zouden kunnen krijgen in het grote mozaïek van het lot. En toen voerden de woorden ons ongemerkt naar onze kindertijd, naar de geur van de weilanden waar we blindemannetje speelden, de gedeelde angsten, de liedjes, het water uit de bronnen. De torenklok sloeg twaalf uur 's middags, maar of het nou twaalf uur was in onze jeugd of in het ruwe, roestige, heden, konden we niet zeggen.

Toen Joséphine vertrok, kuste ze me op beide wangen. Dat had ze tot dan toe nog nooit gedaan. Ik vond het een prettige kus. Het was als het ware een bezegeling, iets wat ons verenigde in onze eenzaamheid en in de verwantschap van een oude geschiedenis die toch nog springlevend was. Ze sloeg de hoek van de straat om. Ik was weer alleen, zoals zo vaak. Ik dacht weer aan Belle de jour.

Het meisje kwam elke zondag hiernaartoe, en dat al sinds ze acht was. In die tijd was acht niet hetzelfde als nu! Op je achtste kon je alles, zat er al iets in je hersenpan en had je sterke armen. Je was bijna volwassen.

Bourrache had een neus voor geld. Dat heb ik al eens verteld. Voor zijn dochters had hij peettantes en peetooms uitgezocht die naar bankbiljetten roken. Zo kwam het dat het meisje bij haar doop werd vastgehouden door een ver familielid hier uit de stad, dat ten tijde van 'De Zaak' al tegen de tachtig liep. Ze heette Adélaïde Siffert. Een grote, erg pezige vrouw met slagershanden, houthakkersbenen en een met een mes uitgesneden gezicht; een oude vrijster en blij dat ze dat was, maar met het hart op de tong.

Veertig jaar lang was ze klerk op het stadhuis geweest, want ze wist pen en ganzenveer gracieus te hanteren, zonder fouten of vlekken te maken. Ze had een klein pensioentje waar ze eenvoudig van leefde en toch kon ze vaak vlees eten en elke avond een glaasje port drinken.

Op zondag stuurde Bourrache het meisje dus bij haar peettante op bezoek. Ze arriveerde met de postkoets van twaalf uur en vertrok met die van zes uur. Adélaïde Siffert maakte varkensvlees, verse boontjes in het seizoen en geweckte daarbuiten, sla en appeltaart. Een onwrikbaar menu. Dat heeft ze me zelf verteld. Het meisje nam twee keer van de taart. Dat heeft ze me ook verteld. Dan brachten ze de middag door met verstelwerk. Belle de jour deed soms ook wat huishoudelijk werk in het kleine huisje. Om vijf uur nam ze nog een stukje taart, dronk een kop koffie met melk en kuste vervolgens haar peettante, die haar een bankbiljet gaf. De oude vrouw keek haar na als ze vertrok. Zij had haar bezoekje gehad en het meisje haar vijf francs, die Bourrache haar afnam zodra ze thuis was. Iedereen was tevreden.

Als het slecht weer was, heel hard regende of als er te veel sneeuw viel, kwam het voor dat het meisje de nacht bij haar peettante doorbracht. Dan was er niemand ongerust, ze nam gewoon de volgende ochtend de postkoets van acht uur.

Op de avond van de misdaad – want volgens Victor Desharet, die zijn vuile poten in het kinderlijfje heeft gestoken en haar buik heeft opengemaakt alsof het een overhemd was, is de misdaad echt op de avond zelf begaan – had Adélaïde het kind proberen tegen te houden: het vroor al dat het kraakte, en als je ademde had je het gevoel dat je van binnen versplinterde. Maar het meisje had er niets van willen weten. 'Nee peetmama, ik krijg het toch niet koud, met uw kapje heb ik het heerlijk warm!' En die opmerking had het oudje gevleid, want het hoofdkapje in kwestie, goudgeel en van verre zichtbaar, bij gebrek aan fluweel gevoerd met konijnenbont, had zij zelf gemaakt en aan het meisje gegeven op haar zevende verjaardag. Belle de jour knoopte de koordjes dicht, deed haar wanten aan en was toen huppelend vervlogen als een windvlaag.

Verdriet doodt. Snel. Schuldgevoel ook, bij mensen die een geweten hebben. Adélaïde Siffert volgde haar petekind naar het kerkhof. Tweeëntwintig dagen tussen de twee begrafenissen. Geen uur langer. En gedurende die drie weken stroomden de tranen zonder ophouden over Adélaïdes gezicht, zonder ophouden zeg ik, overdag, dat het ik zelf gezien, en 's nachts, dat durf ik te zweren. De goeden gaan het eerst. Iedereen houdt van ze, ook de dood. Alleen slechte mensen hebben een dikke huid. Die sterven over het algemeen oud, en soms zelfs in bed. In alle rust.

Toen ik het kantoor van rechter Mierck verliet met achterlating van Joséphine, was ik niet trots op mezelf. Ik zwierf wat door V. met mijn handen in mijn zakken, en mijn broekspijpen werden vuil van het modderige water dat over de trottoirs kabbelde.

De stad was duizelig. Een dronken stad. Een menigte rekruten stampte zich warm, overspoelde de straten met hun patserige ego's en hun grappen. Een nieuwe lading – en een grote ook – maakte zich op voor hun ontmoeting met de moffen. En voorlopig konden ze daar nog om lachen. De straten en kroegen waren overgeleverd aan de uniformen. Een stroom, een rivier van nieuwe beenkappen, glimmende knopen, stevig aangenaaide epauletten. Hier stonden ze te zingen, daar te schreeuwen en te fluiten naar de weinige meisjes die snel de winkels in vluchtten. Het was alsof de grote bronsttijd eraan kwam, hevig, barbaars, collectief en bloederig, een plotselinge uitbraak van ruw leven dat je voelde opborrelen en dat op het punt stond tot uitbarsting te komen.

Ik vroeg me af wat ik zou kunnen gaan doen te midden van al die onnozelaars die er nog niets van hadden begrepen en die voor het merendeel al heel snel de terugreis zouden aanvaarden tussen vier planken van goedkoop larikshout, als ze al zo gelukkig waren dat iemand een paar

van hun ledematen zou terugvinden, onder in een gra-
naatkrater of hangend in het prikkeldraad.

Mijn blinde en doelloze zwerftocht voerde me uiteindelijk naar de deur van de Rébillon. Ik schrok ervan.
Toen bedacht ik dat ik nergens anders heen kon gaan, dat
ik hierheen móést gaan, de deur openduwen, Bourraches
grote gestalte met zijn donkere ogen zien zitten, hem de
hand schudden en de zinloze woorden mompelen die je
in dergelijke situaties gebruikt.

Nooit eerder had ik de gelagkamer leeg gezien. Geen
enkel geluid. Niet één gedekte tafel. Niet één stem. Niet
één glas dat een ander glas raakte. Niet één rokende pijp.
Geen enkel geurtje uit de keuken. Alleen een schraal
vuurtje in de reusachtige stookplaats. En Bourrache ervoor op een kabouterkrukje, met zijn voeten uitgestoken
naar de weinige gloeiende kooltjes en zijn hoofd gebogen naar de leegte. Een dode reus.

Hij had me niet horen aankomen. Ik ging vlak bij hem
staan en sprak een paar woorden. Hij bewoog niet, gaf
geen antwoord. Ik zag hoe het vuur wegkwijnde, hoe de
mooie laatste vlammen kleiner werden, kronkelden,
vochten om nog overeind te blijven en uiteindelijk in-
stortten en verdwenen. Toen zag ik de blik van Clémence, haar ogen en haar glimlach. Ik zag haar buik. Ik zag
mijn onbeschaamde geluk en ik zag het gezicht van Belle
de jour, niet dood en doorweekt, maar levend en roze en
zo echt als jonge tarwe, zoals ik haar voor het laatst had
gezien, hier in deze zelfde zaal, toen ze langs de tafels
glipte en de drinkers kannen wijn uit Toul en Vic kwam
brengen.

De vlammen hadden plaatsgemaakt voor grijze, scherpe rook die uit de stookplaats kwam, door de zaal danste
en tegen het bruine plafond sloeg. Toen draaide Bourra-

che zijn gezicht naar mij toe, zo langzaam als een uitgeput rund, zijn gezicht waar niets van af te lezen viel, geen enkele uitdrukking; daarna stond hij op, stak zijn twee dikke handen naar mijn hals uit en begon te knijpen, te knijpen, steeds harder; en vreemd genoeg voelde ik helemaal geen angst, ik liet hem begaan, ik wist dat ik hier niet met een moordenaar van doen had, niet eens met een gek, maar gewoon met een vader die zijn kind net had verloren en voor wie de wereld nu nog slechts een grote zon vol zwarte vlekken was. Ik voelde dat ik stikte. Alles in mij gonsde. Ik zag witte punten voor me, flitsen, en het vuurrode gezicht van Bourrache, die trilde en trilde en plotseling met een schok zijn handen van mijn hals haalde alsof hij zich aan roodgloeiend ijzer had gebrand, en vervolgens op de grond viel en in huilen uitbarstte.

Ik kwam weer op adem. Mijn lichaam was nat van het zweet. Ik tilde Bourrache overeind en hielp hem aan de dichtstbijzijnde tafel te gaan zitten. Hij liet me begaan zonder tegen te stribbelen en zonder een gebaar of een woord. Hij snikte en snoof. Ik wist waar de flessen pruimen- en kersenbrandewijn stonden. Ik haalde er een en vulde twee glazen tot de rand. Ik hielp hem met drinken, sloeg het mijne achterover en toen nog een. Als een automaat schonk Bourrache zich er drie in en leegde ze steeds in één teug. Langzaam maar zeker zag ik zijn blik naar onze wereld terugkeren en hij keek me verrast aan, alsof hij zich afvroeg wat ik hier in hemelsnaam deed. Een of andere militair tikte vlak bij ons op het raam. Vrolijk drukte hij zijn neus tegen de ruit en keek de zaal in. Hij zag ons. Zijn glimlach verdween. Hij ging weg. Vier uur lang bleef ik bij hem. Vier uur en twee flessen brandewijn. Vier uur en nauwelijks drie woorden. Dat was wel het minste wat ik kon doen.

Op datzelfde tijdstip begon Clémence moederziel alleen te kreunen en te kronkelen. Zonder mij. Zonder dat
ik het wist.

16

Toen ik uit de Rébillon kwam, bracht de ijskoude regen me weer min of meer bij zinnen. Het leek of de hemel de mensheid iets verweet. Het water stortte met bakken naar beneden en sloeg tegen de gevels. Er waren niet veel mensen meer op straat. Ik liep zo dicht mogelijk langs de muren en gebruikte mijn handen als een kleine paraplu. Ik dacht aan Joséphine die in een cel van het huis van bewaring zat en die me nu wel zou vervloeken en uitmaken voor rotte vis. Ik geloof zelfs dat ik er een beetje om moest glimlachen.

Toen ik bij het tolhuis aankwam, hadden ze me kunnen uitwringen. Ik had koude voeten, maar mijn gedachten waren weer helder. Ondanks alle borrels tolde mijn hoofd niet meer. De postkoets stond klaar, en eromheen stonden een heleboel druk gebarende mensen die het gemunt leken te hebben op een kapitein van de genie die er een woord probeerde tussen te krijgen. Ik kwam dichterbij. De militair probeerde iedereen tot rede te brengen. Een paar kerels begonnen met hun vuisten te zwaaien, en de vrouwen, die lijdzamer waren, stonden stokstijf als bezemstelen te wachten, ongevoelig voor de regen. Toen legde iemand een hand op mijn schouder. Het was onze pastoor, pater Lurant: 'We kunnen onmogelijk terug... De weg is gevorderd voor de konvooien. Er moeten vannacht twee regimenten naar het front. Kijk maar...'

Ik had ze nog niet opgemerkt. Maar zodra de pastoor me ze aanwees, zag ik niets anders meer: tientallen, honderden mannen, misschien nog wel meer, stonden in doodse stilte, met het geweer over de schouder en de ransel op de rug te wachten; ze leken ons te omcirkelen en losten bijna op in de nacht die de dag langzaam opslorpte; ze stonden met afwezige blikken te kijken, bewegingloos, zonder een woord, en de regen leek geen vat op ze te hebben. Het leek wel een leger van schimmen. Toch waren het dezelfde jongens die de hele dag lang V. onveilig hadden gemaakt, die naar de kroegen waren gegaan als beesten naar de drinkbak, die liederen hadden gebruld, smerige opmerkingen hadden uitgekotst, in de bordelen hun kleren hadden losgeknoopt en arm in arm met wijnflessen in hun hand waren langsgestrompeld. Geen van hen lachte nu nog. Ze waren allemaal zo stram als standbeelden geworden en hadden er zelfs de gietijzeren kleur van overgenomen. Hun ogen waren niet meer te zien; dat leken nu wel zwarte gaten die naar de oneindige verte aan de andere kant van de wereld staarden.

'Kom,' zei de pastoor tegen mij, 'Het heeft geen zin om hier te blijven.' Ik volgde hem min of meer als een ledenpop, terwijl de kapitein nog steeds probeerde de woedende mensen te kalmeren die vanavond niet naar huis konden om hun buikjes in hun heerlijk warme bedden te ruste te leggen.

Het was niet de eerste keer dat de legerstaf de weg had gevorderd. Die was inderdaad nogal smal en bovendien in erbarmelijke staat omdat hij al drie jaar lang werd stukgestampt door vrachtwagens en de hoeven van dui- zenden knollen. Om die reden werd de weg, als er weer een offensief op komst was, verboden terrein voor ieder- een behalve de konvooien, die soms de hele dag en de he- le nacht ononderbroken optrokken als een processie van trieste, hotsende mieren die met langzame pas voortgin- gen naar de aan flarden gescheurde resten van een mie- rennest van aarde en metaal.

Pater Lurant nam me mee naar het bisschoppelijk pa- leis. Een huisbewaarder liet ons binnen. Hij had een geel gezicht en haar dat op een vacht leek. De pastoor legde hem de situatie uit en zonder een woord werden we door een doolhof van gangen en trappen met de geur van was en groene zeep naar een grote kamer gebracht, waar twee smalle, ijzeren bedden met elkaar in gesprek waren.

Toen ik de bedjes zag, dacht ik meteen aan het onze dat zo groot en zacht was. Ik wilde bij Clémence zijn, in haar armen liggen en er de zachtheid zoeken die ik er al- tijd wist te vinden. Ik vroeg of ik haar kon inlichten, zoals ik meestal deed als ik niet naar huis kon komen. Dan bel- de ik de burgemeester, die er zijn dienstmeisje Louisette op uitstuurde om te waarschuwen. Maar de huisbewaar- der zei dat het de moeite van het proberen niet waard was, omdat de telefoonlijnen, net als de weg, voor onbe- paalde tijd waren gevorderd. Ik herinner me hoe verve- lend ik dat vond. Ik had zo graag gewild dat Clémence wist waar ik was, zodat ze zich geen zorgen zou maken. Ik had zo graag gewild dat ze wist dat ik aan haar en het kind dacht.

De pastoor kleedde zich zonder omhaal uit. Hij trok zijn pelerine uit, daarna zijn soutane en toen stond hij in onderbroek en hemd voor me, met zijn buik naar voren

136

als een gigantische kweepeer die werd ondersteund door een flanellen windsel, dat hij nu afrolde. Hij legde zijn natte kleren bij de kachel en ging er zelf ook bij zitten om zich te verwarmen en te laten opdrogen, en hij wreef zich boven het kacheldeksel in zijn handen. Nu hij daar zo goed als naakt en zonder zijn priesterkleed zat, vond ik hem er veel jonger uitzien dan ik dacht. Waarschijnlijk was hij even oud als ik, en het leek alsof ik hem voor het eerst zag. Hij had vast een vermoeden van wat ik dacht. Pastoors zijn nogal slim, die treden moeiteloos binnen in andermans hoofd om te zien wat zich daar afspeelt. Hij keek me glimlachend aan. Onder invloed van de hitte begon zijn pelerine te stomen als een locomotief, en van zijn soutane steeg een mist op die rook naar tuinaarde en verbrande wol.

De huisbewaarder kwam terug met twee borden soep, een groot bruinbrood, een stuk kaas zo hard als een eikenhouten hakblok en een kruik wijn. Hij zette alles op een tafeltje en wenste ons goedenacht. Ik kleedde me uit en legde mijn kleren ook bij het vuur. Dezelfde geuren als bij de pastoor: hout, een mengsel van natte en geschroeide wol, en damp.

We aten stevig door zonder op onze manieren te letten. Pater Lurant had grote, onbehaarde, mollige handen met een fijne huid en nagels zonder scheurtjes. Hij kauwde lang op wat hij in zijn mond stak en dronk van de wijn met zijn ogen gesloten. We maakten alles helemaal op. Geen kruimeltje of korstje, gladde borden. Een schone tafel. Volle buiken. Toen praatten we heel lang, wat we nog nooit hadden gedaan. We spraken over bloemen, dat was zijn passie. 'Het mooiste bewijs van het bestaan van God, als daar al een bewijs voor nodig is,' zei hij. We praatten over bloemen, daar in die kamer, terwijl het om ons heen nacht en oorlog was, terwijl er ergens een moordenaar rondliep die een meisje van tien had gewurgd, en terwijl ver van mij Clémence in ons bed haar bloed verloor, en brulde en schreeuwde zonder dat iemand het hoorde of te hulp schoot.

Ik had nooit geweten dat je over bloemen kon praten. Ik bedoel, ik wist niet dat je over mensen kon praten terwijl je het alleen maar over bloemen had, zonder ooit de woorden mens, noodlot, dood, einde en verlies te gebruiken. Die avond heb ik dat ontdekt. Ook de pastoor had de gave van het woord. Net als Mierck. Net als Destinat. Maar hij deed er mooie dingen mee. Hij streelde de woorden met zijn tong en zijn glimlach totdat iets onbelangrijks plotseling iets wonderbaarlijks werd. Op het seminarie zullen ze je wel leren hoe je de fantasie kunt prikkelen met een paar goedgevormde zinnen. Hij vertelde me hoe zijn tuin eruitzag die achter de pastorie lag en die je niet kon zien omdat er hoge muren omheen stonden. Hij praatte over schubkamille, helleborus, petunia, duizendschoon, grasanjer, wildemanskruid, vetkruid, randjesbloem, pioenroos, ridderspoor, doornappels, éénjarige bloemen en wintervaste planten, bloemen die 's avonds pas opengaan en 's ochtends verwelken, bloemen die van de dageraad tot de avondschemering welig tieren en hun fijne, roze of paarse kronen tentoonspreiden, maar zich zodra het nacht is plotseling sluiten alsof een bruuske hand hun fluwelen blaadjes heeft dichtgeknepen om ze te verstikken.

De pastoor praatte over bloemen op een andere toon dan andere mensen. Geen pastoorstoon meer. Geen tuinderstoon. De toon van een man vol pijn en verdriet. Toen hij op het punt stond om hardop in die donkere kamer de naam te noemen van die ene bloem, hield ik hem met een handgebaar tegen. Ik wilde die naam niet horen. Die kende ik al te goed. Die bonsde al twee dagen door mijn hoofd, bonsde en bonsde. Haar gezicht verscheen weer voor mijn ogen als een klap in mijn gezicht. De pastoor zweeg. Buiten was de regen weer overgegaan in sneeuw en de vlokken sloegen massaal tegen het raam. Het leken wel gloeiwormpjes van ijs, zonder leven en zonder licht, maar die twee of drie seconden lang een illusie van leven en licht wisten te creëren.

Sindsdien heb ik jarenlang geprobeerd om ter ere van Belle de jour dagschones in mijn tuin te laten groeien. Het is me nooit gelukt. De zaadjes bleven in de aarde zitten, verrotten koppig, weigerden naar de hemel toe te groeien en aan de donkere, vochtige, plakkerige massa te ontsnappen. Alleen onkruid en distels deden het er goed; die overwoekerden alles en schoten tot onwaarschijnlijke hoogtes op, en verstikten de weinige vierkante meters met hun gevaarlijke bloemkronen. Uiteindelijk heb ik ze maar laten winnen.

Vaak heb ik teruggedacht aan die uitspraak van de pastoor over bloemen, God en het bewijs. En ik zei tegen mezelf dat er ongetwijfeld plaatsen op de wereld zijn waar God nooit komt.

Later vertrok pater Lurant naar de bergen van Indo-China om de Annam-stammen te bekeren. Dat was in '25. Hij kwam het me melden. Ik weet trouwens niet waarom hij dat bezoek kwam afleggen. Misschien omdat we ooit samen langdurig in onze onderbroek hadden zitten praten, en een kamer en wijn hadden gedeeld. Ik heb hem niet gevraagd naar de reden van zijn plotselinge vertrek, toen hij toch de jongste al niet meer was. Ik vroeg hem simpelweg: 'En uw bloemen dan?'

Hij had me glimlachend aangekeken, met nog altijd

die pastoorsblik waar ik het zo-even over had, die tot in het diepst van je wezen doordringt en je ziel eruit trekt zoals je met een tweetandig vorkje een gebakken slak uit zijn huisje peutert. Toen zei hij dat er waar hij naartoe ging duizenden bloemen waren, let wel, duizenden die hij niet kende, die hij nog nooit had gezien of hooguit in boeken, en dat je niet altijd in boeken kunt leven, dat je op een gegeven moment het leven in al zijn schoonheid met beide handen moet aanpakken.

Bijna had ik hem gezegd dat het voor mij eerder andersom was, dat ik elke dag weer genoeg van het leven had, en dat als er boeken zouden zijn die me hadden kunnen troosten, ik me daar meteen op zou hebben gestort. Maar als je zo ver van elkaar verwijderd bent heeft praten geen enkele zin. Ik zweeg. En we schudden elkaar de hand.

Ik kan niet zeggen dat ik daarna vaak aan hem gedacht heb. Maar soms wel. Edmond Gachentard, mijn oud-collega, had me naast zijn karabijn ook wat plaatjes van die gele landen gegeven. Ik bedoel geen plaatjes op papier, maar van die plaatjes die in je hoofd terechtkomen en daar dan blijven zitten.

In zijn jonge jaren had Gachentard deel uitgemaakt van de expeditietroepen die naar Tonkin waren gestuurd. Hij had er een koorts aan overgehouden waardoor hij soms plotseling zo wit als een preiplant werd en begon te trillen als een espenblad, en verder een stopfles vol groene koffie die hij als een reliek op zijn eetkamertafel bewaarde, een fotografie waarop je hem in uniform voor een rijstveld zag staan, en bovenal een loomheid in zijn blik, een soort afwezigheid die hem beving als hij aan die streken dacht, aan alles wat hij erover vertelde, de nachten vol van het gezang van kikkers en reuzenpadden, de hitte die je lichaam plakkerig maakte, de grote, modderige rivier die even gemakkelijk bomen en schapenkadavers als waterlelies en aan de oevers ontrukte waterwinde meevoerde. Soms deed Gachentard me zelfs de dansen van de vrouwen voor, hun gracieuze handbewegingen met gebogen vingers en het rollen van hun ogen, en bootste hij de fluitmuziek na door te doen alsof hij op een afgezaagde bezemsteel speelde en onderwijl te fluiten.

Af en toe zag ik de pastoor in dat decor voor me staan, met zijn armen vol onbekende bloemen, een koloniale helm en een lichtgekleurde soutane met aan de onderkant een zoom van opgedroogde modder; hij keek toe hoe de warme regen op de glimmende wouden viel en ik zag hem glimlachen. Altijd glimlachen. Waarom weet ik niet.

Toen ik wakker werd in de kamer van het bisschoppelijk paleis, moest ik aan Clémence denken. Ik wilde naar huis, koste wat het kost, stante pede vertrekken, de weg vermijden als die nog steeds verboden terrein was, omwegen maken, wat maakte het uit, als ik maar snel bij haar kon zijn. Heel snel. Ik kan niet zeggen dat ik een voorgevoel had. Ik was niet ongerust. Nee. Maar ik verlangde simpelweg naar haar huid en haar ogen, haar kussen, ik verlangde ernaar tegen haar aan te liggen en de dood, die overal aan het werk was, een beetje te vergeten.

Ik pakte mijn kleren, die nog niet echt droog waren. Ik spoelde mijn gezicht af met water. Pater Lurant sliep nog en snurkte als een stoommachine. Met een brede grijns. Stralend. Ik zei tegen mezelf dat hij zelfs in zijn slaap armen vol bloemen om zich heen moest hebben. Met een lege maag vertrok ik.

Berthe staat in de keuken. Ik zie haar niet, maar ik voel hoe ze zucht en haar hoofd schudt. Zodra ze de schriften ziet, zucht ze. Wat kan het haar toch schelen dat ik mijn dagen doorbreng met ze vol te schrijven? De tekens zullen haar wel angst aanjagen. Ze heeft nooit leren lezen. Voor haar zijn die rijen woorden een groot mysterie. Angst en jaloezie.

Ik ben op het punt gekomen waar ik al maanden tegen opzie. Als een afschuwelijke horizon, een misvormde heuvel waarvan je niet weet wat zich erachter verbergt.

Langzamerhand kom ik bij die smoezelige ochtend terecht. Bij het punt waarop alle klokken gingen stilstaan. Bij die val zonder einde. Bij de dood van de sterren.

Eigenlijk heeft Berthe geen ongelijk. Woorden zijn ook eng. Zelfs als je ze begrijpt en kunt ontcijferen. Hier ben ik, en het lukt me niet. Ik weet niet hoe ik het moet zeggen. Mijn vingers trillen om mijn pen. Mijn ingewanden raken in de knoop. Mijn ogen prikken. Ik ben al over de vijftig, maar ik voel me als een doodsbang jochie. Ik drink een glas wijn. Dan nog een, in één slok. Een derde. Misschien, misschien komen de woorden uit de fles. Ik blaas in de flessenhals. Clémence komt bij me staan. Ze buigt zich over mijn schouder. Ik voel haar nog altijd jonge adem in mijn grijs behaarde nek.

'Schaamt u zich niet om 's ochtends al zoveel te drinken... straks bent u om twaalf uur al dronken!'

Dat is Berthe. Ik bek haar af. Zeg haar dat ze naar de duivel kan lopen. Zich met haar eigen zaken moet bemoeien. Ze haalt de schouders op. Laat me alleen. Ik adem heel diep. Ik pak de pen weer op.

Toen ik ons huis zag, begon mijn hart te bonzen. Het was helemaal bedekt met sneeuw en schitterde in de heldere zon die aan de hemel stond te snoeven. Dunne ijskaarsen verbonden de dakrand met de witte aarde. Plotseling had ik geen honger meer, was het niet koud meer, was ik de geforceerde mars vergeten die ik mezelf vier uur lang had opgelegd over de weg met zijn eindeloze slingerdans van soldaten, karren, voertuigen en vrachtwagens. Ik haalde de jongens met honderden in, ze liepen met ernstige tred en keken me kwaad aan omdat ik burgerkleding droeg en zo veel haast leek te hebben om naar de plek te gaan waar zij zelf met zo veel tegenzin naartoe gingen.

Toen dus het huis. Ons huis. Ik sloeg mijn schoenen tegen de muur, niet zozeer om de sneeuw eraf te kloppen als wel om een geluid te maken, een bekend geluid dat betekende dat ik er was, aan de andere kant van de muur, vlakbij, op een paar seconden afstand. Glimlachend stelde ik me voor hoe Clémence zich mij voor zou stellen. Ik pakte de deurkruk vast en duwde de deur open. Ik droeg mijn geluk op mijn gezicht. Er was geen oorlog meer. Geen spook meer, geen kindermoord. Ik zou mijn geliefde weer zien, haar in mijn armen nemen en mijn handen over haar buik laten glijden om onder haar huid het aanstaande kind te voelen.

En ik ging naar binnen.

Het leven is merkwaardig. Het geeft geen waarschuwing. Alles zit erin vermengd en je kunt het niet uit elkaar halen; bloedige momenten volgen zomaar op momenten van genade. Alsof de mens een kiezelsteentje op een weg is, dat dagenlang op dezelfde plaats blijft liggen en dan opeens door een vagebond wordt weggeschopt en zonder reden door de lucht vliegt. En wat kan een steentje nou uitrichten?

In huis hing een vreemde stilte die me mijn glimlach

deed verliezen. Het leek alsof het er wekenlang onbewoond was geweest. Alle dingen stonden op zijn plaats, net als anders, maar ze leken zwaarder en kouder. En bovendien hing er zo'n zware stilte tussen de muren dat ze er bijna van scheurden, een stilte waar mijn stem in verdronk toen ik haar riep. Plotseling voelde ik mijn hart wegvliegen. Boven aan de trap stond de slaapkamerdeur half open. Ik deed twee stappen. Ik dacht niet dat ik er nog een zou kunnen zetten.

In welke volgorde het gebeurde weet ik niet meer precies, of hoe lang het duurde, of hoe ik bewoog. Clémence lag op bed met een bleek voorhoofd en nog blekere lippen. Ze had erg veel bloed verloren en haar handen hielden haar buik vast alsof ze had geprobeerd om datgene wat ze maandenlang had gedragen zelf ter wereld te brengen. Om haar heen was het een enorme rommel waaruit ik kon opmaken wat ze geprobeerd had, hoe ze was gevallen, hoeveel moeite ze had gedaan. Het was haar niet gelukt om het raam te openen en om hulp te roepen. Ze had de trap niet af durven gaan, ongetwijfeld uit angst om te vallen en het kind te verliezen. Uiteindelijk was ze maar op bed gaan liggen, dat bed van oorlog en verwondingen. Ze ademde afschuwelijk langzaam en haar wangen waren amper nog lauw. Haar teint was die van een mens waar het leven uit wegtrekt. Ik drukte mijn lippen op de hare, ik zei haar naam, brulde hem, ik nam haar gezicht in mijn handen, sloeg op haar wangen, blies lucht in haar mond. Aan het kind dacht ik niet eens. Ik dacht alleen aan haar. Ook probeerde ik het raam te openen, maar het handvat brak af in mijn hand, ik gaf een vuistslag tegen de ruit, hij brak, ik sneed me, mijn bloed vermengde zich met het hare, ik brulde, brulde de straat in zo hard als een hond, met de woede van een beest dat mishandeld wordt. Deuren en ramen gingen open. Ik viel op de grond. Ik viel. Ik val nog steeds. Ik leef alleen nog in die val. Altijd.

17

Hippolyte Lucy staat dicht bij Clémence en buigt zich over haar heen met al zijn instrumenten en een strak gezicht. Ze hebben mij op een stoel gezet. Ik kijk toe zonder er iets van te begrijpen. Er staan heel veel mensen in de slaapkamer. Buurvrouwen, oude vrouwen, jonge vrouwen, en allemaal praten ze zachtjes alsof de dodenwake al begonnen is. Waar waren al die wijven toen Clémence hier lag te kreunen en om hulp probeerde te roepen? Nou?! Waar waren al die krengen die zich nu onder mijn neus en op mijn kosten te barsten eten aan mijn ongeluk? Met gebalde vuisten sta ik op, ik moet eruitzien als een gek, een moordenaar, een krankzinnige. Ik zie ze terugdeinzen. Ik scheld ze naar buiten. Ik doe de deur dicht. Nu zijn we nog maar met z'n drieën, Clémence, de dokter en ik.

Ik had al verteld dat Hippolyte Lucy een goede dokter was. Een goede dokter en een goed mens. Ik kon niet zien wat hij deed maar ik wist dat het goed was. Hij zei een paar woorden tegen me: bloeding, coma. Hij zei dat we ons moesten haasten. Ik tilde Clémence op. Ze woog niet meer dan een veertje. Het leek alsof alleen haar buik nog leefde, alsof het leven zich had verschanst in die veel te grote, onverzadigbare, uitgehongerde buik.

In het rijtuig hield ik haar dicht tegen me aan, terwijl de dokter zijn zweep tegen het achterwerk van zijn paarden liet knallen. We kwamen aan bij de kliniek. Ze maakten haar van me los. Twee verpleegsters namen haar mee op een brancard. Clémence vertrok te midden van de etherdampen en het geknisper van witte lakens. Tegen mij zeiden ze dat ik moest wachten.

Ik bleef urenlang in een zaal zitten, naast een soldaat die zijn linkerarm was kwijtgeraakt. Ik weet nog dat hij zei dat hij zo blij was dat hij een arm had verloren, en dan nog wel zijn linkerarm, echt een mazzeltje voor hem als rechtshandige. Over zes dagen zou hij weer thuis zijn – voorgoed. Ver van deze satanische oorlog, zoals hij het uitdrukte. Een arm kwijt, heel wat jaren erbij. Levensjaren. Dat bleef hij maar zeggen terwijl hij zijn verdwenen arm liet zien. Hij had zijn verdwenen arm zelfs een naam gegeven: Augustijn. En hij praatte onophoudelijk met Augustijn, nam hem tot getuige, sprak hem toe, plaagde hem. Geluk zit in de kleine dingen. Soms hangt het aan een zijden draadje, soms hangt het aan een arm. Oorlog is de wereld op zijn kop: die kan van iemand die een lichaamsdeel verloren is de gelukkigste mens op aarde maken. De soldaat heette Léon Castrie. Hij kwam uit de Morvan. Hij gaf me heel veel sigaretten te roken. Hij voerde me dronken met zijn woorden en dat kwam me goed uit. Hij stelde geen enkele vraag. Ik hoefde niet eens iets terug te zeggen. Hij kletste wel met zijn verloren arm. Toen hij van me weg besloot te gaan, stond hij op en zei: 'Augustijn en ik moesten er maar weer eens vandoor!' Het was tijd voor de soep. Castrie. Léon Castrie, eenendertig jaar, korporaal in het honderdzevenentwintigste, afkomstig uit de Morvan, vrijgezel, landbouwer. Hield van het leven en van koolsoep. Zoveel heb ik onthouden.

Ik wilde niet terug naar huis. Ik wilde daar blijven, al had dat geen enkele zin. Er kwam een verpleegster naar me toe. Het was al avond. Ze vertelde me dat het kind was gered, dat ik het kon zien als ik wilde, dat ik haar alleen maar hoefde te volgen. Ik schudde van nee. Ik zei dat ik Clémence juist wilde zien. Ik vroeg of er al nieuws was. De verpleegster zei dat ik moest blijven wachten, dat ze het aan de dokter zou vragen. Ze ging weer weg.

Later kwam er een dokter, een militair, uitgeput, bekaf, op zijn tandvlees. Hij was vermomd als slager, als koeiendoder, met zijn schort vol bloed en zijn kwartiermuts idem. Al dagenlang was hij onophoudelijk aan het opereren, schiep hij aan de lopende band Augustijns, maakte hij soms iemand gelukkig, vaak iemand dood en altijd iedereen invalide. Te midden van al dat mannenvlees was een jonge vrouw voor hem een vergissing. Ook hij praatte over de o zo dikke baby, die zo dik was dat hij er niet alleen uit had kunnen komen. De baby was gered, vertelde hij me. Toen kreeg ik ook van hem een sigaret. Een slecht teken; die sigaretten kende ik maar al te goed, die had ik zelf ook al vaak uitgedeeld aan jongens van wie ik wist dat ze niet lang meer hadden – in vrijheid of in leven. We rookten zonder iets te zeggen. En terwijl hij de rook uitblies en mijn ogen ontweek, mompelde hij: 'Ze heeft te veel bloed verloren...' Zijn zin bleef in de lucht hangen als de rook van onze sigaretten, viel niet terug, ging niet weg. En het bloed op zijn kleding, zo veel bloed dat het leek alsof ze het met emmers vol over hem heen hadden gegooid, werd het bloed van Clémence. En die arme kerel die verstrikt raakte in zijn zinnen, die met zwarte kringen onder zijn ogen en een baard van drie dagen aan het einde van zijn krachten was en alles had gedaan om haar terug te brengen naar de levenden, wilde ik plotseling vermoorden. En ik weet zeker dat ik tot dan toe nooit de lust had gehad om iemand met mijn eigen handen te vermoorden. Woest, agressief en bruut te vermoorden. Vermoorden.

'Ik moet weer terug...' zei hij tegen me en gooide zijn peuk op de grond. Toen legde hij zijn hand op mijn arm terwijl ik nog steeds moordlustige gedachten had. 'U kunt naar haar toe,' zei hij. En vertrok, heel langzaam omdat hij zo moe was.

De aarde stopt niet met draaien omdat sommige mensen lijden. Of omdat schoften zo schofterig zijn. Misschien bestaat er geen toeval. Dat heb ik vaak gedacht. Men is erg egoïstisch in zijn eigen leed. Belle de jour, Destinat, Joséphine in haar cel, Mierck en Matziev waren allemaal vergeten. Op het moment dat ik er had moeten zijn, was ik er niet geweest en daar zouden die twee smeerlappen gebruik van maken om kalmpjes hun spelletje te spelen; alsof ze de dood van Clémence hadden besteld om zich van mij te ontdoen en hun gang te kunnen gaan. Wat ze zouden doen. Zonder enige schaamte.

U kunt zich voorstellen dat een misdaad als 'De Zaak' een hele regio in opschudding kan brengen. Als een golf: het nieuws holt door en brengt onderweg alles in beroering. Het maakt de mensen doodsbang en laat ze tegelijkertijd praten. Anders gezegd: het vult elk hoofd en elk gesprek. Hoe dan ook, de wetenschap dat er vlakbij een moordenaar door de velden loopt, dat je hem mischien al bent tegengekomen of dat nog zult doen, dat het je eigen buurman wel kan zijn, is voor niemand goed. Dat geldt nog sterker in tijden van oorlog, wanneer het meer nog dan anders noodzakelijk is dat er in het achterland onder de burgers vrede heerst; anders is alles verloren.

Zo gek veel manieren om een moord op te lossen zijn er niet. Ikzelf ken er maar twee: of je arresteert de schuldige, of je arresteert iemand van wie je zegt dat hij de schuldige is. Een van de twee. En klaar is Kees. Zo makkelijk is het. In beide gevallen is het resultaat voor de bevolking hetzelfde. De enige die erbij verliest, is degene die gearresteerd wordt, maar wie geeft er een zier om wat die ervan vindt? Als er geen einde aan de misdaden komt, ja, dan is het andere koek. Dan wel. Maar in dit geval was dat niet zo. De kleine Belle de jour bleef de enige die gewurgd was. Er volgden geen andere kleine meisjes. Wat voor degenen die iemand wilden zien hangen het bewijs was dat ze toch echt de schuldige hadden opgepakt. Daar ga je. Zaak opgelost. Kat in 't bakkie.

Wat ik nu ga vertellen heb ik niet met eigen ogen gezien, maar dat verandert de zaak niet. Ik heb er jaren over gedaan om de lijnen bij elkaar te brengen, de woorden, de wegen, de vragen en de antwoorden terug te vinden. Het is zo goed als de werkelijkheid. Niets is verzonnen. Waarom zou ik trouwens iets verzinnen?

18

Terwijl ik op de ochtend van de derde over de modderige weg naar huis ploegde, arresteerde de gendarme twee jonge jongens die halfdood waren van de honger en de kou. Twee deserteurs. Van het negenenvijftigste infanterieregiment. Het waren niet de eerste die de politie in haar netten strikte. Sinds een paar maanden was er een wilde vlucht begonnen. Haast elke dag ontsnapten er wel mensen van het front en verdwenen in de velden, ze stierven vaak nog liever moederziel alleen in het kreupelhout of de bosjes dan aan stukken te worden gereten door granaten. Wat deze twee betreft: laten we zeggen dat ze goed van pas kwamen. Voor iedereen: voor het leger dat een voorbeeld wilde stellen en voor de rechter die een schuldige zocht.

De twee jongens worden door de straten gevoerd. Door twee snoevende smerissen. De mensen komen uit hun huizen om ze te bekijken. Twee soldaten, twee gendarmes. Twee haveloze, ongekamde mannen, met gescheurde uniformen, ongeschoren gezichten, ogen die alle kanten op draaien, holle magen en zwakke tred, die stevig bij hun pols worden gehouden door twee echte gendarmes, groot en sterk en roze, met gepoetste laarzen en de broek in de plooi, die zich gedragen als overwinnaars.

De menigte zwelt aan, krijgt iets dreigends en sluit zich steeds dichter om de gevangenen heen, waarom weet niemand, misschien omdat menigtes altijd erg dom zijn. Er wordt met vuisten gezwaaid, er vliegen beledigingen en daarna stenen door de lucht. Wat is een menigte nou eigenlijk? Als je één op één met ze praat zijn de mensen niets, een stelletje onschuldige heikneuters. Maar als ze met z'n allen zijn, dicht op elkaar gepakt in een geur van lichamen, zweet en adem, en elkaars gezichten zien, kunnen ze bij het minste woord in dynamiet veranderen, in een helse machine, een soepterrine gevuld met stoom die in je gezicht uit elkaar kan ploffen als je hem alleen maar aanraakt.

De gendarmes voelen de bui al hangen. Ze beginnen sneller te lopen. Ook de deserteurs stappen flink door. Met zijn vieren zoeken ze dekking in het stadhuis, waar de burgemeester zich al snel bij hen voegt. Er volgt een moment van rust. Een stadhuis is net een gewoon huis. Maar dan wel een huis met de driekleur altijd aan de gevel en een mooi devies voor de alleronnozelsten keurig in de steen gehouwen: 'Vrijheid, gelijkheid en broederschap', wat zulke operettebelagers wel afkoelt. De hele wereld staat stil. Zwijgt. Wacht. Niets meer te horen. Na een ogenblik komt de burgemeester naar buiten. Hij schraapt zijn keel. Je ziet dat de angst op zijn maag werkt. Het is koud, maar hij wist zich het zweet van het voorhoofd. Dan begint hij plotseling te praten.

'Ga terug naar huis!' zegt hij.

'We willen ze hebben,' antwoordt een stem.

'Wie dan?' vraagt de burgemeester.

'De moordenaars!' klinkt een stem, niet dezelfde als

zojuist, en wat hij zegt wordt meteen op dreigende toon overgenomen door tientallen andere stemmen, als een boosaardige echo.

'Welke moordenaars?' zegt de burgemeester.

'De moordenaars van het meisje!' zeggen ze.

De mond van de burgemeester valt open van verbazing, dan herneemt hij zich en schreeuwt. Hij zegt dat ze niet goed wijs zijn, dat het allemaal onzin is, leugens, hersenspinsels, dat die twee kerels deserteurs zijn en dat de gendarme ze aan het leger zal teruggeven en dat ze daar wel raad met hen zullen weten.

'Zij hebben het gedaan, wij willen ze hebben!' antwoordt een of andere idioot.

'Nou, jullie krijgen ze niet,' antwoordt de burgemeester, inmiddels woedend en koppig, 'En weet je waarom niet? Omdat de rechter is gewaarschuwd, en die is al onderweg en komt er zo aan!'

Er bestaan een paar toverwoorden. 'Rechter' is zo'n toverwoord. Net als 'God', en 'dood', en 'kind', en nog een paar. Het zijn woorden die respect afdwingen, hoe je er ook over mag denken. Bovendien geeft 'rechter' je de koude rillingen, ook al heb je jezelf niets te verwijten en ben je zo onschuldig als een lammetje. De mensen snapten meteen dat hij rechter Mierck bedoelde. Het verhaal van de wereldbolletjes had de ronde gedaan – je naast een lijk te goed doen aan zachtgekookte eieren! – en ook zijn onverschilligheid tegenover het meisje, geen woord, geen teken van medeleven. Wat niet wegneemt dat hij, hoe gehaat ook, in de ogen van al deze idioten nog steeds de rechter was: degene die je met een enkele handtekening tussen vier muren kon laten zetten om na te denken. Degene die heulde met de beul. Een soort boeman voor volwassenen.

De mensen keken elkaar aan. De menigte begon uit elkaar te vallen, eerst langzaam, toen heel snel alsof iedereen werd bevangen door een plotselinge buikkramp. Er bleven maar een stuk of tien mensen over, die onbeweeglijk als palen op de straatstenen stonden. De burgemeester draaide hun de rug toe en ging weer naar binnen.

Het was een goed idee geweest om de naam van de rechter als een schrikbeeld rond te zwaaien. Een bijna geniaal idee dat zonder twijfel een lynchpartij voorkomen had. Nu hoefde de burgemeester alleen nog de rechter te waarschuwen, wat hij uiteraard nog niet had gedaan.

Mierck arriveerde aan het begin van de middag, in gezelschap van Matziev. Het schijnt dat ze toen al met elkaar spraken alsof ze elkaar al dertig jaar kenden, en dat verbaast me niets want ik had ze eerder gezien, en ik zou ze later ook weer zien. Ik heb al gezegd dat ik denk dat ze beiden uit hetzelfde rotte hout gesneden waren. Samen gingen ze naar het stadhuis, dat met behulp van een stuk of tien gendarmes die in allerijl waren opgetrommeld, was veranderd in een vesting. Het eerste bevel van de rechter was om twee comfortabele fauteuils bij de open haard in het kantoor van de burgemeester te plaatsen, en wijn en wat daar zo bij hoort te halen, waarmee hij vlees, kazen en witbrood bedoelde. De burgemeester stuurde Louisette erop uit om het beste te halen wat er voorhanden was.

Matziev haalde een van zijn sigaren te voorschijn. Mierck keek op zijn horloge en floot zachtjes. De burgemeester bleef staan zonder precies te weten wat hij moest doen. De rechter knikte naar hem, wat hij opvatte als de opdracht om de twee soldaten en hun bewakers te halen. Dat deed hij.

De arme kerels kwamen de kamer binnen waar het aangename vuur ze weer wat kleur gaf. De kolonel gaf de gendarmes opdracht om te gaan kijken of kolonel Matziev buiten stond, wat Mierck aan het lachen maakte. De twee samenzweerders keken de arme jongens langdurig aan. Ik zeg jongens, want een paar jaar geleden waren ze dat nog geweest. De ene heette Maurice Rifolon, tweeëntwintig jaar, geboren in Melun, woonachtig in Parijs, Rue des Amandiers 15, in het twintigste arrondissement, drukkersknecht. De ander was Yann Le Floc, twintig jaar, geboren in Plouzagen, een Bretons dorp waar hij tot de oorlog nog nooit uit weg was geweest, boerenknecht.

'Het viel me vooral op,' zei de burgemeester veel, veel later tegen me, 'Dat ze zo verschillend waren. Die kleine Breton keek naar de grond. Je zag meteen dat hij helemaal in de ban van zijn doodsangst was. Terwijl die ander, de drukkersknecht, rechtop stond en je recht in de ogen keek, nog net niet glimlachend maar het scheelde niet veel. Alsof hij maling aan ons had, of aan alles.'

De kolonel loste het eerste salvo: 'Weten jullie waarom jullie hier zijn?' vraagt hij.

Rifolon kijkt hem uit de hoogte aan en geeft geen antwoord. De kleine Breton tilt zijn hoofd een beetje op en mompelt: 'Omdat we ervandoor zijn gegaan, kolonel, omdat we gevlucht zijn...'

Dan begint Mierck zich ermee te bemoeien: 'Omdat jullie moordenaars zijn.'

De kleine Breton spert zijn ogen wijd open. Maar de ander, Rifolon, zegt alsof het niets is: 'Natuurlijk zijn we moordenaars, daar zijn ze ons zelfs voor komen halen, om die mensen aan de overkant te vermoorden, ook al lijken ze sprekend op ons, om ze te vermoorden en door hen vermoord te worden, dat is ons opgedragen door mensen zoals jullie...'

De kleine Breton raakt in paniek: 'Ik weet niet zeker of ik wel mensen heb vermoord, misschien niet, misschien heb ik ze wel gemist, je kunt daar erg slecht zien en ik kan helemaal niet schieten, ik schiet zo slecht dat mijn korporaal me uitscheldt: "Le Floc," zegt hij soms tegen me, "je zou nog geen koe in een gang raken!", dus het is helemaal niet zeker, misschien heb ik wel niemand vermoord!'

De kolonel komt vlak bij hen staan. Hij trekt hard aan zijn sigaar. Hij blaast de rook in hun neusgaten. De kleine moet hoesten. De andere geeft geen krimp.

'Jullie hebben een meisje vermoord, een meisje van tien...'

De kleine springt op.

'Wat? Wat? Wat?' Dat schijnt hij minstens twintig keer herhaald te hebben, terwijl hij op en neer sprong en spartelde alsof hij in brand stond. Maar de drukkersknecht had zijn kalmte en dunne glimlach niet verloren. Daarop richtte de rechter zich tot hem: 'Jij ziet er niet verbaasd uit.'

De ander nam de tijd voor zijn antwoord en bekeek Mierck van top tot teen. De burgemeester vertelde me: 'Het was alsof hij hem woog met zijn blik en zich vrolijk maakte!' Uiteindelijk antwoordt hij: 'Niets kan mij nog verbazen. Als u gezien zou hebben waar ik al maandenlang naar moet kijken, dan zou u weten dat alles mogelijk is.' Geen gekke uitspraak, of wel soms? En paf! recht in het gezicht van de rechter die rood aan begint te lopen.

'Ontken je?' buldert hij.

'Ik beken,' antwoordt de ander rustig.

'Wat?' roept de kleine en grijpt zijn vriend bij de kraag,

'ben je gek geworden, wat zeg je nou, luister niet naar hem, ik ken hem niet, we zijn pas sinds gisteravond samen! Wat hij allemaal heeft gedaan weet ik niet, schoft, schoft, waarom doe je dit, vertel op, vertel dan op!'

Mierck legt hem het zwijgen op door hem in een hoek van het kantoor te duwen alsof hij wil zeggen: 'Jij komt straks wel aan de beurt,' en wendt zich dan weer tot de ander.

'Dus je bekent?'

'Alles wat u maar wilt,' zegt de ander, nog steeds onverstoorbaar.

'Dat van het meisje?'

'Ik heb haar gedood. Ik was het. Ik zag haar. Ik ben haar gevolgd. Ik heb haar drie keer in de rug gestoken.'

'Nee, je hebt haar gewurgd.'

'Inderdaad, ik heb haar gewurgd, met deze handen, u hebt gelijk, ik had geen mes.'

'Aan de oever van het kleine kanaal.'

'Precies.'

'En je hebt haar in het water gegooid.'

'Ja.'

'Waarom heb je dat gedaan?'

'Omdat ik zin had...'

'Om haar te verkrachten?'

'Ja.'

'Maar dat is niet gebeurd.'

'Geen tijd. Ik hoorde iets. Ik ben weggerend.'

De antwoorden stromen als in het theater; dat heeft de burgemeester me verteld. De drukkersknecht staat rechtop en spreekt heel duidelijk. De rechter zit te smullen. Het lijkt alsof de scène uitentreuren is gerepeteerd. De kleine Breton huilt, zijn gezicht zit onder het snot, hij schokschoudert en beweegt zijn hoofd onophoudelijk van links naar rechts. Matziev hult zich in sigarenrook.

De rechter richt zich tot de burgemeester: 'Bent u getuige van deze bekentenis?'

De burgemeester is geen getuige, hij is met stomheid geslagen. Hij realiseert zich dat de drukkersknecht maling aan de rechter heeft. Hij realiseert zich dat Mierck zich dat realiseert. En ten slotte realiseert hij zich dat de rechter daar maling aan heeft. Hij heeft gekregen wat hij wilde: een bekentenis.

'Kunnen we echt van een bekentenis spreken...' waagt de burgemeester. De kolonel bemoeit zich ermee: 'Meneer de burgemeester, u hebt oren en u hebt hersenen. U hebt het dus gehoord en begrepen.'

'Wellicht wilt ú de leiding over het onderzoek?' insinueert de rechter. De burgemeester zwijgt.

De kleine Breton huilt nog steeds. De ander staat kaarsrecht overeind. Glimlachend. Hij is al ergens anders. Hij heeft het sommetje toch al gemaakt: deserteurs worden gefusilleerd. Moordenaars terechtgesteld. In beide gevallen: ploef! Dag met je handje! Hij wilde vooral dat het snel zou gaan. Meer niet. En onderwijl de hele wereld de poot dwars zetten. O zo.

Mierck riep een gendarme terug om de drukkersknecht naar een smal vertrek te begeleiden, eigenlijk een bezemkast, dat een etage hoger lag. Hij werd erin opgesloten en de gendarme ging voor de deur op wacht staan.

De rechter en de kolonel gunden zich een pauze en gaven de burgemeester te verstaan dat ze hem zouden roepen als ze hem nodig hadden. De kleine, jammerende Breton werd door een andere gendarme naar de kelder gebracht, en omdat de kelder niet op slot kon, deden ze hem handboeien om en bevalen hem op de grond te gaan zitten. De rest van het peloton keerde op bevel van

Mierck terug naar de plaats van het delict om er met de stofkam overheen te gaan.

Het was al laat in de middag. Louisette kwam terug met een grote berg etenswaren die ze links en rechts had opgescharreld. De burgemeester gaf haar de opdracht om alles klaar te maken en de heren te bedienen, en omdat hij geen slecht mens was droeg hij haar ook op de gevangenen iets te brengen.

'Mijn broer zat ook aan het front,' heeft Louisette me later verteld, 'Ik wist dat het zwaar was, hij had er ook over gedacht om de boel de boel te laten en naar huis te gaan. "Dan moet jij me verstoppen!" had hij op een dag gezegd toen hij met verlof was, en ik had geantwoord dat ik dat niet zou doen, dat ik hem aan de burgemeester en de gendarme zou verraden, wat ik nooit gedaan zou hebben maar ik was veel te bang dat hij echt zou deserteren, dat ze hem te pakken zouden krijgen en hem zouden fusilleren; uiteindelijk is hij toch omgekomen, een week voor de wapenstilstand... Waarmee ik alleen maar wil zeggen dat ik medelijden met die gevangenen had en dat ik me dus al met hen bezighield voordat ik die twee welvarende heren iets ging brengen. Toen ik die ene in de kelder zijn brood en spek aanreikte, hoefde hij het niet; hij zat helemaal in elkaar gedoken en huilde als een kleuter. Ik heb alles op een tonnetje bij hem achtergelaten. Toen ik bij die ander in de gangkast aanklopte, kwam er geen antwoord, dus klopte ik weer, weer geen antwoord, en omdat ik dat brood en spek in mijn handen had, deed de gendarme de deur open en toen zagen we hem. Die arme jongen glimlachte, echt waar, hij glimlachte en keek ons recht aan met zijn wijd opengesperde ogen. Ik schreeuwde, liet alles op de grond vallen, die gendarme riep "Verdomme!" en stormde op hem af, maar het was al te laat, hij was dood. Hij had zich opgehangen aan zijn broek; hij had hem in repen gescheurd die hij aan de raamklink had vastgemaakt. Nooit gedacht dat een raamklink zo stevig zou zijn...'

Toen Mierck en Matziev het nieuws hoorden, waren ze er niet ondersteboven van. 'Nog meer bewijs!' zeiden ze tegen de burgemeester. En ze keken elkaar veelbetekenend aan.

Het begon donker te worden. De kolonel legde nog wat houtblokken op het vuur en de rechter liet Louisette komen. Ze kwam trillend, met gebogen hoofd naar ze toe. Ze dacht dat ze haar over de zelfmoordenaar zouden ondervragen. Mierck vroeg haar wat voor eten ze gevonden had. Ze zei: 'Drie worsten, pastei, ham, varkenspoot, kip, kalfslever, en koeien- en geitenkaas.' Het gezicht van de rechter klaart op. 'Juist, zeer juist...' zegt hij kwijlend. En hij geeft de bestelling aan haar op: charcuterie vooraf, dan gesmoorde kalfslever, gevolgd door een stoofpotje van kip, kool, wortel, ui en worst, daarna gesmoorde varkenspoot, kaas en een appelcrêpe. En wijn, natuurlijk. De beste. Wit bij het voorgerecht, daarna rood. En met een handgebaar stuurt hij haar terug naar haar keuken.

De hele avond zou Louisette tussen het gemeentehuis en het huis van de burgemeester op en neer blijven lopen. Flessen en dekschalen brengen, lege flessen mee terugnemen, nieuwe gerechten brengen. De burgemeester lag verbijsterd thuis op bed met een plotseling opgekomen koorts. De drukkersknecht was losgeknoopt en naar het mortuarium van het ziekenhuis gebracht. Eén gendarme bleef op het stadhuis om de kleine Breton te bewaken. Louis Despiaux, zo heette die gendarme. Een goede man, waar ik nog op terug zal komen.

De burgemeesterskamer, waar de rechter en de kolonel zich geïnstalleerd hadden, had uitzicht op een binnenplaatsje waar een iel kastanjeboompje de hemel probeerde te bereiken. Vanuit een van de ramen van het kantoor had men een perfect zicht op die spichtige boom die geen ruimte had om zich te ontplooien en om te besluiten een echte boom te worden. Hij staat er al lang niet meer. Kort na 'De Zaak' liet de burgemeester hem omhakken: als hij ernaar keek, zag hij iets anders dan een zieke boom en wat hij zag, kon hij niet verdragen. Vanuit het kantoor was het binnenplaatsje te bereiken via een lage deur in een hoek. Op de deur waren boekenplanken in trompe-l'oeil geschilderd, wat een erg mooi effect gaf en bovendien de nogal kale bibliotheek vergrootte, waarin een paar echte boeken die nooit werden ingekeken naast de boeken van het burgerlijk wetboek en de gemeentewet stonden. Aan de andere kant van het binnenplaatsje lagen de toiletten, en een afdak van ongeveer twee armlengtes waaronder het brandhout werd bewaard.

Toen Louisette de ham en de pastei kwam brengen, werd ze met een schreeuw onthaald – geen uitbrander maar een uitdrukking van tevredenheid – en daarna had de kolonel een grap over haar gemaakt, al wist ze niet meer hoe die ging, maar de rechter had erom gelachen. Ze zette de borden, het bestek, de glazen en de hele rataplan op een ronde tafel en serveerde. De kolonel gooide zijn sigaar in de haard en ging als eerste zitten, nadat hij naar haar voornaam had gevraagd. 'Louisette,' antwoordde Louisette. Toen had de kolonel tegen haar gezegd: 'Een erg mooie voornaam voor een erg mooi meisje.' En Louisette had geglimlacht en het compliment in haar zak gestoken, zonder te beseffen dat die gepommadeerde fat haar te kakken zette omdat ze drie voortanden miste en haar ene oog het andere vuil aankeek. Toen nam de rechter het woord. Hij vroeg haar om naar de kelder te gaan en tegen de gendarme te zeggen dat ze iets met de gevangene wilden bespreken. Louisette verliet het kantoor en daalde bevend af naar de kelder, alsof het de hel was. De kleine Breton huilde niet meer, maar het brood en het spek dat ze voor hem had achtergelaten, had hij niet aangeraakt. Louisette bracht het bevel aan Despiaux over. De gendarme zei tegen de gevangene dat hij met hem mee moest gaan, en toen die niet reageerde greep hij hem bij de handboeien en trok hem mee.

'In die kelder was het ontzettend vochtig.' Despiaux vertelt. We zitten aan een tafeltje op het terras van het Café de la Croix in V. en hij vertelt me wat er gebeurde en hoezeer hij ervan walgde. Het is zacht weer. Een avond in juni. De eenentwintigste. Korte tijd geleden ben ik Despiaux weer op het spoor gekomen. Na die beruchte nacht waarover ik het nu ga hebben, verliet hij de gendarmerie: hij vertrok naar het zuiden, naar een zwager die wijngaarden had. Van daar ging hij naar Algerije, waar hij bij een factorij ging werken die schepen bevoorraadde. Aan het begin van '21 kwam hij terug naar V. Nu is hij assistent-boekhouder bij Carbonnieux, het warenhuis. Een goede positie, volgens hem. Hij is een grote kerel, heel slank maar niet mager, met een nog erg jong gezicht, maar meelwit haar. Hij heeft me verteld dat zijn haar in één klap wit is geworden, na die nacht met de kleine Breton. Er zit een soort gat of leegte in zijn blik. Iets wat diep is weggestopt, wat je wel beter zou willen bekijken maar toch doe je dat maar niet, uit angst om jezelf te verliezen. Hij zegt tegen me: 'Dat joch had al die tijd dat ik daar met hem was nog geen twee woorden gezegd. Hij bleef maar huilen. Verder niets. Ik zei tegen hem dat hij mee moest komen. Toen we in het kantoor van de burgemeester aankwamen, dachten we dat we in de Sahara waren, zo heet was het er. Net een bakkersoven. In de haard lag drie keer zo veel hout als nodig en het gloeide zo rood als een hanenkam. De kolonel en de rechter hieven hun glazen en hadden hun monden vol. Ik salueerde. Ze hieven hun glazen wat hoger als antwoord op mijn groet. Ik vroeg me af waar ik in verzeild was geraakt.'

Toen de kleine Breton die twee janklaassens weer zag, ontwaakte hij uit zijn versuffing. Hij begon weer te kreunen en hervatte zijn litanie van 'Wat?' Het goede humeur van Mierck werd erdoor bedorven. Tussen twee happen pastei door vertelde hij hem in een paar woorden, alsof het niets te betekenen had, dat de drukkersknecht dood was. Het bericht raakte de kleine Breton als een steen in het gezicht: hij wist het nog niet – Despiaux trouwens evenmin – en hij wankelde en viel bijna. Despiaux ving hem op.

'Het zit dus zo,' zei de kolonel tegen hem, 'dat je medeplichtige niet kon verdragen wat jullie gedaan hebben en er de voorkeur aan gaf zijn leven te beëindigen.'

'Híj had in ieder geval eergevoel,' voegde de rechter eraan toe, 'Waar wacht jij nu nog op om alles op te biechten?'

Er viel een korte stilte. Despiaux vertelde me dat de jongen naar hem keek, toen naar Mierck, toen naar Matziev, en toen plotseling een kreet slaakte, maar dan een kreet zoals je nog nooit hebt gehoord, Despiaux vertelde me zelfs dat hij nooit gedacht had dat een mens in staat was om zo'n gebrul te produceren, en het ergste was dat er geen einde aan kwam, dat het niet ophield, dat je je afvroeg waar hij die schreeuw vandaan haalde. Wat hem uiteindelijk tot zwijgen bracht, was de klap die de kolonel hem met zijn rijzweepje in zijn gezicht gaf. Hij was er speciaal voor opgestaan. De kleine Breton viel abrupt stil. Over zijn hele gezicht liep een grote, paarse striem waar met tussenpozen bloeddruppels op parelden. Met een hoofdgebaar maakte Mierck de gendarme duidelijk dat hij hem terug naar de kelder kon brengen, maar toen de laatste dat bevel wilde uitvoeren, hield Matzievs stem hem tegen.

'Ik weet iets beters,' zei hij, 'Breng hem maar naar de binnenplaats, zodat hij zijn gedachten kan opfrissen... Misschien herinnert hij zich dan weer wat.'

'Naar de binnenplaats?' zei Despiaux.

'Ja, daarzo,' antwoordde Matziev en wees op het plaatsje, 'Er staat zelfs een soort paal om hem aan vast te binden. Ingerukt!'

'Weet u, kolonel, het is koud, het vriest zelfs,' waagde Despiaux.

'Doe wat je gezegd wordt!' onderbrak de rechter hem, die er net in geslaagd was een stuk ham van het bot los te snijden.

'Ik was tweeëntwintig jaar oud,' zei Despiaux tegen me terwijl we nog een rondje pernod bestelden. 'Wat kun je zeggen als je tweeëntwintig bent, wat kun je doen? Ik nam die jongen mee naar de binnenplaats en maakte hem vast aan de kastanjeboom. Het zal een uur of negen zijn geweest. We kwamen rechtstreeks uit het kantoor, waar je stikte van de hitte, in de ijzig koude nacht, waar het min tien, misschien min twaalf was. Ik voelde me afschuwelijk. De jongen snikte. "Als je het hebt gedaan, kun je het maar beter opbiechten, dan is het allemaal voorbij, dan kun je weer terug naar de warmte," fluisterde ik hem in het oor. "Maar ik heb het niet gedaan, ik heb het niet gedaan..." zwoer hij heel zachtjes, als een klaagzang. De binnenplaats was helemaal donker. Aan de hemel stonden tientallen sterren, en recht voor ons zag je het helverlichte raam van de burgemeesterskamer met daarin, als in het toneel van een poppenkast, een onwezenlijk tafereel van twee mannen met vuurrode gezichten die aan een welvoorziene tafel zaten te schransen en zich nergens druk over maakten.'

'Ik ging terug naar de kamer, en de kolonel beval me in de kamer ernaast te wachten tot ik werd geroepen. Ik ging erheen. Ik ging op een soort bankje zitten en wachtte handenwringend af, en vroeg me af wat ik moest doen. In die kamer was ook een raam waardoor je de binnenplaats kon zien, en de gevangene die aan de boom was vastgebonden. Ik bleef in het donker zitten. Ik wilde het licht niet aansteken omdat ik niet wilde dat hij me kon zien. Ik schaamde me. Ik wilde wegrennen, ervandoor gaan, maar het uniform hield me tegen, vanwege het gezag. Als het nu was gebeurd had dat me er niet van weerhouden, echt niet! Soms hoorde ik hun stemmen en lachsalvo's, dan weer de stappen van de dienstmeid van de burgemeester die heerlijk ruikende, dampende schotels kwam brengen. Maar die dag bleven die heerlijke dampen als een enorme stank in mijn neus hangen. Er zat een klont in mijn maag. Ik schaamde me dat ik een mens was.'

Louisette liep heel wat keren op en neer. 'En dat door zo'n kou dat je de duvel nog niet naar buiten zou sturen!' vertelde ze me. De maaltijd duurde uren. Mierck en Matziev hadden alle tijd. Ze smulden van de maaltijd en de rest. Louisette keek niet op of om als ze de kamer binnen kwam. Dat is een rare eigenschap van haar. Ze kijkt altijd naar haar voeten. Die avond nog meer dan anders. 'Ik vond ze eng met z'n tweeën, en bovendien begonnen ze dronken te worden!' De kleine Breton op de binnenplaats heeft ze nooit gezien. Soms is het maar beter om iets niet te zien.

Af en toe ging de kolonel naar buiten om een paar woorden tegen de gevangene te zeggen. Hij boog zich naar hem toe en fluisterde iets in zijn oor. De kleine Breton rilde, kreunde dat hij het niet gedaan had, dat hij onschuldig was. De kolonel haalde zijn schouders op, wreef zich in zijn handen, blies erin, bibberde van de kou en ging snel terug naar de warmte. Despiaux kon het allemaal zien. Hij zat in het donker en voelde zich alsof hij ook was vastgebonden.

Rond middernacht waren Mierck en Matziev klaar met de kaas; hun lippen glommen nog van het vet van de varkenspoten. Ze begonnen steeds harder te praten en af en toe te zingen. Ze sloegen op tafel. Ze hadden zes flessen wijn op. Niet meer dan dat.

Met zijn tweeën gingen ze naar de binnenplaats alsof ze een luchtje gingen scheppen. Het was de eerste keer dat Mierck in de buurt van de gevangene kwam. Voor Matziev was het zijn vijfde bezoek. Ze liepen om de kleine Breton heen alsof hij niet bestond. Mierck hief zijn hoofd naar de hemel. En praatte op conversatietoon over de sterren. Hij wees ze Matziev stuk voor stuk aan en noemde hun namen. Sterren waren een van de voorliefdes van de rechter. 'Ze kunnen de mens vertroosten, ze zijn zo puur...' Zijn woorden. Despiaux kon alles horen: het gesprek, en de gevangene die klappertandde met het geluid van een steen die tegen een muur tikt. Matziev haalde een sigaar te voorschijn en bood er de rechter een aan, die hem afsloeg. Met hun gezichten naar het verre gewelf gewend bleven ze nog even staan kouten over het gesternte, de maan en de omloop van de planeten. Toen richtten ze zich op de gevangene, alsof ze door een bij gestoken waren.

Hij stond al drie uur in de kou. En niet zomaar kou. De sterren had hij ruimschoots kunnen bekijken, voordat zijn oogleden door zijn bevroren tranen helemaal aan elkaar waren vastgevroren.

De kolonel bewoog het gloeiende uiteinde van zijn sigaar een paar keer onder zijn neus heen en weer en stelde hem steeds dezelfde vraag. De jongen antwoordde niet eens meer, hij kreunde. Korte tijd later begon het gekreun de kolonel te irriteren.

'Ben jij een mens of een beest?' brulde hij hem in het oor. Geen reactie. Matziev gooide zijn sigaar in de sneeuw, greep de gevangene vast, die nog steeds aan de boom gebonden zat, en schudde hem door elkaar. Mierck bekeek het schouwspel en blies zich op de vingers. Matziev liet het rillende lichaam van de kleine Breton terugvallen, keek toen om zich heen alsof hij iets zocht. Maar hij vond niets, alleen een idee, een mooi verdorven idee in zijn zwijnenhoofd.

'Misschien heb je het nog een beetje te warm, is dat het?' fluisterde hij de jongen in het oor, 'Ik zal je gedachten wat opfrissen, kerel!' Hij pakte een jachtmes uit zijn zak en vouwde het open. Hij liet alle knopen van de kiel van de kleine Breton springen, een voor een, methodisch; toen die van zijn blouse, en daarna haalde hij met één haal zijn hemd open. Omzichtig verwijderde hij de kleren en het naakte bovenlijf van de gevangene werd

een grote, heldere vlek in de halfschaduw van de binnenplaats. Toen Matziev klaar was met de bovenkant deed
hij hetzelfde met de broek, de lange onderbroek en de
slip. Hij sneed de veters van de schoenen door, haalde ze
langzaam van de voeten waarbij hij zijn liedje over Ca-
rolines lakschoentjes floot. De jongen brulde, sloeg als
een gek met zijn hoofd heen en weer. Matziev kwam
weer overeind: de gevangene stond spiernaakt op blote
voeten.

'Voel je je nu beter? Voel je je meer op je gemak? Ik
weet zeker dat je je geheugen nu wel terugkrijgt...'

Hij draaide zich om naar de rechter, die zei:

'Laten we naar binnen gaan, ik begin het koud te krijgen...'

Beiden lachten om deze aardige grap. En beiden gingen weer naar binnen om de grote, dampende appelcrê-
pes te eten die Louisette net op tafel had gezet met koffie
en een fles mirabellenlikeur.

Despiaux keek naar de junihemel en snoof de zachtheid
op. De nacht kwam met kleine stapjes dichterbij. Het
enige wat ik deed was luisteren, en af en toe de ober roepen zodat onze glazen nooit leeg raakten. Om ons heen
zaten veel mensen op het terras, blij en zorgeloos, maar
ik dacht echt dat we alleen waren en het koud hadden.

'Ik stond voor het raam, een beetje naar achteren,'
vervolgde Despiaux. 'Ik kon mijn ogen niet van het lichaam van de gevangene afhouden. Hij had zich opgerold tot een bol rond de voet van de boom, als een hond,
en ik zag hem bewegen, hij rilde zo hevig dat hij helemaal
door elkaar schudde, het hield maar niet op. Ik begon te
huilen, ik zweer het, het begon vanzelf te stromen en ik
deed niets om het te laten ophouden. De jongen begon

langgerekte kreten te slaken, dierlijke kreten zoals van de wolven toen die nog in onze bossen voorkwamen, en het ging maar door, en de rechter en de kolonel waren vlakbij en lachten nóg harder, ik kon ze horen. De kreten van die jongen staken als vishaken in je hart.'

Ik stel me voor hoe Mierck en Matziev hun neuzen tegen het raam drukten, met hun rug naar het comfortabele vuur en een glas fine in de hand, hoe hun ogen gericht waren op die naakte jongen die kronkelde in de vrieskou en hoe hun buiken bijna ontploften van al dat eten, terwijl ze kletsten over hazenjacht, astronomie of boekbinden. Dat laatste verzin ik, maar ik kan er niet ver naast zitten.

Wat zeker is, is dat Despiaux zag dat de kolonel even later weer naar buiten kwam, op de gevangene afstapte en hem met de punt van zijn laars drie kleine tikjes in zijn rug en zijn buik gaf, zoals je bij een hond doet om te kijken of hij echt dood is. De jongen probeerde de laars te grijpen, ongetwijfeld om te smeken, maar Matziev duwde hem weg en zette zijn hak in zijn gezicht. De kleine Breton kreunde en toen de kolonel de kan water die hij vasthield over zijn borst leeggoot, brulde hij het weer uit.

'Zijn stem, zijn stem, je had zijn stem moeten horen, dat was niet eens meer een echte stem; en wat hij zei waren alleen woorden, gewoon woorden die alle kanten op gingen en niets betekenden als je ze achter elkaar zette, en helemaal aan het eind van zijn litanie begon hij te brullen, hij brulde dat hij het had gedaan, ja, hij had het gedaan, hij bekende alles, alles, de misdaad, alle misdaden, hij was een moordenaar, een echte moordenaar... Hij bleef maar doorgaan.'

Despiaux had zijn glas op tafel gezet. Hij keek erin alsof

hij er kracht uit wilde putten om zijn verhaal te vervolgen.

De kolonel liet hem bij zich komen. De jongen rilde hevig en herhaalde onophoudelijk: 'Ik heb het gedaan, ik heb het gedaan, ik heb het gedaan!' Zijn huid was helemaal blauw met hier en daar een rode vlek, en de uiteinden van zijn vingers en tenen begonnen al zwart te worden van bevriezing. Zijn gezicht was zo bleek als dat van een stervende. Despiaux rolde hem in een deken en hielp hem naar binnen te lopen. Matziev voegde zich bij Mierck en ze toastten op hun succes. De kou had de kleine Breton gebroken. Despiaux slaagde er niet in hem tot zwijgen te brengen. Hij gaf hem iets te drinken, iets warms, maar de Breton kon het niet doorslikken. Hij bleef de hele nacht bij hem waken, in plaats van hem te bewaken. Er viel niets meer te bewaken. Er was niets meer van hem over.

Avonden in juni geven je bijna vertrouwen in de aarde en de mensen. Er komen dan zo veel geuren van bomen en jonge meisjes op je af, en de lucht is plotseling zo lieflijk dat je alles wel opnieuw zou willen doen, je ogen uitwrijven, geloven dat het kwaad maar een droom is en alle leed gezichtsbedrog van de ziel. Dat speelde ongetwijfeld allemaal mee toen ik de oude gendarme uitnodigde om ergens een hapje te gaan eten. Hij keek me aan of ik een vies woord had gezegd en schudde toen van nee. Misschien was de eetlust hem vergaan door al dat oprakelen van oude zaken. Eerlijk gezegd had ik zelf ook geen honger, het was vooral uit zielennood dat ik het had voorgesteld, zodat onze wegen niet al te snel uit elkaar hoefden te gaan. Maar voordat ik nog een rondje kon bestellen, was Despiaux al opgestaan. Hij vouwde zijn grote gestalte uit en streek met de rug van zijn hand het jasje van zijn pak glad; toen zette hij zijn hoed recht en keek me strak aan, en ik geloof dat het de eerste keer was dat hij me zo aankeek, in ieder geval met die enigszins verbitterde blik.

'En jij,' zei hij toen met een stem zo scherp als een verwijt, 'waar was jij die nacht?'

Ik kon hem geen antwoord geven. Clémence kwam al heel snel naast me zitten. Ik keek naar haar. Ze was nog altijd even mooi, transparant maar o zo mooi. Wat kon ik Despiaux vertellen? Hij wachtte op mijn antwoord. Hij stond voor me en ik bleef met open mond zitten kijken, naar hem en naar de leegte waarin alleen ik Clémence kon zien. Despiaux haalde zijn schouders op, trok zijn gleufhoed over zijn ogen en draaide me de rug toe zonder me te groeten. Hij ging weg. Hij vertrok weer naar zijn spijt en liet mij achter in de mijne. Ik wist dat je in spijt kunt leven als in een land, en hij wist het vast even goed.

19

Uiteindelijk werd ik door Madame de Flers naar Clémence gebracht. Ik kende haar van gezicht. Ze kwam uit een zeer oude familie uit V. De beau monde. De wereld van Destinat. Haar echtgenoot, de commandant, was al in september '14 gevallen. Ik herinner me dat ik toen slecht over haar had gedacht, namelijk dat het weduwschap haar paste als een avondjurk en dat ze er vast gebruik van zou maken om zich op avondjes bij de prefect en op liefdadigheidsbazaars hooghartig te gedragen. Soms ben ik dom en behoorlijk bitter, en echt geen haar beter dan wie dan ook. Ze had zich algauw nuttig willen maken. Ze verliet V. en haar huis zo groot als het paleis van Versailles en kwam bij ons in de kliniek werken. Sommige mensen zeiden: 'Die houdt het er nog geen drie dagen uit, ze valt meteen flauw als ze dat bloed en die stront ziet!'

Ze bleef. Ondanks het bloed en de stront; en het lukte haar om ons met grenzeloze goedheid en eenvoudig gedrag haar titel en fortuin te laten vergeten. Ze sliep in een bediendekamer en bracht haar uren, dagen en nachten door aan de bedden van stervenden en herrijzenden. De oorlog slacht, verminkt, bevuilt, besmet, verscheurt, scheidt, verbrijzelt, hakt en doodt, maar soms zorgt hij er ook voor dat bepaalde pendules weer de juiste tijd gaan aanwijzen.

Madame de Flers pakte mijn hand. Ze leidde me. Ik liet haar begaan. Ze verontschuldigde zich: 'We hebben geen kamers meer, er is geen plaats...'

We traden een immense ziekenzaal vol gereutel binnen, waar het zurig stonk naar verband, pus en bevuiling. Het was de geur van wonden, kwetsuren en pijn; niet die van de dood, die zuiverder en ondraaglijker is. Er stonden zo'n dertig à veertig bedden, allemaal bezet, waarin je soms niets anders kon zien dan een langwerpige, in verband gewikkelde vorm die een beetje bewoog. Midden in het vertrek vormden vier witte lakens die van het plafond naar beneden hingen een soort lichte, bewegende afscheiding. Daarbinnen lag Clémence, tussen al die soldaten die haar niet zagen en van wie zij ook niet wist dat ze er waren.

Madame de Flers schoof een van de gordijnen opzij en toen zag ik haar. Ze lag met een recht gezicht en gesloten ogen en hield haar handen op haar borst. Haar ademhaling was traag en majestueus; haar borstkas zwol op, maar haar gezicht bleef onbeweeglijk. Bij haar bed stond een stoel. Ik viel er meer op neer dan dat ik erop ging zitten. Met een zacht gebaar legde Madame de Flers haar hand op het voorhoofd en streelde het, en zei toen: 'Met het kind gaat het goed.' Ik keek haar niet-begrijpend aan. Toen zei ze nog: 'Ik laat u nu alleen, blijft u maar zolang u wilt.' Ze schoof een laken opzij zoals ze dat in het theater doen. Ze verdween achter die witheid.

De hele nacht bleef ik bij Clémence. Ik keek naar haar. Ik bleef maar naar haar kijken. Ik durfde niet tegen haar te praten uit angst dat een van de gewonden, die als lijfwachten om haar heen lagen, zou horen wat ik zei. Ik legde mijn hand op haar lichaam, om haar warmte te voelen en ook om haar de mijne te geven, probeerde mezelf ervan te overtuigen dat zij mijn aanwezigheid voelde en er kracht uit putte, de kracht om naar mij terug te keren. Ze was mooi. Misschien iets bleker dan de vorige dag, maar ook zachter, alsof de diepe slaap waarin ze zwierf elke reden tot ongerustheid, alle zorgen en dagelijkse beslommeringen had verjaagd. Ja, ze was mooi.

Nooit zal ik weten hoe ze eruitzag toen ze lelijk en oud was, gerimpeld, afgeleefd. Sinds die dag breng ik mijn jaren door met een vrouw die nooit ouder is geworden. Ikzelf word krom, ik rochel, ik kraak, ik word rimpelig, maar zij, zij blijft zoals ze is, zonder onvolkomenheid of barstje. Dát heeft de dood me tenminste gegund en dat kan niets me afnemen, ook al heeft de tijd me haar gezicht afgenomen en probeer ik dat hardnekkig terug te zien zoals het werkelijk was – wat me af en toe gegund wordt, als ik te veel wijn heb gedronken, in een flits, als een soort genoegdoening.

De soldaat die links van het bed van Clémence lag en door het opgehangen laken aan mijn zicht werd onttrokken, brabbelde de hele nacht een verhaal zonder kop of staart. Soms prevelde hij, af en toe werd hij kwaad. Ondanks alles bleef zijn stem altijd vlak. Ik begreep niet precies tegen wie hij het had, tegen een vriend, een familielid, een geliefde of zichzelf. Het ging over van alles, over de oorlog natuurlijk maar ook over een erfeniskwestie, grasland dat gemaaid moest worden, een dak dat gerepareerd moest worden, een bruiloftsmaal, verdronken katten, bomen die onder de rupsen zaten, een uitzet met borduursel, een ploeg, koorknapen, overstromingen, een uitgeleende en nooit teruggekregen matras, hakhout.

Een mallemolen van woorden die de gebeurtenissen van zijn leven constant door elkaar mengde en ze in willekeurige volgorde aan elkaar vastplakten waardoor er een groot, absurd verhaal overbleef naar de beeltenis van het wezenlijke bestaan. Van tijd tot tijd herhaalde hij een naam, Albert Jivonal. Ik neem aan dat hij zo heette en dat hij zijn naam af en toe hardop moest uitspreken om zichzelf te bewijzen dat hij nog leefde.

Zijn stem was het belangrijkste instrument in de symfonie van stervenden die overal om me heen werd gespeeld. Ademhaling, gereutel, lucht die door het verband heen wordt uitgeblazen, geweeklaag, gesnik, waanzinnig gelach, gemompelde namen van vrouwen en moeders, en boven alles uit de litanie van Jivonal – alles suggereerde dat Clémence en ik op drift waren geraakt, met mij als degene die over haar waakte, en dat we samen opgesloten zaten in het van lakens vervaardigde achterschip van een onzichtbaar vaartuig op de dodenrivier, precies zoals in de wonderbaarlijke verhalen die de onderwijzers op school ons vertellen en waar we met grote ogen naar luisteren terwijl de angst ijskoude prikkels door onze aderen jaagt en het buiten al nacht lijkt te worden, alsof er een zwarte, wollen jas over de schouders van een reus wordt geworpen.

Tegen de ochtend bewoog Clémence een beetje, als het tenminste geen waanvoorstelling was die door mijn vermoeidheid werd veroorzaakt. Hoe dan ook, ik geloof dat ze haar gezicht een beetje naar me toe draaide. Ik ben er zeker van dat ze zwaarder en dieper ging ademen dan ze tot dan toe had gedaan. Ja, er kwam een diepe ademtocht, een soort zucht zoals je die slaakt als je beseft dat er eindelijk iets te gebeuren staat, en je met je adem duidelijk wilt maken dat je erop gewacht hebt en dat je blij bent dat het gaat gebeuren. Ik legde mijn hand op haar keel. Ik wist het. Soms verras je jezelf doordat je dingen weet die je nooit hebt geleerd. Ik wist dat die zucht de laatste was, dat er geen meer zou volgen. Lange tijd hield ik mijn hoofd tegen het hare. Ik voelde hoe de warmte langzaam maar zeker uit haar wegstroomde. Ik bad tot God en de heiligen om uit mijn droom gewekt te worden.

Albert Jivonal stierf kort na Clémence. Hij viel stil. Ik wist dat hij dood was. Ik haatte hem omdat ik bedacht dat hij in de dood vlak bij haar zou zijn, in de oneindige rij wachtenden, en dat hij haar van waar hij zich bevond ongetwijfeld zou kunnen zien, een paar meter vóór hem. Ja, zonder hem te kennen, zonder zelfs ooit zijn gezicht maar te hebben gezien nam ik het hem kwalijk. Jaloers op een dode. Met hem willen ruilen.

De dagverpleegster kwam om zeven uur. Ze drukte Clémences ogen dicht, die ze vreemd genoeg had geopend op het moment dat ze stierf. Ik bleef nog lang bij haar zitten. Niemand durfde me te zeggen dat ik weg moest gaan. Later ging ik uit mezelf weg, helemaal alleen. Zo is het gegaan.

Belle de jour werd in V. begraven, een week na de moord. Ik was er niet bij. Ik had mijn eigen verdriet. Ik heb gehoord dat de kerk stampvol zat en dat er ook nog een stuk of honderd mensen op het kerkplein stonden, ondanks de striemende regen. De procureur was er. De rechter ook, en Matziev. De familie natuurlijk, Bourrache en zijn vrouw die ondersteund moest worden, en Aline en Rose, haar twee zusjes die niet leken te begrijpen wat er aan de hand was. Adélaïde Siffert, de tante, was er ook, met trillende onderkaak, en op het kerkhof bleef ze iedereen vertellen: 'Als ik het had geweten... Als ik het had geweten...' Het probleem is dat je het nooit weet.

Bij ons in de kerk was het niet zo druk. Ik zeg 'bij ons', want het kwam me voor dat we nog steeds samen waren, ook al stond ik rechtop en lag zij in haar eikenhouten kist omringd met grote kaarsen, en al kon ik haar niet meer zien en niet meer ruiken. Pater Lurant leidde de dienst. Hij sprak eenvoudige, goede woorden. Onder de soutane herkende ik de man met wie ik een maaltijd en een kamer had gedeeld toen Clémence lag te sterven.

Ik had al heel lang ruzie met mijn vader en Clémence had geen familie meer. Des te beter. Ik zou het niet hebben kunnen verdragen onder iemands vleugels te worden genomen, te moeten praten en luisteren, en gekust, omarmd en beklaagd te worden. Ik wilde zo snel mogelijk alleen zijn, omdat ik vanaf nu mijn leven lang alleen zou zijn.

Op het kerkhof waren we met z'n zessen: de pastoor, Ostrane de doodgraver, Clémentine Hussard, Léocadie Renaut, Marguerite Bonsergent – drie oudjes die alle begrafenissen afliepen – en ik. Pater Lurant sprak het laatste gebed uit. Iedereen stond met gebogen hoofd te luisteren. Ostrane leunde met zijn vereelte handen op de steel van zijn schop. Ik bekeek het landschap, de weilanden die tot aan de Guerlante reikten, de heuvel met zijn kale bomen en vuilbruine paden, de bewolkte hemel. De oudjes gooiden een bloem op de kist. De pastoor sloeg een kruis. Ostrane begon aarde op de kist te werpen. Ik ging als eerste weg. Ik wilde het niet zien.

Die nacht had ik een droom. Clémence lag onder de grond en ze huilde. Allerlei dieren met afzichtelijke koppen, tanden en klauwen kwamen op haar af. Ze beschermde haar gezicht met haar handen, maar ze kwamen steeds dichterbij en uiteindelijk bereikten ze haar, ze beten haar, ze trokken kleine stukjes uit haar vlees en verslonden die met hun bekken. Clémence riep mijn naam. Haar mond zat vol zand en boomwortels en haar ogen hadden geen pupillen meer. Ze waren wit en dof.

Ik schrok wakker. Doorweekt, buiten adem. Toen zag ik dat ik alleen in bed lag. Plotseling begreep ik hoe groot en kaal een bed kan zijn. Ik dacht aan hoe ze daar onder de grond lag, in deze eerste nacht van ballingschap. Ik huilde als een kind.

Daarna volgden de dagen elkaar op, ik weet niet meer hoeveel het er waren. En de nachten. Ik ging niet meer naar buiten. Ik aarzelde. Ik twijfelde. Ik pakte Gachentards karabijn, laadde een kogel in het magazijn, stak de loop in mijn keel. Ik was dronken van de dageraad tot de avondschemering. Het huis vervuilde en begon te stinken als een beerput. Ik putte al mijn kracht uit de fles. Af en toe brulde ik en sloeg tegen de muren. Een paar buren kwamen op bezoek, maar ik wees ze de deur. En toen, op een ochtend dat ik was geschrokken van mijn kluizenaarsgezicht in de spiegel, klopte er een zuster van de kliniek aan. In haar armen droeg ze een wollen pakje dat een beetje bewoog: het kind. Maar daar zal ik het later over hebben, nu nog niet, daar zal ik het over hebben als ik klaar ben met de anderen.

20

Mierck had de kleine Breton laten opsluiten in de gevangenis van V., al had het leger opnieuw laten weten hem te willen fusilleren. Eigenlijk ging het er alleen maar om wie hem het eerst zou omleggen. Toch duurde het nog even. Zo lang dat ik hem nog kon bezoeken. Hij zat er al zes weken.

De gevangenis, die kende ik wel. Het was een oud klooster uit de middeleeuwen. De monniken waren vervangen door gevangenen. Dat was het. Voor de rest was de plek nauwelijks veranderd. De refter was nog steeds een refter, de cellen waren nog steeds cellen. Er waren alleen wat tralies, deuren en sloten toegevoegd, en metalen staketsels vol uitstekende punten op de muren. In dit grote gebouw drong het licht nauwelijks door. Het was er altijd schemerig, zelfs op de zonnigste dagen. En als je er binnenging, wilde je vooral zo snel mogelijk weer naar buiten, liefst rennend.

Ik vertelde dat de rechter me gestuurd had. Dat was niet zo, maar niemand vroeg me naar bewijs. Iedereen kende me.

Toen de cipier de celdeur van de kleine Breton voor me opendeed, zag ik aanvankelijk niet zoveel. Ik hoorde hem wel direct. Hij zat heel zachtjes te zingen met een vrij aardig kinderstemmetje. De cipier liet me alleen en deed de deur achter me dicht. Toen mijn ogen aan het halfduister gewend waren, zag ik hem. Hij zat lethargisch in een hoek van het vertrek, met zijn knieën opgetrokken onder zijn kin; zijn hoofd ging onophoudelijk heen en weer en hij bleef maar zingen. Het was de eerste keer dat ik hem zag. Hij zag er jonger uit dan hij was. Hij had mooi, blond haar en blauwe ogen die strak naar de grond keken. Ik weet niet of hij me had horen binnenkomen, maar toen ik tegen hem sprak, leek hij niet verbaasd.

'Heb jij dat meisje echt vermoord?' vroeg ik hem.

Hij brak zijn liedje af, en zonder op te kijken zong hij op de melodie van het liedje: 'Ik was het, ik heb het gedaan, ik was het, ik...'

Ik zei tegen hem: 'Ik ben niet de rechter of de kolonel, je hoeft niet bang te zijn, aan mij kun je het wel zeggen...'

Toen keek hij me aan, met een afwezige glimlach, alsof hij van heel ver kwam en daar maar liever wilde blijven. Hij bewoog zijn hoofd nog steeds, zoals die engeltjes bij een kribbe waar je een muntje in stopt en die je heel lang blijven bedanken. En zonder nog iets te zeggen begon hij weer aan zijn liedje dat ging over 'rijpe tarwe, leeuweriken, een bruiloft en boeketten'.

Ik bleef nog even naar hem kijken, vooral naar zijn handen, en vroeg me af of dat de handen van een misdadiger waren. Toen ik wegging keek hij niet op, hij bleef maar zingen en wiegen. Anderhalve maand later werd hij door de krijgsraad berecht voor desertie en moord, aan beide aanklachten schuldig bevonden en meteen daarna gefusilleerd.

'De Zaak' was gesloten.

Mierck en Matziev waren erin geslaagd om in één nacht van een keuterboertje een halve gek te maken, die ook nog eens de ideale, meewerkende dader was. Wat er die beruchte nacht gebeurd was, hoorde ik natuurlijk later pas, toen ik Despiaux eindelijk had teruggevonden. Wat ik al wel wist was dat noch de rechter, noch de kolonel de procureur had ondervraagd. Joséphines verhaal was in de vergeethoek geraakt. Ik heb me trouwens vaak afgevraagd waarom. Mierck had toch een bloedhekel aan Destinat, daar was geen twijfel over mogelijk! Het was toch een prachtige kans om hem tot vervelens toe lastig te vallen en zijn naam en zijn houding van Romeinse keizer door het slijk te halen.

Maar ik denk dat er iets was wat sterker is dan haat, namelijk de regels van je eigen wereld. Destinat en Mierck maakten deel uit van dezelfde wereld, die van de goede geboorte, een opvoeding met oude kant, handkussen, automobielen, lambriseringen en geld. Aan gene zijde van feiten en karakters, hoger dan de wetten die de mens kan produceren, bestaat er een verstandhouding en een uitwisseling van beleefdheden: 'Als jij mij met rust laat, laat ik jou met rust.' De gedachte dat een van hen een moordenaar kon zijn, zou betekenen dat je er mogelijk zélf een was. Dat je ten overstaan van iedereen zou laten zien dat mensen die bekakt praten en ons vanuit de hoogte aankijken alsof wij kippenstront zijn, net als iedereen een verdorven geest hebben, dat ze net als iedereen zijn. En dat zou weleens het begin van het einde kunnen betekenen, het begin van het einde van hun wereld. Daarom kon het niet.

En bovendien: waarom zou Destinat Belle de jour hebben vermoord? Met haar praten, akkoord, maar vermoorden?

181

Toen de kleine Breton werd gearresteerd, vond men in zijn zakken een biljet van vijf francs met een kruis in potlood in de linkerbovenhoek. Adélaïde Siffert herkende het uitdrukkelijk als het biljet dat ze op die beruchte zondag aan haar petekind had gegeven. Die kruisen waren haar manie met bankbiljetten, haar manier om te laten zien dat ze absoluut van haar waren en niet van iemand anders.

De deserteur zwoer dat hij het op de hoge oever van het kleine kanaal had gevonden. Daar was hij dus wel degelijk langsgekomen! Ja, en wat dan nog? Wat bewijst dat? Hij had er zelfs geslapen, samen met de drukkersknecht, onder de Bloedworst, die brug die zo schreeuwerig beschilderd was, daar hadden ze dicht tegen elkaar aan gelegen, beschut tegen de kou en de sneeuw: de gendarmes hadden er platgetrapt gras en de afdrukkken van twee lichamen gevonden. Ook dat gaf hij volmondig toe.

Aan de andere oever van het kleine kanaal, ongeveer tegenover de plek waar zich het poortje naar het park van het kasteel bevindt, staat het laboratorium van de fabriek. Een niet zo hoog, langwerpig gebouw dat eruitziet als een grote, glazen kooi die dag en nacht verlicht is. Dag en nacht, want de fabriek staat nooit stil en in het laboratorium zijn permanent twee ingenieurs aanwezig die de doseringen en de kwaliteit controleren van het spul dat uit de buik van het grote monster komt.

Toen ik Arsène Meyer, hoofd personeelszaken, vroeg of ik degenen kon spreken die op de nacht van de misdaad dienst hadden gehad, keek hij naar het potlood in zijn handen en draaide het alle kanten op.

'Staat het antwoord daar soms op?' vroeg ik botweg. We kenden elkaar al lang, en bovendien was hij me iets verschuldigd: in 1915 had ik een oogje toegeknepen toen zijn oudere broer, een nietsnut, van mening was dat het legermaterieel – dekens, gamellen en rantsoenen – dat opgeslagen lag in de loodsen bij het Place de la Liberté, van hem was. Ik had die grote lobbes een uitbrander gegeven. Daarop had hij alles teruggebracht en toen had ik geen proces-verbaal opgemaakt. Niemand had iets gemerkt.

'Die zijn er niet meer...' hoor ik Meyer zeggen.

'En sinds wanneer zijn ze er niet meer?' vraag ik.

Hij kijkt weer naar zijn potlood en mompelt iets; ik moet echt mijn oren spitsen om hem te verstaan.

'Ze zijn naar Engeland vertrokken, bijna twee maanden geleden...'

Engeland was bijna het einde van de wereld, zeker in die oorlogsjaren. En 'twee maanden geleden' was vlak na het misdrijf.

'En waarom zijn ze vertrokken?'

'Dat is hun opgedragen.'

'Door wie?'

'De directeur.'

'Was hun vertrek gepland?'

Meyer breekt zijn potlood. Hij zweet peentjes.

'Je kunt maar beter gaan,' zegt hij tegen me, 'Ik heb mijn instructies, en je mag dan wel een politieman zijn, in vergelijking met de hoge heren stel je niks voor.'

Ik wilde het hem niet nog moeilijker maken. Ik liet hem achter in zijn schaamte en nam me voor om het de volgende dag aan de directeur zelf te gaan vragen.

Ik had er de tijd niet voor. De volgende dag kreeg ik bij zonsopgang een boodschap. De rechter wilde me zo snel mogelijk spreken. Ik wist waar het om ging. Ik bedacht dat het nieuws snel rondgaat.

Zoals gewoonlijk werd ik ontvangen door Croûteux

en moest ik een dik uur in de wachtkamer zitten sudderen. Door de met leer gecapitonneerde deur heen hoorde ik stemmen; vrolijke stemmen, geloof ik. Toen Croûteux terugkwam om te melden dat meneer de rechter me kon ontvangen, was ik net bezig een loshangend, rood stukje zijde met mijn vinger van de muur te trekken. Ik had er al een dikke veertig centimeter van afgetrokken en in kleine plukjes uitgerafeld. De griffier bekeek me met een verbaasde en vermoeide blik, zoals je naar een zieke kijkt, maar hij zei niets. Ik volgde hem.

Mierck zat in zijn stoel en leunde achterover. Matziev stond als een dubbelganger naast hem, een minder dikke, grotere dubbelganger, een dubbelganger van de ziel. Het leek of die twee smeerlappen verliefd op elkaar waren, ze weken geen moment van elkaars zijde. Matziev had zijn verblijf verlengd. Hij logeerde nog altijd bij Bassepin en bleef ons maar vervelen met zijn fonograaf. Het zou nog tot eind januari duren voordat hij oprotte en we hem nooit meer zouden zien.

Mierck ging frontaal in de aanval.

'Op wiens gezag bent u naar de fabriek gegaan?' blafte hij.

Ik antwoordde niet.

'Waar bent u naar op zoek? "De Zaak" is opgelost en de schuldigen hebben geboet.'

'Inderdaad, dat zeggen ze...' antwoordde ik, wat de verdienste had dat het hem nog kwaaier maakte.

'Wat? Wat insinueert u daar?'

'Ik insinueer niets. Ik doe mijn werk.'

Matziev frummelde aan een sigaar die hij nog niet had aangestoken. Mierck trok weer ten strijde. Hij leek op een speenvarken waarvan de ballen tussen twee bakstenen geklemd zaten.

'Precies, doe uw werk en laat de mensen met rust. Als ik nog één keer hoor dat u aan wie dan ook vragen stelt over dat gesloten dossier waarover de rechter uitspraak heeft gedaan, dan schors ik u...' Op zachtere toon vervolgde hij: 'Ik heb er begrip voor dat u in de huidige omstandigheden niet geheel en al uzelf bent, met de dood van uw jonge echtgenote en al uw verdriet...'

Hem over Clémence horen praten en hem haar beeld en haar naam horen oproepen, was als een klap in mijn gezicht: alsof je een berg koeienvla probeert te verfraaien met een enkel jasmijntakje.

'Houdt uw mond,' zeg ik tegen hem.

Hij spert zijn ogen wijd open, loopt paars aan en barst woedend los: 'Wat? Durft u me bevelen te geven? U?'

'U kunt de pot op,' antwoord ik.

Mierck viel bijna van zijn stoel. Matziev nam me uit de hoogte op, zei niets, stak zijn sigaar aan, wapperde toen langdurig met de lucifer, hoewel die al uit was.

Op straat scheen de zon. Ik voelde me een beetje dronken en ik had graag met iemand gepraat, iemand die ik kon vertrouwen en die dezelfde kijk op de dingen had als ik. Daarmee bedoel ik niet op 'De Zaak'. Ik bedoel op het leven, het weer, alles en niets.

Ik dacht aan Mazerulles, de secretaris van de onderwijsinspecteur die ik na de dood van Lysia Verhareine had bezocht. De aanblik van zijn rapenhoofd, zijn grauwe huid en zijn ogen als van een natte hond die wacht op een hand die hem komt strelen, zou balsem voor mijn ziel zijn. Ik vertrok in de richting van het Place des Carmes, waar het gebouw van de inspectie stond. Ik haastte me niet. Er was een loodzware last van me afgevallen en ik zag het gezicht van Mierck weer voor me toen ik hem had afgepoeierd. Ongetwijfeld was hij mijn hoofd al bij mijn superieuren aan het opeisen. Het deed me niets.

Toen ik aan de conciërge vroeg of Mazerulles nog in dienst was, pakte hij zijn bril vast die steeds dreigde te vallen.

'Meneer Mazerulles heeft ons een jaar geleden verlaten,' zei hij tegen me.

'Is hij nog in V.?' drong ik aan.

De man keek me aan alsof ik van de maan kwam: 'Ik denk niet dat hij het kerkhof heeft verlaten, maar u kunt het altijd gaan controleren.'

21

De weken vlogen om, het werd weer lente. Elke dag ging ik naar het graf van Clémence. Twee keer. 's Ochtends en net voordat het donker werd. Ik praatte met haar. Ik vertelde haar alles wat er gebeurde alsof ze nog steeds naast me stond, op een alledaagse gesprekstoon waarin lieve woordjes geen zware opsmuk en overdadige franje nodig hebben om te schitteren als goudstukken.

Ik had erover gedacht om alles – mijn werk, het huis – te laten vallen en weg te gaan. Maar ik herinnerde me dat de aarde rond was en dat ik al snel op mijn schreden zou moeten terugkeren en dat het dus vrij stom zou zijn. Ik had er een beetje op gerekend dat Mierck me wel naar andere streken zou sturen. Ik had gedacht dat hij wraak zou willen nemen en vast wel kans zou zien om me te laten overplaatsen of ontslaan. Eigenlijk was ik een lafaard. Ik legde de beslissing die ik zelf niet kon nemen in andermans hand. Maar Mierck deed niets, in ieder geval niets dat enig gevolg had.

Dat was in '18. De oorlog liep ten einde. Nu, op het moment dat ik dit schrijf, kan ik dat makkelijk zeggen, omdat ik immers weet dat hij ook inderdaad in '18 is opgehouden, maar ik geloof dat ik het juist zeg. Je voelde het einde naderen, wat de laatste transporten doden en gewonden die hier langskwamen nóg afgrijselijker en zinlozer maakte. Het stadje zat nog steeds vol kreupele soldaten en afzichtelijke smoelwerken die zo goed en kwaad als het ging waren opgelapt. De kliniek bleef maar vol, als een prestigieus hotel in een badplaats dat de mensen van de wereld elkaar aanraden. Behalve dan dat het hoogseizoen hier vier jaar duurde. Soms zag ik Madame de Flers uit de verte, en dan kreeg ik het te kwaad, alsof ze me elk moment zou opmerken en naar me toe zou komen om me net als toen naar Clémences bed te brengen.

Elke dag of bijna elke dag ging ik naar de oever van het kleine kanaal en ik bleef er rondzoeken, als een koppige of onnozele hond; niet zozeer om een belangrijk detail te vinden, als wel om de boel niet in de vergetelheid te laten raken. Vaak dacht ik dat ik Destinats lange gestalte aan de andere kant van de hoge parkmuren kon zien, en ik wist dat hij me bezig zag. Sinds zijn pensionering kwam hij zijn huis bijna niet meer uit, en bezoek kreeg hij nog minder. Dat wil zeggen dat hij helemaal geen bezoek meer kreeg en zijn dagen in stilte sleet, zonder zelfs maar te lezen; hij zat maar aan zijn bureau met zijn handen gevouwen – dat heeft Barbe me verteld – en keek van daaruit door het raam, of hij liep als een eenzaam dier rondjes door zijn park. Eigenlijk leken we wel op elkaar.

Op een dag, het was de dertiende juni van dat jaar, toen ik maar weer eens langs de oever liep en de Bloedworst net gepasseerd was, hoorde ik bladgeritsel achter me. Ik draaide me om. Hij was het. Nog groter dan in mijn herinnering, het naar achteren gekamde haar zo grijs dat het bijna wit was, een zwart pak, onberispelijk gepoetste schoenen en in zijn rechterhand een rotting met een kleine ivoren knop. Hij keek me aan en kwam niet dichterbij. Ik vermoed dat hij op mijn komst had gewacht en door het poortje achter in het park naar buiten was gekomen.

Lange tijd keken we elkaar aan zonder iets te zeggen, als wilde dieren die elkaar peilen alvorens zich op elkaar te storten, of als oude vrienden die elkaar al heel lang niet meer gezien hebben en elkaar proberen in te schatten. Ik zal er wel niet erg fier bij hebben gestaan. Het kwam me voor dat mijn lichaam en gezicht in de laatste paar maanden meer waren uitgehold dan in de tien jaren daarvoor.

Destinat sprak als eerste:

'Ik zie u hier vaak, weet u...'

En hij liet zijn woorden in de lucht hangen, zonder er een einde voor te zoeken of te weten. Ik wist niet wat ik moest zeggen. Het was al zo lang geleden dat ik iets tegen hem gezegd had, dat ik me niet precies herinnerde hoe dat moest.

Met de punt van zijn wandelstok wroette hij in het mos bij de oever, toen kwam hij een beetje dichter bij me staan en begon me uitvoerig te bekijken, zonder kwade bedoelingen maar met een ziekelijke precisie. Het vreemdste was nog wel dat zijn blik me niet stoorde, maar me juist een kalm en vredig geluksgevoel gaf, zoals wanneer een oude dokter die je sinds je kindertijd al kent, je onderzoekt om je pijntjes en kwalen te ontdekken.

'U hebt me nooit gevraagd of...'

En weer maakte hij zijn zin niet af. Ik zag zijn lippen even trillen en zijn ogen een seconde knipperen in het licht. Ik wist wat hij bedoelde. We begrepen elkaar perfect.

'Had ik een antwoord gekregen?' zei ik, en liet mijn woorden net als hij in de lucht hangen.

Hij ademde diep en liet zijn horloge in zijn linkerhand slaan; het hing aan een ketting waaraan ook een merkwaardig, zwart sleuteltje hing; toen staarde hij in de verte, naar de lucht die prachtig lichtblauw was, maar al snel keerden zijn ogen terug naar mij en boorden zich in de mijne totdat die ervan begonnen te knipperen.

'Je moet oppassen voor antwoorden, die zijn nooit wat je ervan hoopt, is het niet?'

Toen trapte hij met de punt van zijn linkerschoen het mos, dat hij met zijn wandelstok had losgewoeld, het water in. Zacht mos, met een jonge kleur groen, dat danste in een draaikolkje en daarna naar het midden van het water dreef en zonk.

Ik keek weer naar Destinat. Hij was verdwenen.

Het leven ging door, zoals ze zeggen, en de oorlog hield op. Langzaam maar zeker werd de kliniek iets leger, en de straten ook. De cafés deden minder goede zaken en Agathe Blachart kreeg minder klanten. Zoons en echtgenoten kwamen terug. Sommigen intact, anderen behoorlijk beschadigd. Natuurlijk kwamen er velen nooit meer terug, maar in sommige gevallen bleef er ondanks alles altijd nog de hoop bestaan dat ze alsnog de hoek om zouden komen, het huis zouden binnenstappen en aan tafel zouden gaan zitten wachten op de wijnkruik. De gezinnen van wie de mannen in de fabriek werkten, waren de oorlog doorgekomen zonder al te veel zorgen of ontberingen. De rest had daarentegen vier verschrikkelijke jaren doorgemaakt. De kloof werd nóg dieper, vooral wanneer er een of twee doden in wegrotten. Sommige mensen spraken niet meer met elkaar. Anderen begonnen elkaar te haten.

Bassepin begon zijn handel in monumenten. Een van

de eerste die hij afleverde was trouwens voor ons: een soldaat met een vlag in zijn linkerhand en een geweer in de rechter, zijn hele lichaam gespannen naar voren op een licht gebogen knie en naast zich een enorme, trotse Gallische haan die was vastgelegd op het moment dat hij hoog op zijn sporen stond en zijn gekraai liet horen.

De burgemeester onthulde het op 11 november 1920. Hij hield een toespraak vol tremolo's, bezieling en rollende ogen, en vervolgens las hij de namen op van de drieënveertig pechvogels uit ons stadje die voor het vaderland gevallen waren, waarbij hij na iedere naam pauzeerde zodat Aimé Lachepot, de veldwachter, een droeve roffel op de trom kon maken. Helemaal in het zwart gehulde vrouwen huilden, en kinderen die nog klein waren pakten hun hand en probeerden ze mee te trekken naar de winkel van Margot Gagneure, die daar vlakbij was en waar je allerlei snuisterijen kon kopen en vooral ook pijpen drop en honinglollies.

Daarna werd de vlag gehesen. De fanfare speelde een naargeestige melodie waar iedereen kaarsrecht en strak voor zich uit kijkend naar luisterde. En zodra de laatste maat gespeeld was, haastte men zich naar het stadhuis voor de erewijn. Onder de mousserende wijn en de toastjes met paté werden de doden vergeten. Men praatte. Men begon zelfs weer te lachen. Na een uur ging iedereen naar huis en nam zich voor om die komedie van het droeve hart en de herinnering elk jaar opnieuw op te voeren.

Destinat was bij de ceremonie aanwezig, op de eerste rij. Ik stond twee meter achter hem. Maar hij ging niet mee naar het gemeentehuis. Hij liep langzaam terug naar het kasteel.

Hoewel hij al ruim vier jaar met pensioen was, ging hij

af en toe naar V. Le Grave zorgde ervoor dat de paarden om tien voor tien ingespannen waren. Om klokslag tien uur zette Destinat zich in het rijtuig en dan ging de zweep erover. In de stad zwierf hij door de straten, altijd dezelfde route: Rue Marville, Place de la Préfecture, Allée Baptiste-Villemaux, Rue Plassis, Rue d'Auton, Square Fidon, Rue des Bourelles. Le Grave volgde hem op twintig meter afstand met de koets en kalmeerde met zijn hand de twee paarden die de neiging hadden om te trappelen en onderwijl hun paardenvijgen uit te schijten. Destinat kwam mensen tegen die hem groetten. Hij neeg het hoofd en wisselde nooit een woord met iemand.

Om twaalf uur ging hij naar de Rébillon, waar Bourrache hem ontving. Hij had nog altijd zijn vaste tafel, at onveranderlijk dezelfde gerechten en dronk dezelfde wijn als toen hij nog koppen liet rollen. Het verschil was dat hij nu na de koffie bleef treuzelen. De zaal stroomde leeg, Destinat bleef zitten. En dan wenkte hij Bourrache om erbij te komen zitten. De herbergier pakte een fles van de beste fine en twee glaasjes en ging tegenover de procureur zitten. Hij schonk de glazen vol en sloeg het zijne achterover. Destinat daarentegen snoof wel aan de alcohol, maar zette het glas nooit aan zijn lippen.

En dan spraken de twee mannen.

'Maar waarover dan?' durfde ik Bourrache op een dag te vragen, maar wel veel, veel later.

Zijn blik werd wazig. Het leek alsof hij naar een tafereel van lang geleden of een vage foto keek. Zijn ogen schoten vol.

'Over mijn meisje...' zei hij, en dikke tranen rolden over zijn slecht geschoren wangen.

'De procureur was meestal aan het woord en ik zat te luisteren. Het leek of hij haar beter kende dan ik, en toch

heb ik hem nooit met haar zien praten, toen ze nog onder ons was, hij zei zelfs nauwelijks iets als ze hem brood
of een karaf water kwam brengen. Maar het was net alsof
hij alles over haar wist. Hij tekende haar voor mij uit,
sprak over haar gezichtskleur, haar haren, haar stem als
van een vogeltje, de vorm en de kleur van haar mond, hij
noemde namen van schilders uit het verleden die ik niet
kende, hij zei dat ze op hun schilderijen had kunnen
staan. En daarna stelde hij me alle mogelijke vragen over
haar karakter, haar hebbelijkheden, haar eerste woordjes,
haar ziektes en haar jonge jaren, en dan moest ik vertellen en vertellen – hij kreeg er nooit genoeg van.'

'En elke keer dat hij kwam was het weer hetzelfde
liedje: "En als we het eens over háár zouden hebben,
mijn waarde Bourrache..."' begon hij dan. Van mij hoefde het niet zo, het deed me elk keer weer pijn, en die pijn
bleef ik de hele dag en avond voelen, maar dat durfde ik
niet aan de procureur te zeggen en dus praatte ik. Eén
uur, twee uur, ik geloof dat ik dagenlang had kunnen
doorpraten en dat het hem dan nóg niet had verveeld. Ik
vond die passie voor mijn dode dochtertje wel vreemd,
maar ik hield mezelf voor dat het de leeftijd wel zou zijn,
dat hij een beetje kinds aan het worden was en dat hij last
had van het feit dat hij helemaal alleen was en geen kinderen had.'

'Op een dag vroeg hij zelfs of ik misschien een foto
van het meisje voor hem had. Stel je voor, foto's zijn niet
bepaald goedkoop, daar laat je er niet veel van maken. Ik
had er drie, waarvan eentje met mijn drie dochters erop.
Die was op verzoek van Belle de jours peetmoeder gemaakt, die er ook voor had betaald. Ze had de meisjes
meegenomen naar Isidore Kopieck, je weet wel, die Rus
in de Rue des États. Hij had ze laten poseren; de twee

oudsten zaten op de grond in een decor van gras en bloemen, en Belle stond glimlachend tussen hen in, gratieus,
als een echte Heilige Maagd. Ik had drie afdrukken van
die foto, één voor elke dochter. Die van Belle heb ik aan
de procureur gegeven. Je had hem moeten zien, het leek
wel alsof ik hem een goudmijn cadeau deed! Zijn hele lijf
begon te trillen, hij bleef me maar bedanken, en drukte
mijn hand zo stevig dat ik hem bijna kwijt was.'

'Een week voor zijn dood kwam hij voor het laatst.
Nog steeds hetzelfde ritueel: eten, koffie, fine, en praten.
Vragen over het meisje, dezelfde die hij gewoonlijk stelde, en toen, na een lange stilte, zei hij bijna mompelend,
alsof hij een vonnis uitsprak: "Ze heeft geen kwaad gekend, ze is vertrokken zonder het kwaad te kennen, terwijl het ons allemaal zo lelijk heeft gemaakt..." Toen
stond hij langzaam op en hield mijn hand lang vast. Ik
hielp hem in zijn jas, hij pakte zijn hoed en toen liet hij
zijn blik over de eetzaal gaan alsof hij hem opmat. Ik
deed de deur voor hem open en zei: "Tot de volgende
keer, meneer de procureur," hij glimlachte, maar gaf
geen antwoord. Toen ging hij weg.'

Schrijven doet pijn. Daar ben ik me in de maanden dat ik
er nu mee bezig ben bewust van geworden. Pijn aan je
hand en aan je ziel. De mens is niet gemaakt voor dit
werk, en bovendien: wat heeft het voor nut? Wat heb ik
eraan? Als Clémence nog bij me was, had ik al die bladzijden nooit volgepend, ondanks de mysterieuze dood
van Belle de jour, ja, ondanks de dood van de kleine Breton die een vlek op mijn geweten is. Louter haar aanwezigheid zou me in staat hebben gesteld om afstand te nemen van het verleden en weer sterk te worden. Eigenlijk
schrijf ik alleen voor haar en voor niemand anders, om

mezelf voor de gek te houden, om te doen alsof, om me ervan te overtuigen dat ze nog steeds op me wacht, waar ze ook mag zijn. En dat ze alles hoort wat ik haar wil vertellen.

Door het schrijven leef ik met z'n tweeën.

Als je al lang alleen bent, kun je ervoor kiezen om hardop tegen de dingen en de muren te gaan praten. Dat waar ik me mee bezig houd is net zoiets. Ik heb me vaak afgevraagd waarvoor de procureur gekozen heeft. Hoe bracht hij zijn uren door, voor wie waren zijn kleine gedachten, zijn innerlijke gesprekken bestemd? De ene weduwnaar begrijpt de andere, dat denk ik tenminste. Eigenlijk zijn er vrij veel dingen die ons nader tot elkaar hadden kunnen brengen.

22

Toen ik op 27 september '21 de Rue des Pressoirs over-stak, zag ik een automobiel niet aan komen rijden en werd ik aangereden. Mijn voorhoofd raakte de stoep-rand. Ik herinner me dat ik op het moment van de klap aan Clémence dacht, dat ik aan haar dacht alsof ze nog leefde en dat ze haar zouden gaan vertellen dat haar echt-genoot een ongeluk had gehad. Ik herinner me ook dat ik in die fractie van een seconde kwaad op mezelf was om-dat ik zo verstrooid was dat ik niet had uitgekeken bij het oversteken, en dat Clémence nu door mijn schuld van al-les zou moeten regelen. Toen verloor ik het bewustzijn. Bijna een geluksgevoel, alsof ik een lieflijk, rustig land werd binnengezogen. Toen ik bijkwam in het ziekenhuis, zeiden ze dat ik zeven hele dagen in die vreemde slaap-toestand gelegen had. Zeven dagen die ik zogezegd bui-ten mijn leven heb doorgebracht, zeven dagen waaraan ik geen enkele herinnering heb, behalve een gevoel van duisternis, van donkere zachtheid.

De artsen in de kliniek hadden trouwens gedacht dat ik nooit meer zou ontwaken. Ze hadden ongelijk. Ik had pech.

'U was zo goed als dood!' zei een van hen tegen me,

toen hij verheugd bemerkte dat ik bijgekomen was. Een jonge, opgewekte man met mooie bruine ogen die continu bewogen en echt straalden. Hij had nog alle illusies die je op zijn leeftijd kunt hebben. Ik antwoordde niet. In die grote nacht had ik degene van wie ik gehouden had – en van wie ik nog steeds hou – niet teruggevonden. Ik had haar niet gehoord en niet gevoeld. De arts moest zich dus vergissen: ik was nog lang niet dood geweest, want niets had op haar aanwezigheid geduid.

Ze hielden me nog twee weken. Ik was heel erg zwak. Ik herkende geen van de verpleegsters die zich over mij ontfermden. Zij leken mij wel te kennen. Ze brachten me soep, kruidenthee, gekookt vlees. Ik zocht Madame de Flers met mijn ogen. Ik vroeg zelfs aan een verpleegster of ze er nog was. De verpleegster glimlachte en gaf geen antwoord. Ze dacht vast dat ik ijlde.

Zodra ze van mening waren dat een gesprek me niet al te zeer meer zou vermoeien, kwam de burgemeester op bezoek. Hij drukte me de hand. Zei dat het kantje boord was geweest. Dat hij zich zorgen had gemaakt. Toen graaide hij in zijn grote zakken en haalde er een doosje kleverige snoepjes uit, dat hij speciaal voor mij gekocht had. Hij zette het op mijn nachtkastje, een beetje beschaamd, alsof hij zich verontschuldigde: 'Eigenlijk wilde ik een lekker flesje voor je meenemen, maar wijn is hier verboden, dus toen dacht ik... de banketbakster vult ze trouwens met mirabellenlikeur, weet je!'

Hij lachte. Ik lachte met hem mee om hem een plezier te doen. Ik wilde praten, vragen stellen, maar hij legde zijn vinger op zijn mond alsof hij wilde zeggen dat we daar alle tijd voor hadden. De verpleegsters hadden hem gezegd dat hij me moest ontzien, dat hij niet te veel moest praten en mij niet te veel aan het woord mocht laten. We bleven nog enige tijd zitten, keken naar elkaar en naar de snoepjes, naar het plafond en het raam waardoor je niets anders zag dan een stukje lucht zonder bomen, heuvels of wolken.

Toen stond de burgemeester op, drukte me opnieuw de hand en ging ervandoor. Die dag vertelde hij me niet dat Destinat was overleden. Dat hoorde ik twee dagen later pas, van pater Lurant die me ook kwam opzoeken.

Het was de dag na mijn ongeluk gebeurd. Hij was op de allergewoonste manier gestorven, zonder herrie of geschreeuw, thuis, op een mooie, rood met gouden herfstdag die niet eens zo koud was, toen alles nog aan de zomer deed denken.

Zoals elke dag was hij halverwege die middag naar buiten gegaan voor een wandeling in het kasteelpark, en zoals gebruikelijk was hij daarna op het bankje gaan zitten dat uitkeek over de Guerlante, met zijn beide handen op zijn wandelstok. Gewoonlijk bleef hij daar bijna een uur zo zitten, waarna hij weer naar binnen ging.

Toen Barbe hem die dag niet zag terugkomen ging ze ook naar het park, en toen ze hem in de verte van achteren op het bankje zag zitten, was ze gerustgesteld en ging ze terug naar haar keuken, waar ze kalfsgebraad aan het klaarmaken was. Maar toen het braadstuk klaar was en ze de soepgroenten schoongemaakt, gesneden en in een kookpot gegooid had, bedacht ze dat ze de procureur nog steeds niet had horen binnenkomen. Ze ging opnieuw naar buiten en zag dat hij nog steeds op zijn bankje zat, zonder zich iets aan te trekken van de mist die uit de rivier opsteeg en van het donker dat langzaam maar zeker alle bomen in het park, waar honderden kraaien ruziënd omheen vlogen, verhulde. Barbe besloot naar haar meester toe te lopen om hem te vertellen dat het avondeten bijna klaar was. Ze liep door het park naar Destinat toe, ze riep hem maar ze kreeg geen antwoord. Toen ze hem tot op een paar meter genaderd was, kreeg ze een voorgevoel. Ze liep langzaam verder, draaide om de bank heen en zag Destinat zitten met een stijf bovenlichaam, wijdopen ogen en zijn handen rustend op de knop van zijn wandelstok. Hij was zo dood als een pier.

Ze zeggen altijd dat het leven onrechtvaardig is, maar de dood is nog veel onrechtvaardiger, het doodgaan in ieder geval wel. Sommige mensen lijden en anderen gaan in een zuchtje. Rechtvaardigheid is niet van deze wereld, maar ook niet van de andere. Destinat was zonder een kik en zonder pijn heengegaan en ook zonder eerst te waarschuwen. Hij was gegaan zoals hij had geleefd: alleen.

Pater Lurant vertelde me dat hij als een minister was begraven, in aanwezigheid van alle mensen met status en aanzien in de regio. De mannen droegen zwarte rokkostuums en de vrouwen donkere tinten; hun gezichten zaten verscholen achter grijze voiles. De bisschop was komen opdraven, en de prefect, en een onder-staatssecretaris. De hele stoet begaf zich naar het kerkhof waar Destinats opvolger een toespraak hield. Toen deed Ostrane wat er van hem verwacht werd. Zoals het hoort. Met zijn schop en zijn toewijding.

Toen ik uit het ziekenhuis kwam, ging ik meteen, nog voordat ik naar huis ging, naar het kerkhof om Clémence en hem te bezoeken. Ik liep heel langzaam, met een stijf linkerbeen waar ik nooit meer van af ben gekomen en waardoor ik op een oud-strijder lijk, al heb ik nog nooit een oorlog gevoerd.

Ik ging op het graf van Clémence zitten en vertelde haar over mijn ongeluk, de angst dat ik haar extra werk had bezorgd, mijn lange, zachte slaap en mijn ontnuchterende ontwaken. Ik maakte het marmer schoon, trok de klaver uit die langs de steen groeide en wreef met mijn handpalm het mos weg dat op het kruis groeide. Toen wierp ik haar een kushandje toe door de lucht die prettig naar tuinaarde en vochtig grasland rook.

Het graf van Destinat lag verscholen onder de grafkransen en dauwdruppels. De eerste waren al verlept en verspreidden hun verdorde bloemblaadjes op het grind eromheen. De tweede schitterden en vingen soms een zonnestraaltje op, waardoor ze zich een seconde lang als een diamantje konden voelen. Er lagen ook uitgezakte boeketten, linten, versierde gedenkplaatjes en visitekaartjes in ongeopende enveloppen. Ik bedacht dat het voor hem al zo ver was, dat hij eindelijk weer naast zijn vrouw lag. Hij had er de tijd voor genomen. Een heel leven lang. Ik dacht aan zijn rijzige gestalte, zijn stilzwijgen, het mysterie om hem heen en het mengsel van ernst en afstandelijkheid dat hij uitstraalde; en ik vroeg me af of ik bij het graf van een moordenaar of een onschuldige stond.

23

Een paar jaar later, na afloop van Barbes begrafenis, vond ik dat het tijd werd om eens naar het kasteel te gaan. De sleutel die ze me had toevertrouwd, had van mij de leenheer van een verweesd landgoed gemaakt. Vanaf het kerkhof liep ik naar het grote huis alsof ik naar iets toe ging wat al heel lang op me wachtte maar wat ik nooit had durven zien.

Toen ik de sleutel in de hoge deur omdraaide, was het me te moede alsof ik een envelop openmaakte die het dunne papier bevatte waarop de hele waarheid altijd al in verbleekte letters had gestaan. En dan bedoel ik niet alleen de waarheid over 'De Zaak', maar ook mijn eigen waarheid, de reden waarom ik een mens was, een mens die door het leven liep.

Toen de procureur nog leefde, had ik nooit een voet in het kasteel gezet. Dat was voor mij niet weggelegd. Een stofdoek te midden van de zijden zakdoeken, dat zou ik geweest zijn. Ik had me ermee tevreden gesteld er vlak langs te lopen, eromheen te draaien en uit de verte te kijken naar de eeuwige gloed van zijn hoge leistenen daken en zijn ronde, koperen torens, alsof er een grote brand woedde. En toen was Lysia Verhareine gestorven, en Destinat had me boven op het bordes met een ontdane blik staan opwachten, en samen waren we als twee veroordeelden naar het huisje gelopen en de trap naar de slaapkamer op gegaan...

Het kasteel leek niet op het huis van een dode. Het was gewoon een woning waar het leven lang geleden al uit was verdwenen. Dat de procureur er had gewoond, en Barbe, en Le Grave, veranderde daar niets aan: in de hal kon je het al voelen. Het kasteel was een gestorven plek die al jaren niet meer ademde en waarin het geluid van stappen, stemmen, gelach, rumoer, ruzie, dromen en zuchten al tijden niet meer had weerklonken.

Binnen was het niet koud. Er lag geen stof, er hingen geen spinnenwebben, niets van al die dingen die je verwacht te vinden als je de sloten van een graftombe forceert. De hal met zijn zwart-witte tegels leek het immense speelbord van een damspel waarvan de schijven waren gestolen. Ik zag vazen, kostbare pronktafeltjes en vergulde consoles, waarop in Saksisch porselein gestolde danskoppels hun menuetpassen al eeuwenlang niet meer uitvoerden. Een grote spiegel weerkaatste de bezoeker en ik ontdekte dat ik dikker, ouder en lelijker was dan ik dacht toen ik tegenover me het vervormde beeld van mijn vader zag, als een groteske herrijzenis.

In een hoek hield een grote, aardewerken hond de wacht; hij had een wijdopen bek, hoektanden van verblindend glazuur en een dikke, rode tong. Een kroonluchter van minstens drie ton hing erg hoog en bijna onzichtbaar aan het plafond en zorgde ervoor dat je je als je eronder stond nóg ongemakkelijker voelde. Aan de muur tegenover de deur hing een groot, hoog schilderij in crème-, zilver- en blauwtinten van een zeer jonge vrouw in een baljurk met op haar voorhoofd een paarlen diadeem.

Ondanks het vernis dat door de tijd donker was geworden, had ze een bleke gelaatskleur; haar mond was heel zacht roze, haar blik afschuwelijk melancholisch maar plichtmatig glimlachend. Ze stond elegant rechtop, maar van binnen voelde ze een schrijnende gelatenheid; met één hand vouwde ze een waaier van kant en paarlemoer open, terwijl de andere op de kop van een stenen leeuw rustte.

Minutenlang bleef ik staan kijken naar haar die ik nooit gezien en nooit gekend had: Clélis de Vincey... Clélis Destinat. In wezen was zij mijn gastvrouw, en ze keek zwijgend op me neer, op mij, de lompe bezoeker. Bijna keerde ik om en maakte ik me uit de voeten. Welk recht had ik om hier te zijn en de stilstaande lucht vol oude geesten in beweging te zetten?

Maar het gezicht op het schilderij leek me niet vijandig, eerder verbaasd en welwillend tegelijk. Ik geloof dat ik tegen haar begon te praten. Wat ik zei weet ik niet meer precies; dat doet er ook niet toe. Ze was een dode uit een andere tijd. Haar kleding, haar kapsel, haar voorkomen en houding maakten van haar een kostbaar, broos artefact uit een of ander museum. Haar gezicht deed me denken aan andere gezichten, maar die dansten druk, ongrijpbaar en vaag in het rond, met steeds veranderende trekken: nu eens ouder, dan weer jonger, en het lukte me niet om een van de gezichten in die sarabande tot stilstand te brengen om het goed te bekijken en te herkennen.

Het verbaasde me dat de procureur het schilderij nooit van de muur had gehaald. Zelf had ik niet kunnen leven met een groot portret van Clémence dat elke dag en elk uur in mijn blikveld hing. Haar foto's heb ik allemaal vernietigd, tot de laatste en de kleinste aan toe. Op een dag heb ik ze allemaal in het vuur gegooid, al die leugenachtige foto's met haar stralende, heldere glimlach. Ik wist dat mijn pijn nog heviger zou worden als ik ze zou houden en ernaar zou kijken, zoals je soms een wagen die al zwaarbeladen is nóg zwaarder maakt en dan het risico loopt dat hij in een greppel belandt.

Maar misschien zag Destinat het grote doek al wel niet meer, of was het voor hem meer een schilderij geworden dan een portret van de vrouw van wie hij had gehouden en die hij had verloren. Misschien had het een museale existentie bereikt, de onthechting die ervoor zorgt dat de aanblik van een gezicht onder een vernislaag je niet ontroert, omdat je ervan overtuigd bent dat het nooit geleefd heeft zoals wij, en nooit heeft geademd, geslapen, gezweet of geleden.

De half gesloten jaloezieën wierpen een aangename schaduw in alle kamers. Alles stond op zijn plaats, alles wachtte opgeruimd en smetteloos op een eigenaar die met vakantie was en elke dag in zijn eigen huis kon terugkeren. Het merkwaardigste was dat er geen enkele geur hing. Een huis zonder geuren is een huis dat echt dood is.

Tijdens deze vreemde reis voelde ik me voortdurend een onbeschaamde indringer die zonder het te merken toch een duidelijk uitgestippeld pad volgde. Het kasteel werd een slakkenhuis en ik liep traag door de spiraal heen, langzaam maar zeker op weg naar het middelpunt; ik passeerde doodgewone vertrekken als de keuken, het berghok, het washok, de linnenkamer, de zitkamer, de eetkamer, de rookkamer, om uiteindelijk in de bibliotheek te belanden, waarvan de muren helemaal bedekt waren met prachtige boeken.

Het was er niet erg groot: er stond een bureau met

daarop een schrijfmap, een lampje, een zeer eenvoudige briefopener en een zwartleren onderlegger. Aan weerszijden van het bureau stonden ruime, diepe fauteuils met opstaande armleuningen. Een van de fauteuils was als nieuw; in de ander kon je daarentegen de afdruk van een lichaam zien; het leer was gebarsten en hier en daar glimmend. Ik nam plaats in de nieuwe. Hij zat heerlijk. De fauteuils stonden tegenover elkaar. Tegenover mij stond dus de stoel waarin Destinat al die tijd had zitten lezen of aan niets had zitten denken.

Al die boeken, die als de soldaten van een papieren leger tegen de muren stonden, absorbeerden het geluid dat van buiten kwam. Er was niets te horen, noch de wind, noch het geluid van de fabriek die toch dichtbij was, noch het zingen van de vogels in het park. Op de armleuning van Destinats fauteuil lag een opengeslagen boek op zijn kop. Een erg oud boek met versleten bladzijden vol ezelsoren, die ongetwijfeld een heel leven lang steeds opnieuw waren omgeslagen. Het was een exemplaar van de *Pensées* van Pascal. Dat boek ligt hier nu naast mij. Ik heb het meegenomen. Het ligt open op dezelfde bladzijde als waarop het lag toen ik het lang geleden bij mijn bezoek aan het kasteel heb gevonden. En op die bladzijde vol slap geneuzel en verward geklets staan twee zinnen die het licht als gouden pendanten op bloederig ettervocht laten weerkaatsen, twee zinnen die door Destinats hand met potlood zijn onderstreept, twee zinnen die ik uit mijn hoofd ken:

'Het laatste bedrijf is bloedig, hoe mooi de komedie verder ook geweest moge zijn. Uiteindelijk werpt men aarde op het hoofd, en dat is het dan, voor eeuwig.'

Er zijn woorden die je de rillingen over de rug laten lopen en je versteld doen staan. Deze bijvoorbeeld. Over het leven van Pascal weet ik niets en ik geef er ook geen barst om, maar wat ik zeker weet is dat hij niet erg heeft genoten van wat hij die komedie noemt. Net als ik. En net als Destinat, vermoed ik. Die man was beslist ook een azijndrinker, en had de gezichten waar hij van hield vast ook te vroeg verloren. Anders had hij dat nooit zo kunnen opschrijven: als je tussen de bloemen leeft denk je niet aan modder.

Met het boek in de hand ging ik van kamer naar kamer. Er waren er nogal wat. Eigenlijk leken ze allemaal op elkaar. Het waren kale kamers. Daar bedoel ik mee dat ze altijd al kaal waren geweest, dat je kon voelen dat ze verwaarloosd waren, zonder herinneringen, zonder verleden, zonder echo. Ze waren zo triest als voorwerpen die nooit gebruikt zijn. Ze misten iets van drukte, een paar schrammen, mensenadem op de ramen, het gewicht van zware, vermoeide lichamen in de hemelbedden, kinderspelen op het tapijt, getrap tegen de deuren, verdwaalde tranen op de parketvloeren.

Helemaal aan het einde van een gang lag de slaapkamer van Destinat, op een afstandje van de andere, teruggetrokken. De deur ervan was hoger en strenger dan de andere en had een donkere, granaatachtige kleur. Zijn kamer had alleen daar kunnen zijn, aan het einde van die gang die iets van een oversteek had, van een ceremoniële passage die je met ernstige, voorzichtige pas moest doorlopen. Aan beide muren hingen gravures: hoofden uit de oudheid, kliekjes uit vergane eeuwen en bepruikte heren met geplooide halskragen, dunne snorretjes en Latijnse inscripties die dienstdeden als halskettingen. Echte kerkhofportretten. Ik had de indruk dat ze allemaal toekeken hoe ik naar de grote deur liep. Om mezelf moed in te praten schold ik ze de huid vol.

De slaapkamer van Destinat leek in niets op de andere kamers die ik had gezien. Het bed was klein en smal, voor één persoon en van een monachale eenvoud: ijzeren randen, een matras, geen enkele franje, geen hemel die van het plafond hing. Niets. De muren waren bespannen met eenvoudige grijze stof zonder decoraties, zonder enige vorm van verfraaiing. Vlak bij het bed, een tafeltje met daarop een crucifix; bij de voet van het bed toiletbenodigdheden, een kom en een lampetkan. Aan de andere kant een rechte stoel. Tegenover het bed een bureautje met niets erop. Geen boek, geen papier, geen pen.

Destinats kamer leek op de man zelf. Hij was kil en onaangedaan, zorgde ervoor dat je je ongemakkelijk voelde en dwong tegelijkertijd een soort geforceerd respect af. Uit de slaap van zijn gebruiker had de kamer een onpeilbare distantie geput, waardoor hij nauwelijks iets menselijks had en tot in de eeuwigheid gedoemd leek verstoken te blijven van gelach, blijdschap en geluk. De hele indeling benadrukte een gestorven hart.

Ik had het boek van Pascal in mijn hand. Ik liep naar het raam: van daar had je een mooi uitzicht over de Guerlante, het kleine kanaal, het bankje waar Destinat door de dood was opgehaald en het huisje waar Lysia Verhareine had gewoond.

Ik stond heel dicht bij wat het leven van Destinat was geweest. Niet zijn leven als procureur, maar zijn innerlijke leven, het enige echte, dat men gewoonlijk verborgen houdt achter pommade, beleefdheid, werk en conversatie. Zijn hele universum werd samengevat door de leegte, de koude muren, de schaarse meubelen. Vóór mij zag ik het meest intieme van de man. Ik zat bij wijze van spreken in zijn hoofd. Het scheelde weinig of ik had het normaal gevonden als hij plotseling te voorschijn was gekomen om me te vertellen dat hij op me had gewacht, en dat ik veel te laat was. De kamer lag zo ver van het leven af dat het me nauwelijks verbaasd zou hebben er iemand uit de dood naar te zien terugkeren. Maar de doden hebben hun eigen bezigheden en die hebben nooit een raakvlak met de onze.

In de lades van het schrijftafeltje lagen zorgvuldig opgeborgen scheurkalenders waar alle blaadjes vanaf waren gescheurd, en waarvan dus niets anders resteerde dan de stronkjes met het jaartal. Er waren er tientallen, en hun schamelheid was het bewijs van duizenden vervlogen, vernietigde dagen, die net als het lichte papier dat hen had gesymboliseerd in de prullenbak waren gegooid. Destinat had ze bewaard. Alle weesgegroetjes helpen.

De grootste lade zat op slot. En ik wist dat het nutteloos zou zijn om het sleuteltje te zoeken, dat ongetwijfeld zwart en raar gevormd zou zijn, want ik was er zeker van dat het in een graf lag, aan een ketting, naast een horloge in het vestzakje van een gilet dat misschien al vergaan was.

Met mijn mes brak ik de lade open. Het hout viel uiteen in een berg spaanders.

Er zat maar één ding in, en ik herkende het meteen. Mijn adem stokte. Alles werd onwerkelijk. Het was een klein, rechthoekig, delicaat opschrijfboekje met een mooie, rode, marokijnen kaft. De laatste keer dat ik het had gezien, lag het in de handen van Lysia Verhareine. Dat was jaren geleden. Op die dag dat ik naar de top van de heuvel was gegaan en haar had verrast toen ze de grote dodenakker overzag. Plotseling meende ik dat ze lachend de kamer binnen kwam lopen en verrast door mijn aanwezigheid bleef stilstaan.

Snel pakte ik het boekje op, bang dat ik me eraan zou branden, en vluchtte weg als een dief.

Ik weet niet zeker wat Clémence van dit alles gedacht zou hebben, of ze het goed of slecht had gevonden. Ik schaamde me. Het opschrijfboekje in mijn zak was lood-zwaar.

Ik rende en rende en sloot me op in huis. Ik moest iets drinken, in één teug een halve fles sterke drank om weer op adem te komen en mijn kalmte te hervinden.

En met het notitieboekje op schoot wachtte ik tot het avond werd, ik durfde het niet te openen, bleef er uren naar kijken alsof het iets levends was, iets levends en ver-boden. Toen het avond werd, was ik koortsig. Mijn be-nen had ik zo lang onbeweeglijk tegen elkaar aan gedrukt dat ik ze niet meer voelde. Ik voelde alleen het boekje dat me aan een hart deed denken, een hart dat opnieuw zou gaan slaan als ik de kaft beroerde en het opensloeg, dat wist ik zeker. Een hart waarin ik als een nieuw soort in-breker zou binnendringen.

24

13 december 1914

Mijn liefste,

Eindelijk ben ik vlak bij je. Vandaag ben ik aangekomen in P., een klein stadje op slechts een paar kilometer afstand van jouw deel van het front. Ik ben hier uiterst charmant ontvangen. De burgemeester deed zo druk alsof ik de Messias was. De school is vervallen. Ik ga een onderwijzer vervangen die ernstig ziek is, hebben ze me verteld. Omdat zijn huis er ontzettend slecht aan toe is, moet ik nog een plek vinden om te wonen. Voorlopig slaap ik in een hotel. De burgemeester heeft me ernaartoe gebracht. Hij is een dikke boer die doet alsof hij jong is. Je zou hem vast grappig vinden. Ik mis je zo. Maar ik put troost uit de gedachte dat je zo dicht bij me bent, dat we dezelfde lucht inademen en dezelfde wolken en lucht zien. Pas goed op jezelf, let goed op. Ik hou van je en kus je teder,

Je Lyse

16 december 1914

Mijn liefste,
Ik ben op een prachtige plaats ondergebracht, in een pop-
penhuisje in een groot park dat bij een mooi landhuis
hoort. Hier noemen ze dat 'het kasteel'. Dat is een beetje
overdreven, het is niet echt een kasteel, maar wel een al-
leraardigste plek. Het was een idee van de burgemeester.
Samen hebben we de eigenaar van het kasteel bezocht:
een oude heer, een weduwnaar, procureur in V. De bur-
gemeester heeft hem de kwestie uitgelegd terwijl ik bui-
ten stond te wachten. Toen werd ik binnengeroepen. De
procureur zei geen woord tegen me. Ik glimlachte en
groette. Hij hield mijn hand heel lang vast, alsof hij ver-
baasd was om me te zien. Zijn hele wezen straalt onein-
dig veel verdriet uit. Na een hele tijd zei hij tegen de
burgemeester dat het goed was, toen groette hij me en
liet ons alleen.
Het huisje is al heel lang onbewoond. Ik moet er wel wat
aan opknappen. Wat zou ik het leuk vinden als je het een
keer kon zien. Ik mis je zo. Je kunt me op mijn eigen
naam schrijven, op dit adres: Het kasteel, Rue des
Champs-Fleury, P. Ik hoop snel iets van je te horen. Je
laatste brief is alweer drie weken oud. Ik hoop dat je niet
te veel lijdt, ondanks de kou. Hier kun je de kanonnen
dag en nacht horen. Dan krimpt mijn hele wezen ineen.
Ik ben bang. Ik hou van je en kus je teder,
Je Lyse

23 december 1914

Mijn liefste,
Ik ben zo ongerust: nog steeds geen nieuws van je, en die
kanonnen houden maar niet op. En ze hadden toch ge-

zegd dat de oorlog niet lang zou duren. *Als je eens wist hoezeer ik ernaar verlang me dicht in je armen te drukken, en je glimlach en je ogen te zien. Ik wil je vrouw zijn. Ik wil dat er snel een eind aan deze oorlog komt zodat ik je echtgenote kan worden en prachtige kinderen voor je kan baren, die je aan je snor trekken! O, waren onze ouders afgelopen jaar maar niet zo dom geweest, dan waren we nu al samen voor de rest van ons leven...*
Mocht je ze nog schrijven, vertel dan maar niet waar ik ben. Ik ben vertrokken zonder dat ze het weten. Ze bestaan niet meer voor mij.
Hier stort ik me volledig op mijn nieuwe werk. De kinderen zijn volgzaam. Ik mag ze graag en ik geloof dat ze mij ook mogen. Veel van hen geven me kleine cadeautjes, een ei, een paar noten, een stukje spek. Ik voel me goed bij hen en ze laten me mijn eenzaamheid even vergeten.
Tristesse (de bijnaam die ik mijn gastheer, de procureur, heb gegeven) wacht me elke dag op als ik thuiskom. Hij wandelt door zijn park en groet me. Ik groet terug en glimlach naar hem. Hij is een oude, kille, eenzame man. Zijn vrouw is gestorven toen ze nog erg jong waren.
Bijna Kerstmis... weet je nog hoe gelukkig we afgelopen kerst waren? Schrijf me gauw, liefste, schrijf me...
Ik hou van je en kus je teder,
Je Lyse

7 januari 1915
Mijn liefste,
Eindelijk een brief van je! Hij kwam vandaag pas, terwijl je hem al op 26 december hebt geschreven. En dan te bedenken dat we zo dicht bij elkaar in de buurt zijn.

Tristesse heeft me hem persoonlijk overhandigd. Hij zal wel vermoed hebben wat voor een brief het was, maar hij vroeg niets. Hij klopte op de deur, groette, gaf me de envelop en ging weer weg.

Ik las je woorden en ik huilde van geluk. Ik druk je brief tegen mijn hart, ja tegen mijn hart, op mijn huid, en dan voelt het alsof jij daar ligt, met je warmte en je geur, ik sluit mijn ogen...

Ik ben zo ongerust over je. Er is hier een ziekenhuis waar heel veel gewonden komen. Vrachtwagens vol, elke dag. Ik ben zo bang dat ik je ertussen zal zien liggen. Die arme jongens zijn er bijna onmenselijk aan toe; sommigen hebben geen gezicht meer, anderen kreunen alsof ze hun verstand hebben verloren.

Pas goed op jezelf, liefste, denk aan mij, ik hou van je en wil je vrouw worden. Ik kus je teder,
Je Lyse

23 januari 1915

Mijn liefste,

Ik mis je. Hoeveel maanden heb ik je al niet gezien, gesproken, aangeraakt... waarom krijg je toch maar geen verlof? Ik ben ontzettend verdrietig. Ik probeer me groot te houden voor de kinderen, maar soms voel ik tranen in me opkomen en dan draai ik me gauw naar het schoolbord zodat ze niets doorhebben, en schrijf ik iets op.

Toch mag ik niet klagen. Iedereen is hier erg aardig voor me en in het huisje voel ik me thuis. Tristesse blijft altijd op respectvolle afstand, maar zorgt er wel voor dat hij me minstens een keer per dag tegen het lijf loopt zodat hij me kan groeten. Gisteren dacht ik dat ik hem zag blozen, maar dat kan ook aan de kou gelegen hebben.

Hij heeft een oude dienstmeid, Barbe, die hier samen met haar man woont. Ik kan het goed met haar vinden. Soms eet ik met ze mee.

Ik heb er een gewoonte van gemaakt om elke zondag naar de top van de heuvel te gaan. Er ligt daar een weiland van waar je de hele horizon kunt overzien. Daar beneden ben jij, mijn liefste. Daar zie ik rook en verschrikkelijke explosies. Ik blijf er zo lang als ik kan, totdat ik mijn handen en voeten van de bijtende kou niet meer kan voelen, maar ik wil jouw lijden een beetje met je delen. Mijn arme schat... hoe lang zal het nog duren? Ik kus je teder. Ik wacht op je brieven.

Je Lyse, die van je houdt

25

In het rode, marokijnen boekje zaten veel van deze blaadjes, volgeschreven in een fijn, schuin handschrift dat op de delicate versiering van een fries leek. Heel veel blaadjes, de afschriften van heel veel brieven die Lysia Verhareine had geschreven aan degene van wie ze hield en die ze was nagereisd.

Zijn naam was Bastien Francoeur, vierentwintig jaar, korporaal bij het zevenentwintigste infanterieregiment. Ze schreef hem elke dag. Ze sprak met hem over de lange uren, het gelach van de kinderen, het blozen van Destinat, de cadeautjes van Martial Maire de onnozelaar voor wie zij een ware godheid was geworden, de lente die primula's en krokussen in het park deed verschijnen. Over al die dingen vertelde ze in dat fijne, lichte handschrift, in zinnen die al even licht waren en waarin je, als je haar een beetje kende, haar glimlach kon vermoeden. Ze sprak vooral over haar liefde en de eenzaamheid, over het hevige verdriet dat ze zo goed voor ons verborgen hield en waar wij nooit een vermoeden van hebben gehad, hoewel we haar dagelijks zagen.

Er zaten geen brieven van haar geliefde in het boekje. Daar kreeg ze er ook niet veel van: negen in acht maanden. Natuurlijk heeft ze die geteld. Ze bewaarde ze en las ze steeds weer over. Waar ze ze bewaarde? Misschien op haar hart, tegen zich aan, op de blote huid, zoals ze schrijft.

Waarom zo weinig brieven? Geen tijd? Geen plaats? Of geen zin? Iedereen weet wat anderen voor hem betekenen, maar je kunt nooit weten wat jij voor een ander betekent. Hield Bastien evenveel van haar als zij van hem? Ik zou het graag geloven, maar diep van binnen ben ik er niet zo zeker van.

Dat neemt niet weg dat het onderwijzeresje lééfde voor die briefwisseling, dat haar passie in de woorden stroomde en dat het licht in haar huis 's avonds vast lang bleef branden wanneer ze, na de schriften van haar leerlingen te hebben nagekeken, de pen oppakte om een brief aan hem te schrijven en die daarna over te schrijven in het rood marokijnen opschrijfboekje. Want ze had ze stuk voor stuk overgeschreven, alsof ze ook de behoefte had gevoeld om een groot relaas over gemis te schrijven, een dagboek van de verweesde dagen die zij ver weg van degene voor wie ze hier in ballingschap was gegaan, moest doorbrengen, ongeveer zoals Destinat de bladzijden uit zijn scheurkalenders scheurde.

De naam Tristesse kwam vaak terug. Ik denk dat ze genegenheid was gaan voelen voor die kille, eenzame man die haar onderdak verschafte. Ze praatte met tedere ironie over hem, bemerkte zonder erin te trappen zijn pogingen om haar leven te veraangenamen, maakte zich zonder gemeen te zijn vrolijk over zijn gezicht dat af en toe rood aanliep, zijn gestotter, zijn wonderbaarlijke uitdossing, zijn wandelingetjes om haar huis, zijn blikken op haar slaapkamerraam. Tristesse vermaakte haar, en ik geloof dat ik gerust kan zeggen dat Lysia Verhareine het enige menselijke wezen was dat de procureur gedurende zijn leven heeft weten te vermaken.

Het diner waarover Barbe me had verteld, werd door het meisje ter sprake gebracht in een lange brief, gedateerd 15 april 1915:

Mijn liefste,
Gisteravond was ik bij Tristesse te eten gevraagd. Voor het eerst. Helemaal zoals het hoort: drie dagen geleden vond ik een uitnodiging onder mijn deur: 'Mijnheer de procureur Pierre-Ange Destinat heeft het genoegen Mademoiselle Lysia Verhareine uit te nodigen voor een diner te zijnen huize, op 14 april om 20 uur.' Ik had op een diner met een groot gezelschap gerekend, maar we waren met z'n tweeën, hij en ik, onder vier ogen in een immense eetzaal waar wel zestig man in pasten! Een echt maal voor geliefden! Nee hoor, ik zit je te plagen! Ik heb je toch verteld dat Tristesse bijna bejaard is? Maar gisteren leek hij wel een minister of een kanselier, hij zat kaarsrecht overeind, in een rokkostuum waarmee je zo naar de opera zou kunnen! De tafel was verblindend, het servies, het tafellaken, het zilver, ik dacht dat ik beland was... ik weet niet waar, in Versailles of zo!
Niet Barbe diende op, maar een erg jong meisje. Hoe oud zou ze zijn? Een jaar of acht, negen. Ze nam haar rol erg serieus en leek eraan gewend te zijn. Af en toe kwam het puntje van haar tong tussen haar lippen te voorschijn zoals bij alle kinderen die erg hun best doen. Zo nu en dan toe kruiste mijn blik de hare en dan glimlachte ze naar me. Het was allemaal erg vreemd, het tête-à-tête, de maaltijd, het meisje. Gisteren hoorde ik van Barbe dat het kind de dochter is van een restauranthouder uit V. en dat ze Belle heet, wat verrukkelijk bij

haar past. Haar vader had het eten klaargemaakt en het was allemaal heerlijk, al hebben we de schalen nauwelijks aangeraakt. Ik denk niet dat ik ooit aan zo'n overvloedig maal heb aangezeten, maar ik schaam me opeens een beetje dat ik je hierover vertel, want jij krijgt vast erg slecht te eten en misschien zelfs niet genoeg! Vergeef me, mijn liefste, het was dom van me... Ik probeer je af te leiden, maar ik strooi alleen maar zout in je wonden... Ik mis je zo. Waarom schrijf je me niet vaker? Je laatste brief is al zes weken oud... En nog steeds geen verlof... Toch ben ik er zeker van dat je niets is overkomen, dat voel ik, dat voel ik. Schrijf me toch, mijn liefste. Jouw woorden helpen me te overleven, zoals het me ook helpt om hier dichtbij je te zijn, al kan ik je niet zien, al kan ik je niet in mijn armen sluiten. Tristesse was niet bepaald spraakzaam tijdens het diner. Hij was zo verlegen als een puber, en soms, als ik hem iets te lang aankeek, bloosde hij. Toen ik hem vroeg of zijn eenzaamheid hem niet te zwaar viel, leek hij lang na te denken en vervolgens zei hij met een ernstige, zachte stem: 'Eenzaamheid is het lot van de mens, wat er ook gebeurt.' Ik vond het erg mooi en erg onwaar: jij bent nu niet bij me, maar toch is het alsof ik je elke seconde voel, en vaak praat ik hardop tegen je. Kort voor middernacht begeleidde hij me naar mijn voordeur en gaf me een handkus. Zo romantisch en ook zo stoffig!

O, mijn liefste, hoe lang zal deze oorlog nog duren? Soms droom ik 's nachts dat je bij me bent, ik voel je, raak je aan in mijn slaap. En dan doe ik 's ochtends mijn ogen niet meteen open, zodat ik nog even kan dromen en doen alsof dat het echte leven is, en wat ik overdag meemaak gewoon een nachtmerrie is.

Ik ben ziek van verlangen om in je armen te liggen.

Ik kus je met al mijn liefde,
Je Lyse

Mettertijd sloop er een vleugje bitterheid, terneergesla-
genheid en zelfs haat in de brieven van de jonge onderwijzeres. Het hart van die vrouw, die altijd een stralende
glimlach en een vriendelijk woord voor iedereen had gehad, raakte gevuld met gal en pijn. In haar brieven vertelde ze steeds vaker hoezeer ze walgde van de mannen in
de stad, die schoongeboend, fris en keurig naar de fabriek gingen. Zelfs de gewonden uit het ziekenhuis die
zich door de straten sleepten moesten het ontgelden: die
noemde ze de *Mazzelaars*. Maar degene die de kroon
spande en de volle laag kreeg, dat was ik. Het gaf me een
schok om de brief te lezen die over mij ging. Ze had hem
geschreven op de avond van de dag dat ik haar op de top
van de heuvel naar de verre vlakte had zien staren alsof ze
er de zin van het leven zocht.

4 juni 1915

Mijn liefste,
Je brieven zijn zo broos als vloeipapier geworden, zo
vaak vouw ik ze uit en weer op, ik lees ze en herlees ze en
zit erboven te huilen... Ik heb pijn, wist je dat? De tijd is
als een monster dat geschapen is om geliefden van elkaar
te scheiden en ze verschrikkelijk te laten lijden. Wat een
geluksvogels, die vrouwen die ik elke dag zie, die maar
een paar uur van hun echtgenoot gescheiden hoeven te
zijn, en die schoolkinderen die hun vaders altijd in de
buurt hebben.
Zoals elke zondag heb ik vandaag de heuvel weer be-
klommen om dicht bij je te zijn. Ik liep over het pad en ik

zag alleen je ogen, rook alleen je geur – die herinner ik me nog steeds. Boven voerde een stevige wind het geluid van de kanonnen mee. Ze bulderden maar en bulderden maar... Ik moest huilen omdat ik wist dat jij daar ergens zat, in die zondvloed van ijzer en vuur waarvan ik de dreigende dampen en flitsen zag. Mijn liefste, waar was je? Waar ben je? Zoals altijd ben ik lang blijven zitten; ik kon mijn blik niet losmaken van dat enorme veld van pijn waar jij al maanden woont.

Plotseling voelde ik dat er iemand achter mij stond. Een man die ik van gezicht ken, een politieagent van wie ik me altijd heb afgevraagd wat hij hier eigenlijk doet in dit stadje; hij is ouder dan jij, maar nog jong. Hij staat aan de goede kant, die van de lafaards. Hij keek me schaapachtig aan, alsof hij op een verboden tafereeltje was gestuit. In zijn hand droeg hij een geweer, niet zo een als dat van jou, waarmee je iemand kunt doden of gedood kunt worden, en ook geen jachtgeweer geloof ik, maar een belachelijk theater- of speelgoedgeweer. Hij leek op een nar in een toneelstuk. Op dat moment haatte ik hem meer dan wie ook. Hij mompelde een paar woorden die ik niet kon verstaan. Ik keerde hem de rug toe.

Ik zou het leven van duizend mannen zoals hij geven in ruil voor een paar seconden in jouw armen. Ik zou er hun afgehakte hoofden voor overhebben, ik zou die hoogstpersoonlijk afhakken om jouw kussen op mijn lippen te kunnen voelen en jouw handen en blikken weer te vinden. Het kan me niet schelen of ik slecht ben. Oordelen, moraal en de mensen interesseren me niet. Ik zou moorden kunnen begaan om jou tot leven te wekken. Ik haat de dood, omdat die niet kieskeurig is.

Schrijf me, mijn liefste, schrijf me.

Elke dag zonder jou is een verschrikkelijke lijdensweg...

Je Lyse

Ik nam het haar niet kwalijk. Ze had absoluut gelijk. Ik was inderdaad zo stom geweest als ze zei, en dat ben ik ongetwijfeld nog steeds. Bovendien zou ik evengoed een moord gepleegd hebben als ik Clémences leven daarmee had kunnen redden. En ik vond ook dat de levenden afschuwelijk waren. Ik durf te wedden dat de procureur er net zo over dacht. Ik wed dat het leven hem voorkwam als een klodder spuug in zijn gezicht.

Ik las het schriftje door alsof ik een tocht maakte die me geleidelijk van een bloemenweide naar een barbaarse steppe vol pus, maagzuur, bloed, zwarte gal en poelen van vuur voerde. Met het verstrijken van de tijd onderging Lysia Verhareine een verandering, al hadden wij daar niets van gemerkt. De mooie, jonge, verfijnde, zachte vrouw werd van binnen een wezen dat brulde in de stilte en haar ingewanden verscheurde. Een wezen dat viel. Dat maar bleef vallen.

In sommige brieven richtte ze haar pijlen op haar verloofde, ze verweet hem dat hij zo weinig van zich liet horen en dat zijn brieven zo zeldzaam waren, en twijfelde aan zijn liefde. Maar de dag daarop reeg ze bloemslingers van excuses voor hem en wierp zich aan zijn voeten. Waar hij trouwens niet vaker door ging schrijven.

Ik zal nooit weten waar Bastien Francoeur heeft gestaan: aan de kant van de schoften of aan de goede kant. Ik zal nooit weten of zijn ogen schitterden als hij een brief van Lysia ontving, openmaakte en las. Ik zal nooit weten of hij ze als een harnas van liefde en papier op zijn lichaam bewaarde als er in de loopgraaf een stormloop werd bevolen en zijn hele leven als een bittere draaimolen voor zijn ogen flitste. Ik zal nooit weten of hij ze soms verveeld of lachend las en er dan een prop van maakte die hij in een modderpoel gooide.

De laatste brief, de laatste bladzijde van het boekje was gedateerd 3 augustus 1915. Het was een kort briefje, waarin ze zoals altijd in eenvoudige woorden haar liefde verklaarde, waarin ze ook sprak over de zomer, de eindeloze, mooie dagen die zo ledig zijn voor iemand die alleen is en wacht. Ik parafraseer. Ik kort hem in, maar niet zoveel. Ik zou hem kunnen overschrijven, maar dat wil ik niet. Het is al erg genoeg dat Destinat en ik onze ogen door het boekje hebben laten gaan alsof we een naakt lichaam bekeken. De rest van de wereld hoeft het niet ook nog eens te zien, vooral die laatste brief niet, die bijna heilig is, haar afscheidsgroet aan de wereld, haar laatste woorden, al kon de jonge onderwijzeres toen ze die opschreef nog niet weten dat het haar laatste zouden zijn.

En na die brief is er niets meer. Alleen maar wit, bladzijden en bladzijden wit. Het wit van de dood.

De geschreven dood.

26

Als ik zeg dat er verder niets is, dan lieg ik. Lieg ik dubbel.

Om te beginnen is er een brief, maar niet een van Lysia. Een blaadje dat na haar laatste woorden in het boekje is gestoken. Geschreven door een zekere kapitein Brandieu. Hij is gedateerd 27 juli 1915, maar moet op 4 augustus op het kasteel zijn aangekomen. Dat is zeker.

Dit schrijft de kapitein:

Mejuffrouw,
Ik schrijf u om u een bijzonder triest feit mee te delen: tien dagen geleden is tijdens een aanval op de vijandelijke linies korporaal Bastien Francoeur door een mitrailleursalvo in het hoofd geraakt. Met behulp van zijn manschappen is hij naar onze loopgraaf teruggebracht, waar een verpleger slechts kon vaststellen dat zijn verwondingen uitermate ernstig waren. Helaas is korporaal Francoeur enige minuten later overleden, zonder weer bij bewustzijn te zijn gekomen.
Ik kan u verzekeren dat hij als een waar soldaat gesneuveld is.
Hij stond al enige maanden onder mijn commando en

heeft zich altijd dapper gedragen; voor de gevaarlijkste missies gaf hij zich steeds als vrijwilliger op. Hij was geliefd bij zijn mannen en werd gewaardeerd door zijn superieuren.

De aard van uw relatie met korporaal Francoeur is mij onbekend, maar aangezien er sinds zijn overlijden diverse brieven van u zijn gearriveerd, leek het mij juist om u – naast zijn familie – in te lichten over zijn tragische einde.

Weest u ervan overtuigd dat ik uw smart begrijp, en wilt u mijn oprechte deelneming aanvaarden,
Kapitein Charles-Louis Brandieu

Soms komt de dood in vreemde vorm; niet altijd als een mes, kogel of granaat. Een kort briefje kan genoeg zijn, een eenvoudige brief vol goede bedoelingen en medeleven kan net zo dodelijk zijn als een wapen.

Lysia Verhareine kreeg de brief. Las hem. Ik weet niet of ze schreeuwde, huilde, brulde of zweeg. Ik weet het niet. Alles wat ik weet is dat de procureur en ik een paar uur later in haar slaapkamer stonden en dat ze toen dood was, en dat we elkaar niet-begrijpend aankeken, nou ja, ík keek niet-begrijpend: hij wist alles al of zou het binnenkort weten, want hij had het rood marokijnen opschrijfboekje meegenomen.

Waarom nam hij het eigenlijk mee? Om het tafelgesprek voort te zetten, om haar glimlach en haar woorden om zich heen te houden? Ongetwijfeld.

De soldaat, de aanbidder, degene voor wie ze alles had verlaten was dood, degene voor wie ze elke zondag de heuvel beklom, voor wie ze elke dag de pen ter hand nam, degene die haar hart sneller deed kloppen. Wat had hij gezien toen de dood tegen zijn schedel beukte? Lyse? Een ander? Niets? Joost mag het weten.

Ik heb me vaak voorgesteld hoe Destinat het boekje keer op keer herlas, hoe hij binnendrong in die papieren liefde die hem ongetwijfeld pijn deed, hoe hij zag dat hij Tristesse genoemd werd, bespot werd, maar wel zachtjes, met vriendelijke, tedere spot – niet recht voor zijn raap zoals ik!

Ja, hoe hij het keer op keer herlas, onophoudelijk, zoals je een zandloper steeds opnieuw omdraait en je tijd doorbrengt met te kijken hoe het zand stroomt en verder niets.

Ik zei net dat ik dubbel loog: er zat nog meer dan die brief in het opschrijfboekje. Er zaten ook drie foto's in. Drie foto's die naast elkaar op de laatste pagina waren geplakt. En dat kleine, onbeweeglijke filmfragment was een compositie van Destinat.

Op de eerste zag je de vrouw die model had gestaan voor de schilder van het grote portret in de hal van het kasteel: op de foto was Clélis de Vincey misschien zeventien jaar oud. Ze stond in een weiland vol leverkruid, van het soort dat koninginnenkruid heet. Het meisje lachte. Ze droeg buitenkleding, en die simpele kleren maakten haar eleganter dan ze al was. Een hoed met brede rand wierp een zwarte schaduw over de helft van haar gezicht, maar haar ogen die in het licht waren, haar glimlach en het zonlicht op de hand waarmee ze de rand van haar hoed vasthield die steeds door de wind werd opgetild, maakten haar gezicht verblindend mooi. Een ware weidekoningin.

Dat de tweede foto was afgeknipt, kon je zien aan de gladde randen links en rechts en de vreemde, langwerpige afmeting; er stond een blij meisje op dat recht voor zich uit keek. Destinats schaar had Belle de jour geïsoleerd uit de foto die Bourrache hem had gegeven. 'Een echte Heilige Maagd,' had haar vader gezegd. En hij had gelijk. Het gezicht van het meisje had iets religieus, een schoonheid die niets kunstmatigs had, eerlijke schoonheid, pracht en eenvoud.

Op de derde foto stond Lysia Verhareine met haar rug tegen een boom, haar handen plat tegen de schors en haar kin een beetje omhoog, en leek zij met halfopen mond te wachten op een kus van iemand die naar haar keek en de foto had gemaakt. Ze zag eruit zoals ik haar kende. Alleen haar uitdrukking was anders. Deze glimlach hadden wij nooit van haar gekregen, nooit. Het was een glimlach vol verlangen en innige verliefdheid, daar was geen twijfel over mogelijk. Het was erg verwarrend om haar zo te zien, echt waar, want opeens droeg ze geen masker meer en kon je je voorstellen hoe ze werkelijk was, en waartoe ze in staat was voor degene van wie ze hield, of tegen zichzelf.

Het meest bizarre van alles was toch wel dat het leek alsof het drie portretten van hetzelfde gezicht waren, maar dan vastgelegd op verschillende leeftijden en in verschillende tijdperken, en die gelijkenis kwam niet van alle drank die ik ophad.

Belle de jour, Clélis en Lysia leken drie incarnaties van eenzelfde ziel te zijn, een ziel die aan de lichamen waarin hij gewoond had dezelfde glimlach, ongeëvenaarde zachtheid en passie had geschonken. Dezelfde schoonheid die keer op keer terugkwam, geboren en vernietigd werd, verscheen en verdween. Je werd er duizelig van als je ze zo naast elkaar zag. Je blik schoot van de een naar de ander, maar je zag steeds dezelfde. Het had iets puurs en duivels tegelijk, een mengsel van sereniteit en afgrijzen. Bij zo veel bestendigheid kon je zelfs denken dat schoonheid altijd blijft bestaan, wat er ook gebeurt, in weerwil van de tijd, en dat alles wat geweest is, weer terugkomt.

Ik dacht aan Clémence. Opeens kwam het me voor dat ik om de cirkel rond te maken een vierde foto zou kunnen toevoegen. Ik was gek aan het worden. Ik sloeg het notitieboekje dicht. Ik had te veel hoofdpijn. Te veel gedachten. De storm was te hevig. En dat alles vanwege drie footootjes die naast elkaar waren geplakt door een oude, eenzame man die zich verveelde.

Ik stond op het punt om alles te verbranden.

Ik heb het niet gedaan. Beroepsdeformatie. Bewijsmateriaal vernietig je niet. Maar bewijs waarvan? Dat mensen niet weten hoe ze naar de levenden moesten kijken? Dat niemand van ons ooit had gezegd: 'Goh, die jongste dochter van Bourrache lijkt als twee druppels water op Lysia Verhareine!' Dat Barbe nooit had gezegd: 'Dat onderwijzeresje is echt het evenbeeld van Mevrouw zaliger!'

Maar misschien kon alleen de dood dat openbaren! Misschien waren de procureur en ik de enige die het zagen! Misschien leken we op elkaar, waren we allebei even gek!

Als ik aan Destinats lange, slanke, verzorgde handen denk, pezig en vol levervlekken, als ik me probeer voor te stellen hoe die zich op een winterse namiddag om het broze, dunne nekje van Belle de jour sloten, hoe de glimlach van het kindergezichtje verdween en in haar ogen een grote vraag oprees, als ik me dat tafereel voor de geest probeer te halen dat wel heeft plaatsgevonden, niet heeft plaatsgevonden, dan vertel ik mezelf dat Destinat geen kind aan het wurgen was maar een herinnering, een pijn, dat zij in zijn handen, onder zijn vingers plotseling de geest werd van Clélis en van Lysia Verhareine, en dat hij hun de nek probeerde om te draaien om voor altijd van ze verlost te zijn, om ze niet meer te hoeven zien of horen, om in zijn nachten niet meer naar ze toe te hoeven gaan zonder ze ooit te bereiken, om niet meer tevergeefs van ze te houden.

Het is zo moeilijk om de doden te doden. Te laten verdwijnen. Hoe vaak heb ik het al niet geprobeerd? Alles zou zoveel eenvoudiger zijn als het anders was.

In het gezicht van dat kind zouden andere gezichten zijn opgedoken, in het gezicht van dat kind dat hij toevallig was tegengekomen, aan het einde van een dag vol vorst en sneeuw, toen de nacht eraan kwam en al zijn droeve schimmen met zich meebracht. Liefde en misdaad zouden plotseling door elkaar zijn gaan lopen, alsof je alleen maar kon vermoorden waar je van hield. Verder niets.

Lang heb ik geleefd met de gedachte dat Destinat alleen vanwege een droombeeld, bij vergissing, uit hoop, uit herinnering, uit angst een moord had begaan. Dat had iets moois, vond ik. Het maakte de moord niet minder erg maar gaf hem wel glans, maakte hem minder weerzinwekkend. Dader en slachtoffer werden beiden martelaars: dat gebeurt niet vaak. En toen op een dag kreeg ik een brief. Wanneer brieven verzonden worden, weet iedereen. Waarom ze nooit aankomen of er heel lang over doen is een raadsel. Misschien schreef die kleine korporaal ook elke dag aan Lysia Verhareine. Misschien zwerven zijn brieven ergens rond, nemen ze dwarswegen, doodlopende steegjes en doolhoven, terwijl ze allebei al lang dood zijn.

De brief waar ik het nu over heb was in Rennes gepost op 23 maart 1919. Hij heeft er zes jaar over gedaan. Zes jaar om van de ene kant van Frankrijk aan de andere te komen.

De brief was afkomstig van een van mijn collega's. Hij kende me niet en ik kende hem niet. Hij had die brief vast aan allerlei collega's gestuurd die net als ik in kleine stadjes dicht bij wat in de oorlog het front was geweest zaten te dommelen.

Wat Alfred Vignot – zo heette hij – wilde, was het spoor terugvinden van een man die hij in 1916 uit het oog had verloren. Zulke verzoeken kregen we vaker, van gemeentehuizen, families, gendarmes. De oorlog was een grote soepketel, waarin honderdduizenden mensen door elkaar gehusseld waren. Sommigen waren gestorven, anderen leefden nog. Sommigen waren naar huis gegaan, anderen hadden een nieuw leven willen beginnen zonder dat er een haan naar kraaide. De grote slachtpartij had niet alleen lichamen en geesten verscheurd; hij had het ook voor een klein aantal mensen mogelijk gemaakt zich als vermist te laten opgeven en zo de lucht ver buiten hun streek op te snuiven. Een slimmerik die kon bewijzen dat ze nog leefden. Vooral omdat het toen o zo gemakkelijk was om van naam en papieren te veranderen. Bijna anderhalf miljoen mannen zouden hun namen en papieren nooit meer nodig hebben: keuze te over! Zo werden heel wat rotzakken opnieuw geboren, schoon en netjes, ver van de plaats die hen gezien had toen ze nog minder fris geweest waren.

Die vermiste van Vignot had een dode op zijn geweten, een meisje om precies te zijn, dat hij nauwgezet had gemarteld – er stonden details in de brief – en daarna gewurgd en verkracht. De misdaad had in mei 1916 plaatsgevonden en Vignot had drie jaar nodig gehad om zijn onderzoek rond te krijgen, de bewijzen te verzamelen en zeker van zijn zaak te zijn. Het slachtoffer heette Blanche Fen'vech. Ze was tien jaar oud. Ze was bij een holle weg gevonden waar ze in een greppel gegooid was, op minder dan een kilometer afstand van het dorp Plouzagen. Daar had ze gewoond. Zoals elke avond was ze vertrokken om vier armetierige koeien van een weilandje te halen. Ik hoefde niet door te lezen om te kunnen raden wie degene was die Vignot zocht. Zodra ik de envelop had geopend, was alles om mij heen en in mijn hoofd in beweging geraakt.

De moordenaar heette Floc, Yann Le Floc. Ten tijde van de misdaad was hij negentien jaar oud. Mijn kleine Breton.

Ik heb Vignot niet teruggeschreven. Ieder zijn eigen problemen! Hij had vast wel gelijk over Le Floc, maar dat veranderde niets. De meisjes – één in Bretagne en één hier – waren allebei dood. En de jongen zelf was ook dood, volgens de regels gefusilleerd. En ik bedacht dat Vignot zich ook best kon vergissen, dat hij misschien zo zijn redenen had om die jongen dit gebeuren in de schoenen te schuiven, net zoals die smeerlappen Mierck en Matziev dat met het hunne hadden gedaan. Wie zal het zeggen?

Het vreemde was ook dat ik eraan gewend was geraakt om te leven met een raadsel, met twijfel, halfduister, aarzeling, gebrek aan antwoorden en zekerheid. Als ik Vignot zou antwoorden, zou dat alles tenietdoen: in één klap zou er een licht geweest zijn dat Destinat wit zou kleuren en de kleine Breton in het duister zou terugwerpen. Het was te simpel. Een van die twee had de moord gepleegd, dat stond vast, maar de ander had het kúnnen doen, en in wezen is er tussen de intentie en de daad geen enkel verschil.

Ik pakte Vignots brief en stak er een pijp mee aan. Puf! Rook! Wolk! As! Niets! Blijf mijn mannetje maar zoeken, dan ben ik niet de enige die zich er druk over maakt! Misschien was het wel een soort wraak. Een manier om mezelf te vertellen dat ik niet de enige was die met mijn nagels in de aarde wroette en de doden zocht om ze te laten spreken. Zelfs in de leegte willen we nog weten dat er mensen zijn die op ons lijken.

27

En zo komen we bij het einde. Het einde van het verhaal, en ook van mijn verhaal. De graven zijn al lang weer dicht, de monden ook; en de doden zijn nog slechts half uitgewiste namen op de grafstenen: Belle de jour, Lysia, Destinat, Le Grave, Barbe, Adélaïde Siffert, de kleine Breton en de drukkersknecht, Mierck, Gachentard, de vrouw van Bourrache, Hippolyte Lucy, Mazerulles, Clémence... Vaak stel ik me voor hoe al die mannen en vrouwen in het volstrekte duister van de koude aarde liggen. Ik weet dat hun ogen al lang hol en leeg zijn en dat er geen vlees meer aan hun gevouwen handen zit.

Mocht iemand me vragen waar ik me al deze jaren mee onledig heb gehouden, al die tijd die me naar dit heden heeft gebracht, dan zou ik niet precies weten wat ik moest antwoorden. Ik heb de jaren niet voorbij zien gaan, al vond ik dat ze allemaal erg lang leken. Ik heb een vlam brandend gehouden en het donker ondervraagd, zonder ooit meer dan onvolledige, weinigzeggende flarden van antwoorden te krijgen.

Mijn hele leven draait om een gesprek met een paar doden. Dat was voldoende om me in leven te houden en op het einde te wachten. Ik heb met Clémence gepraat.

Ik heb me de anderen voor de geest gehaald. Er zijn maar weinig dagen dat ik ze níét heb laten opdraven om hun bewegingen en woorden weer eens door te nemen en me af te vragen of ik alles wel goed heb geïnterpreteerd.

Als ik dan eindelijk dacht dat ik een lichtje had ontdekt, verscheen er al snel weer iets anders wat dat licht weer uitblies en voor mijn ogen de as weer liet opdwarrelen. Dan moest ik helemaal opnieuw beginnen.

Maar misschien heb ik daarom juist stand kunnen houden, omdat de dialoog maar één stem had, altijd dezelfde, altijd de mijne, en omdat de schuldige aan deze ondoorzichtige misdaad misschien juist de ondoorzichtigheid van onze levens is. Het leven is merkwaardig. Kunnen we ooit zeker weten waarom we op de wereld zijn gezet en waarom we er blijven? Het onderzoeken van 'De Zaak', wat ik heb gedaan, is ongetwijfeld een manier om de echte vraag maar niet te hoeven stellen; de vraag die niemand van ons over zijn lippen kan krijgen of door zijn hoofd of zijn ziel wil zien schieten, onze ziel die inderdaad niet zwart en niet wit is, maar grijs, 'behoorlijk grijs', zoals Joséphine het lang geleden uitdrukte.

Wat mij betreft, ik besta. Ik heb niet geleefd. Alleen overleefd. Er gaat een rilling door me heen. Ik maak een fles wijn open en ik drink, en ondertussen herkauw ik stukjes verloren tijd.

Ik geloof dat ik alles heb verteld. Alles gezegd over wat ik dacht te zijn. Ik heb alles verteld, of bijna alles. Ik moet nog één ding vertellen, het moeilijkste misschien, dat wat ik Clémence nooit heb durven toefluisteren. Daar moet ik nog meer voor drinken, om de moed te vergaren om het uit te spreken, om het jou te vertellen, Clémence, want de hele tijd, vanaf het begin, praat en schrijf ik alleen maar voor jou.

Weet je, ik heb die kleine, ónze kleine, nooit een naam kunnen geven en zelfs nooit echt kunnen aankijken. Ik heb hem zelfs nooit gekust zoals een vader hoort te doen.

Een zuster in een nonnenkap, zo lang en droog als een herfstvrucht die te lang in de oven heeft gelegen, kwam hem een week na je dood brengen. Ze zei tegen me: 'Dit is uw kind. Van u. U moet het opvoeden.' Toen legde ze een wit bundeltje in mijn armen en ging weer weg. Het kind sliep. Het was helemaal warm en rook naar melk. Het zou wel zacht zijn. Zijn gezichtje stak uit boven de doeken waarin hij gewikkeld zat als het kindje Jezus in de kerststal. Zijn ogen waren dicht, zijn wangen rond, zo rond dat zijn mond ertussen verdween. In zijn trekken zocht ik jouw gezicht, als een soort aandenken aan je vanaf de andere kant van de dood. Maar hij leek op niets, in ieder geval niet op jou. Hij leek op alle zuigelingen die net aan hun dag beginnen na een lange, behaaglijke nacht op een plaats die we allemaal vergeten. Ja, hij was net als zij. Een onschuldige, zoals ze zeggen. De toekomst van de wereld. Een klein mensje. De instandhouding van de soort. Maar voor mij was hij niets van dat alles, hij was gewoon jouw moordenaar, een moordenaartje zonder geweten of berouw met wie ik zou moeten leven terwijl jij er niet meer was, die jou gedood had om bij mij te kunnen zijn, die zich met ellebogenwerk en wat daarbij hoort een weg had gebaand zodat hij de enige zou zijn, de enige bij mij, en door wiens schuld ik jouw gezicht nooit meer zou kunnen zien en je huid niet meer kon kussen, terwijl hij elke dag groter zou worden, tanden zou krijgen om alles mee te verslinden, handen om dingen mee te pakken, ogen om te zien, en dan later woorden, woorden, om aan iedereen die het horen wilde zijn grote leugen te vertellen – dat hij je nooit had gekend, dat je bij zijn geboorte bent gestorven – terwijl de echte waarheid is dat hij je heeft gedood om geboren te kunnen worden.

Ik hoefde er niet lang over na te denken. Het kwam vanzelf. Ik nam een groot kussen. Ik legde het over zijn gezicht. Ik wachtte heel lang. Hij bewoog niet. In de taal van de mensen die hier op aarde over ons oordelen was er niet eens sprake van voorbedachten rade, het was gewoon het enige wat ik kon doen en dat heb ik gedaan. Ik haalde het kussen weg en ik huilde. Ik huilde omdat ik aan jou dacht, niet omdat ik aan hem dacht.

Daarna ben ik Hippolyte Lucy gaan halen, de dokter, om hem te zeggen dat het kindje niet meer ademde. Hij volgde me. Hij ging mijn slaapkamer binnen. Het kind lag op bed. Zijn gezicht zag er nog steeds uit alsof hij lag te slapen, onschuldig, vredig en monsterlijk.

De dokter kleedde hem uit. Hij hield zijn wang voor de gesloten mond. Hij luisterde naar het hart dat niet meer sloeg. Hij zei niets. Hij deed zijn dokterstas dicht en draaide zich naar mij. We keken elkaar lang aan. Hij wist het. Ik wist dat hij het wist, maar hij zei niets. Hij verliet de kamer en liet me met het kleine lichaampje alleen.

Ik heb hem naast jou laten begraven. Ostrane zei tegen me dat pasgeborenen in de aarde verdwijnen als een parfum in de wind, nog voordat je de tijd hebt om het te merken. Hij vertelde het zonder kwade bedoelingen. Hij leek zich erover te verwonderen.

Ik heb geen naam op de steen laten zetten.

Het ergste is dat ik nog steeds geen berouw heb, en dat ik zonder enig probleem zo weer zou doen wat ik toen zonder probleem heb gedaan. Ik ben er niet trots op. Ik schaam me er ook niet voor. Ik heb het niet uit verdriet gedaan. Het kwam door de leegte. De leegte waarin ik achterbleef en waarin ik alleen wilde zijn. Hij zou toch maar ongelukkig zijn geweest, hij zou moeten leven en opgroeien met mij, voor wie het leven niets meer was dan een leegte gevuld met een enkele vraag; een grote, aardedonkere, bodemloze put waar ik voortdurend in cirkels omheen ben gelopen terwijl ik tegen je praatte om mijn woorden een muur te laten vormen waar ik steun tegen kon zoeken.

Gisteren ben ik naar de Dievenbrug geslenterd. Weet je nog? Hoe oud waren we toen? Bijna twintig? Jij droeg een aalbeskleurige jurk. Ik had een brok in mijn maag. We stonden op de brug en keken naar de rivier. Jij zei dat die stroom ons leven was dat voorbijstroomde, kijk eens hoe ver het gaat, hoe mooi het is, daar tussen de bloeiende waterlelies, de langharige algen, de oevers van rivierklei. Ik durfde je niet bij je middel te pakken. Er zat zo'n dikke knoop in mijn darmen dat ik moeite had met ademen. Je ogen staarden in de verte. De mijne staarden naar je nek. Ik rook je geur van heliotroop en die van de rivier, van kikkerdril en geknakt gras. Toen draaide je je naar me toe, en toen ik het niet verwachtte glimlachte je en kuste me. Dat was de eerste keer. Het water stroomde onder de brug. De wereld straalde als een mooie zondag. De tijd stond stil.

Gisteren ben ik lang op de Dievenbrug blijven staan. De rivier is dezelfde gebleven. Die grote waterlelies zijn er nog steeds, de langharige algen en de kleioevers ook. Nog altijd kikkerdril en geknakt gras, maar niet nog een andere geur.

Er kwam een kind bij me staan. Een jongen met lichte ogen. Hij vroeg: 'Kijk je naar de vissen?' Een beetje verdrietig vervolgde hij: 'Er zijn er een heleboel, maar je ziet ze nooit.' Ik gaf geen antwoord. Er zijn zo veel dingen die je nooit ziet. Hij kwam vlak naast me over de brug hangen en zo bleven we een tijdje naar de muziek van kikkers en draaikolken staan luisteren. Hij en ik. Het begin en het einde. En toen ging ik weg. De jongen liep me even achterna en verdween toen.

Vandaag is alles voorbij. Mijn tijd is om en ik ben niet bang meer voor de leegte. Misschien vind je dat ik ook een schoft ben, dat ik geen haar beter ben dan al die anderen. Je hebt gelijk. Natuurlijk heb je gelijk. Vergeef me alles wat ik gedaan heb, en vergeef me vooral de dingen die ik niet gedaan heb.

Ik hoop dat je binnenkort in eigen persoon over me zult kunnen oordelen. Opeens hoop ik dat God en zijn hele santenkraam bestaat, alle franje die ze toen we klein waren in onze hoofden hebben gestampt. Als dat zo is dan zul je me niet gemakkelijk herkennen. Je hebt een jonge man achtergelaten, je zult een bijna bejaarde, versleten en verwonde man terugvinden. Ik ben er zeker van dat jij niet bent veranderd. Dat is de doden eigen.

Zojuist heb ik Gachentards karabijn van de muur gehaald. Ik heb hem gedemonteerd, geolied, schoongemaakt, weer in elkaar gezet en geladen. Ik wist dat ik mijn verhaal vandaag zou afsluiten. De karabijn ligt nu vlak naast me. Buiten is het helder en licht. Het is vandaag maandag. Het is ochtend. Dat was het. Verder heb ik niets te zeggen. Ik heb alles verteld, alles opgebiecht. Het werd tijd.

Nu kan ik naar je toe.

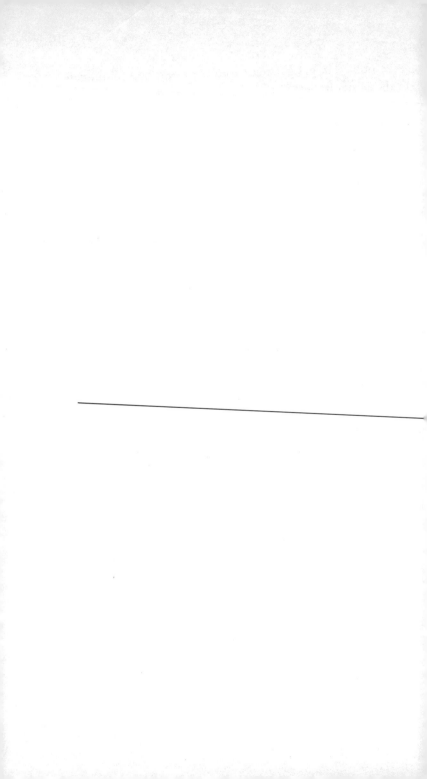